KB124281

# 뉴욕 오디세이

# 뉴욕 오디세이

New York Odyssey

뉴욕의 사계절과 기억의 조각들을 찾아나선
이 방 인 의 여 정

글과 사진 · 이철재

이랑 BOOKS

## 감사의 글

이 책은 일년간 월간《톱클래스》가 만드는 콘텐츠 플랫폼 〈토프〉에 '뉴욕 변호사의 엑스팻 생활기'라는 제목으로 실린 글들에, 개인적으로 여행을 하며 따로 적은 글들을 더해 이루어졌다. 지면을 내어 준《톱클래스》에 감사드린다. 특히 김민희 편집장님과 나의 글과 사진을 아름답게 배합해 꾸며 준 서경리 기자께 감사한다.

늘 글 쓰다 목이 돌아가지 않을 때 나의 목을 풀어 준, 내가 아는 세계 최고의 카이로프랙터 닥터 댄 베일리(Dan Bailey)께도 감사한다.

내 얼굴을 스케치해 준 조카 종현에게 감사한다. 뉴욕주 의사당을 구경시켜 준 나의 친구 짐 제이미슨(Jim Jamieson)에게 감사한다. 풍성한 이야깃거리를 만들어 준 친구들에게 감사한다.

나의 연재 글들을 모아 책을 낼 수 있도록 또 한 번 나에게 기회를 준

도서출판 이랑에 감사한다. 외래어나 외국 지명은 될수록 표준 표기를 따르는데 몇몇은 내가 받아들일 수 없어 내 식대로 쓰겠다 고집을 부리곤 한다. 그런 나를 달래기도 하고 때로는 표준 표기를 어기고 내가 원하는 대로 써 주기도 했다. 진심으로 감사한다.

《톱클래스》에 글을 싣는 동안 꾸준히 읽고 댓글까지 남겨 준 분들께 진심으로 감사의 말씀을 전한다. 답을 하지는 못했지만 다 읽어 보았고 '좋아요'도 꾹꾹 눌렀다는 이야기는 꼭 전해드리고 싶다.

글을 쓰는 일년 동안 내 주변의 소중한 분들이 유난히 많이 세상을 떠나셨다. 이제는 별이 되어 나를 지켜보고 계시는 모든 분께 감사와 그리움의 마음을 더해 이 책을 바친다.

## 차례

감사의 글 4

프롤로그 / 이방인 속의 이방인 – 엑스팻이 뉴욕을 만났을 때 9

센트럴 뉴욕에 눈 폭탄 떨어지다 16

식료품점과 나누는 열렬한 사랑, 웨그만즈 25

재의 수요일에 떠난 순례 34

뉴욕, 제국이 되다 45

맨해튼 일기 57

센트럴 뉴욕에 봄 오는 소리 90

엑스팻이 가슴에 품고 사는 것들 106

유붕자원방래 하던 날 121

백육십년 된 사랑 이야기《라 트라비아타》 138

원님 덕에 나발 분 알바니 나들이 155
신은 왜 코끼리를 보러 인도로 갔을까? 169
사우전드 아일랜드의 추억 185
올해도 과꽃이 피었습니다 204
와인 컨트리로 떠난 나 홀로 여행 221
허드슨 밸리의 풍경화들 – 토마스 콜 사적지 243
쇠락한 도시 오스위고 263
미국판 신토불이 – 농장에서 식탁으로 280

에필로그 / 일년을 회고하며 301

프롤로그

# 이방인 속의 이방인 – 엑스팻이 뉴욕을 만났을 때

헤밍웨이의 소설 『태양은 다시 떠오른다(The Sun Also Rises)』는 1920년대 프랑스 파리에 살던 미국인들의 이야기이다. 등장인물 중 주인공인 제이크 반즈(Jake Barnes)는 언론사 특파원이고, 그 밖에 창작의 자유를 찾아 미국을 떠나 파리로 온 작가 혹은 그저 인생을 즐기는 사람도 있다. 조국을 떠나 다른 나라에서 살고 있는 사람들, 이런 사람들을 가리켜 영어로 엑스패트리어트(Expatriate), 줄여서 엑스팻(Expat)이라고 한다. Ex는 '밖'이라는 뜻이고, Patria는 '조국'이다. '조국 밖'에 있는 사람이다. 꼭 이민자만이 아니라 국적은 조국의 국적이지만 장기간 외국에 체류하는 사람들도 모두 포함한다.

나는 내 인생의 반 이상을 엑스팻으로 살았다. 학업을 위해 학생 비자를 받고 미국으로 처음 건너가 한국과 미국을 오가며 산 것이 삼십년이 훌쩍 넘었다. 전세계 인종들이 모여 산다는 뉴욕에 처음 발을 붙인 것도 삼십년이 되어 온다.

유학을 떠난 뒤 대학원 마치고 한 번, 로스쿨 마치고 한 번, 한국에 돌아와 병역도 필하고 직장도 다녔다. 언제부터인가 한국에 살면서도 엑스팻 같은 느낌을 지울 수 없었다. 오랜 세월 엑스팻으로 살다 보니 어디를 가도 이방인이라는 느낌이 드는 것이다. 그래서 처음 학업을 위해 뉴욕시의 브롱크스로 이사했을 때 뉴욕이 나를 그리도 강렬히 끌어당겼는지 모를 일이다. 이방인들이 모여 사는 뉴욕에 이방인인 나는 강물에 떨어진 물방울 같기 때문이다.

## 코스모폴리타니즘의 수도 뉴욕

뉴욕은 도시명이기도 하지만 미국 연방 오십 개 주 중 하나의 이름이기도 하다는 것을 모르는 사람들이 의외로 많다. 한국뿐 아니라 미국 사람 중에서도 그런 사람들이 꽤 있다.

뉴욕 하면 가장 먼저 떠오르는 것은 세계 문화의 중심지, 금융의 중심지, 자유의 여신상, 빌딩숲, 그중에서도 엠파이어 스테이트 빌딩 등의 단어들이다. 바로 뉴욕시를 생각하는 것이다. 그것도 뉴욕시의 맨해튼을 떠올린다. 뉴욕시는 맨해튼(Manhattan), 브루클린(Brooklyn), 퀸스(Queens), 브롱크스(Bronx), 스태튼 아일랜드(Staten Island) 등 다섯 개의 자치구(5 Boroughs)로 이루어졌다. 맨해튼은 그 자체만으로도 세계 제일의 도시라 자랑할 만하지만 실은 뉴욕시를 이루는 다섯 개의 자치구 가운데 하나이다. 맨해튼은 뉴욕시에 속한 구이고, 뉴욕시는 뉴욕주에 속한 시(市)이다.

뉴욕주는 남북한을 합친 한반도보다 조금 작고 남한보다 크다. 마지막 빙하기가 끝날 무렵 현재의 뉴욕주는 맨해튼 고층 빌딩숲(the

Skyscrapers) 네 배 높이의 얼음이 맨해튼까지 내려와 뒤덮고 있었다. 매머드, 늑대, 퓨마 등이 뛰어다녔고, 이로쿼이 원주민들이 대대로 살던 곳, 한때 '뉴 네덜란드'라 불리며 주의 많은 부분이 네덜란드의 식민지였던 곳이다. 현재 뉴욕주에는 이런 역사의 잔재들이 곳곳에 남아 있다. 뉴욕주는 또다시 업스테이트(Upstate)와 다운스테이트(Downstate)로 나뉜다. 뉴욕주의 맨 남쪽 끝에 붙어 있는 뉴욕시와 그 근교를 제외한 모든 곳을 업스테이트 즉 주의 북부라고 부른다.

나는 대학원은 다운스테이트인 뉴욕시 브롱크스에서 다녔고, 로스쿨은 업스테이트인 시라큐스에서 다녔다. 지금도 시라큐스에 살고 있지만 나의 변호사로서의 대부분의 일은 맨해튼에서 벌어진다.

한국에서 고등학교 졸업하고 텍사스로 건너가 대학의 행사가 온 마을의 행사인 작고 조용한 고장에서 사년을 보내고 뉴욕시로 이사를 하니 분위기가 완전히 달랐다. 텍사스는 일년의 대부분이 찌는 듯 더운 날씨라 자가 운전이 거의 유일한 교통수단이고 길에 걸어 다니는 사람들이 별로 없다. 헌데 뉴욕에 오니 대도시답게 모두가 버스나 지하철 등 대중교통을 이용하거나 웬만한 곳은 걸어 다니는 것이 인상 깊었다.

나도 대도시인 서울에서 나고 자라 대중교통을 이용하는 것은 익숙했지만, 걷는 것은 그리 즐기지 않았다. 뉴욕 생활을 하면서 조금씩 걷다 보니, 상상도 하지 못했던 구경거리들에 심취해 나도 웬만한 곳은 걸어 다니기 시작했다. 뉴욕시의 거리는 별별 건물과 사람들로 북적인다. 심지어 복잡하기 그지없는 브로드웨이 길 한복판에서 작은 양탄자를 깔고 기도를 바치는 이슬람교 신도도 봤다,

내가 대학원에 진학할 무렵만 해도 뉴욕시는 범죄가 극심하고 위험

한 지역이 많아 길을 잘 알고 다녀야 했다. 타임스 광장은 특히 우범 지역으로 해가 지면 기피해야 할 거리였다. 맨해튼 북쪽에 있는 클로이스터즈(Cloisters)라는 아름다운 박물관에 가려면 버스나 지하철을 타지 말고 환할 때 택시를 타고 다녀오라는 말도 여러 번 들었다. 내가 다닌 포담 대학교(Fordham University)에 인접해 있던 남부 브롱크스(South Bronx)는 특히 험악하기로 악명을 떨치던 곳이라 '어느 동네는 경찰을 불러도 아예 오지도 않는다', '근처 지하철역이 미국 내 열세 번째로 살인 사건이 많이 일어나는 역이다'라는 등 별별 소문이 흉흉했다. 저녁 늦게 대학원 수업이 끝나 혼자 밤길을 십오분 정도 걸어 아파트로 돌아가려면 늘 발걸음을 재촉하곤 했다. 세계 제일의 가족 동반 관광지로 손꼽히는 근래의 뉴욕시를 생각하면 상상하기 힘든 일이지만 그 시절 뉴욕은 그랬다.

하지만 그때도 뉴욕시는 그 누구도 근접할 수 없는 코스모폴리타니즘의 수도였다. 뉴욕으로 이사해 한 달쯤 되었을까 한 어느 날, 나는 맨해튼의 66번가 링컨 센터 앞에서 지하철 1번 트레인을 타고 타임스 광장인 42번가에서 내렸다. 그랜드 센트럴 터미널(Grand Central Terminal)로 가기 위해 맨해튼을 동서로 이어 주는 셔틀 트레인으로 갈아타야 했다. 역 환승 구역을 걸어가는데 한 재즈 밴드가 연주를 하고 있었다. 몸집이 작은 소녀 같은 색소폰 플레이어가 앞으로 나와 신들린 듯 몸을 흔들며 애드리브로 솔로를 하기 시작했다. 그 소녀는 동양인이었다. 흑인과 동양인, 백인, 라티노 등 온갖 인종이 모인 밴드였다. 신나는 음악에 취해 기차 놓치는 것도 잊고 보던 나는 '아, 이것이 뉴욕이다. 온갖 인종이 모여 아름다운 음악을 만드는 곳'이라 속으로 감탄했다. 물론 그건 스물 몇 살 이상주의자가 단편적인 뉴욕의 모습을 보고 한 생각이었다. 현실은 그리 녹록하고 간단한 것이 아니었지만, 바로 그 순간 나는 뉴욕과 사랑에 빠졌다.

뉴욕시에서 이년을 살고 서울에 돌아와 병역의 의무를 다하고 이번에는 업스테이트의 시라큐스로 가 로스쿨 과정을 시작했다. 원래 병역을 마치고 내 모교 포담 대학교 로스쿨에 진학해 뉴욕시로 다시 돌아가는 것이 내 꿈이었다. 그런데 철석같이 믿던 모교에서 내 응시 원서를 잃어버렸다. 결국 나와 수차례 국제 전화로 통화를 하며 사무실이 발칵 뒤집어진 뒤에 원서를 찾았지만 그때는 시간이 많이 흘렀다. 학교 측에서 대기자 명단에 올려놓고 기다리다 그해 자리가 나지 않으면 다음해에 꼭 받아주겠다고 했지만 이미 시라큐스 법대로부터 입학 허가를 받은 상태라 일년을 왜 허비하나 하는 생각으로 시라큐스로 진로를 정했다.

## 뉴욕주의 업스테이트와 다운스테이트

시라큐스는 스노우 벨트 안에 놓여 있다. 오대호(Great Lakes) 중 이리호와 온타리오호가 업스테이트 뉴욕에 걸쳐 있어 그 영향으로 눈이 많이 온다. 초등학교 사회 시간에 강원도에는 눈이 많이 와 눈굴을 파고 다닌다고 들어 눈굴이 대체 뭘까 했는데 그 눈굴을 내가 파며 살게 되었다. 뉴욕시에, 사랑하는 포담으로 돌아가지 못해 시큰둥했던 나는 눈굴을 파가며 학교를 다니다 거의 우울증에 빠지게 되었다.

하지만 어쩌다 학교 공부가 힘들 때면 차를 몰고 나가 이리저리 돌며 보니 차츰 눈에 들어오는 곳들이 생겼다. 업스테이트는 뉴욕시와 많이 달랐다. 시라큐스는 인구 60만 정도의 중소 도시로 대학이 여러 개 있어 비교적 문화적으로 다양한 편이었지만, 조금만 운전을 하고 교외로 나가면 분위기가 확 달라졌다. 뉴욕시에 살다 업스테이트의 교외 시골길을 가는 것은 파리에 있다 남프랑스의 시골길을 여행하는 기분이랄까? 그런 정도의 차이였다.

무엇보다 놀랐던 것은 뉴욕주가 낙농과 와인의 주라는 사실이었다. 맨해튼에서 기차를 타고 허드슨강을 따라 사십분 정도만 북쪽으로 올라가면 금세 풍광이 바뀐다. 그래도 다운스테이트에 살 때는 뉴욕시 밖으로 거의 나가지 않아 몰랐다. 시라큐스로 이사를 가서야 치즈와 요구르트를 만들고 와인이 익어가는 뉴욕을 새로 발견했다. 제임스 페니모어 쿠퍼(James Fenimore Cooper)의 5부작 소설『레더스타킹 이야기(Leatherstocking Tales)』가 펼쳐지는 모호크 밸리(Mohawk Valley)와 미국 인상주의 화풍의 전조인 허드슨 리버 스쿨(Hudson River School)이 탄생한 허드슨 밸리(Hudson Valley) 등 아름다운 자연을 눈으로 직접 보게 되었다.

19세기 뉴욕의 찬란한 영광의 시작인 이리 운하는 시라큐스를 관통했다. 아직도 그 잔재가 남아 공원과 자전거 길이 되었다. 그 밖에 이로쿼이 원주민들의 유적, 네덜란드인들의 이름이 들어간 동네와 길 이름 등 역사와 문화와 자연이 곳곳에 숨어 있는 업스테이트는 뉴욕시의 왁자지껄했던 분위기와 또 다르게 나의 등줄기에 전극과도 같은 짜릿함을 흘려보낸다.

이제부터 나의 뉴욕주에서의 엑스팻 생활을 풀어 나가려 한다. 여유로운 여행을 꿈꾸는 사람들, 뉴욕의 작은 마을에 시간이 허락하는 한 길게 머물며 천천히 그 마을의 분위기를 느끼고, 혹은 맨해튼의 휘황찬란한 거리로 나가 이방인 속에 나를 묻고 내가 이방인들의 이방인이 되어 크고, 작고, 일상적이고, 역사적인 것들을 발견하고자 하는 이들에게 내 삶의 모습을 보이려고 한다.

이웃한 길이나 동네 이름에도 서로 다른 민족의 이야기가 담겨 있는 뉴욕을 업스테이트와 다운스테이트를 오가며, 현재와 과거를 자유로이 왕래하며 소개할 것이다. 이름 없는 고장에 찾아가 물어물어 구경하는 이야기도 적고, 주말에 장에 나가 동네 과수원에서 따온 딸기와 살구를 사다 잼을 만들고, 뒷마당에 심은 바질을 뜯어다 페스토 소스를 만들어 친구들과 나누는 소소한 모습도 전할 것이다. 그러다 단골식당 바에 앉아 나의 십년 지기 바텐더 저스틴이 가져다주는 와인을 마시며 그와 나누는 일상의 이야기들도 적을 것이다.

인생은 여정이라 한다. 내 삼십년 엑스팻으로서의 여정을 축약하면 일주일 혹은 한 달, 뉴욕의 한 도시에 머물며 엑스팻으로 살아 보는 시도의 지침서는 될 수 있지 않을까 한다.

## 센트럴 뉴욕에 눈 폭탄 떨어지다

어떤 이는 한반도가 토끼 모양이라고 하고, 어떤 이는 호랑이 모양이라고 한다. 이탈리아는 장화 모양이라는 데 별 이견이 없고, 프랑스는 육각형 비슷하게 생겨 프랑스를 불어로 육각형이라는 의미의 렉사곤(L'Hexagone)이라고 부르기도 한다. 뉴욕주의 지도를 보면 무슨 모양이 있는 것 같긴 한데 뭐라 딱 꼬집어 말할 수 없는 모양이다. 생기다 만 장화 같기도 하고 되다 만 삼각형 같기도 하다.

한 가지 분명한 것은 내가 사는 시라큐스가 속한 온온다가 카운티(Onondaga County : County는 우리의 군 개념)와 그 주위 몇 개의 카운티들을 동그라미 안에 넣고 보면 시라큐스와 그 주변 지역이 세 갈래로 갈라지는 뉴욕 지도의 중앙에 있다. 그래서 시라큐스와 그 주변 지역을 센트럴 뉴욕(Central New York) 즉 중앙 뉴욕이라고 부른다. 우리가 중부 지방, 영동 지방 하는 것과 비슷한 것이다.

나는 지도 들여다보는 것을 즐긴다. 동네의 위치를 설명할 때도 "동서로 뻗은 몇 번 고속도로를 타고 서쪽으로 몇 킬로미터 가면 나온다"는 식으로 말하는 것을 좋아한다. 누가 길을 설명해 줄 때도 그렇게 해주면 이해를 잘한다. 헌데 이렇게 설명을 하면 오히려 더 알아듣기 힘들다고 불편해하는 사람들이 많아 지도 이야기는 될수록 하지 않으려고 한다. 그래도 검색창에 'New York State Map(뉴욕주 지도)'이라고 치고 검색 결과로 뜨는 지도 하나를 클릭해서 시라큐스의 위치를 확인해 보기 바란다. 그럼 왜 시라큐스가 센트럴 뉴욕이라고 불리는지 이해할 수 있다.

## 센트럴 뉴욕에 눈이 많이 오는 이유

센트럴 뉴욕 이야기를 하면 눈 이야기를 한번은 짚고 넘어가야 한다. 센트럴 뉴욕은 눈이 많이 내리는 고장이다. 겨울 동안 창밖을 내다보면 늘 눈발이 날리고 있다. 그러다 한번씩 그 동네 사람들도 견디기

—

폭설이 내리는 새벽 집 앞 풍경

힘들 정도의 눈이 내린다. 몇 년 전에는 시라큐스에 일흔다섯 시간 동안 쉬지 않고 눈이 와 전국 뉴스에 나온 적이 있다. 유치원부터 고등학교까지는 휴교를 밥 먹듯 해 아예 매학기 휴교할 것에 대비, 학기 일수를 열흘 정도 더 잡는다. 휴교를 하더라도 법정 수업 일수를 채울 수 있도록 일정을 짜는 것이다. 휴교에 대비해 여유로 넣어 둔 수업 일수를 영어로 '스노우 데이즈(Snow Days)'라고 한다. 어떤 해는 눈이 너무 많이 와 스노우 데이즈를 다 써서 학기를 며칠 연장해야 하는 경우도 가끔씩 있다. 대학교들은 웬만해서는 휴교를 하지 않는다. 하지만 초중고에 다니는 교수님의 자녀들은 밥 먹듯 휴교를 해서 눈이 오는 날이면 교수실에 아이들이 앉아 자기 숙제를 하거나 책을 보고 어떤 때는 수업에 따라 들어와 혼자 조용히 놀기도 한다.

업스테이트 뉴욕에 눈이 많이 오는 데는 이유가 있다. 북극의 차가운 공기가 남하하다 오대호의 따뜻한 물을 빨아올려 눈을 만든다. 이런 현상으로 내리는 눈을 레이크 이펙트 스노우(Lake Effect Snow) 즉 '호수 효과 눈'이라고 부른다. 뉴욕주 서쪽 끝에 걸쳐 있는 이리호, 그리고 시라큐스 바로 북쪽에 뉴욕주와 캐나다 온타리오주에 걸쳐 있는 온타리오호에서 만들어진 눈이 모두 모여 쏟아지는 곳이 시라큐스를 비롯한 센트럴 뉴욕이다. 이리호는 수심이 얕아 1월이면 얼어붙는다. 두 호수 중 하나가 얼어붙어 호수의 물이 더 이상 증발할 수 없으니, 이리호가 어는 1월부터는 호수 효과 눈이 현저히 줄어든다. 하지만 올겨울처럼 별로 춥지 않으면 이리호가 거의 얼지 않아 1월에도 폭설이 온다.

폭설로 며칠 집에 갇혀 꼼짝 못 할 때가 있다. 이럴 때 영어로 "We are snowed in"이라고 한다. "눈이 너무 많이 와서 꼼짝 못 하고 집에 갇혀 있다"는 말이다.

얼마 전 주말에 센트럴 뉴욕에 눈 폭탄이 떨어졌다. 핵폭탄급은 아니었지만 그래도 'Snowed in' 될 정도의 눈이었다. 가장 많이 온 곳은 50센티미터 정도, 그나마 시라큐스는 양호하게 30센티미터 정도 오고 말았다.

눈 폭탄이 떨어질라치면 텔레비전 지방 뉴스에서 한 일주일 전부터 경고성 발언을 계속한다. 일주일 동안 목요일에 눈이 내리기 시작한다고 했던 것이 수요일이나 금요일로 바뀌기도 하고, 눈의 양도 애초 예상보다 늘었다 줄었다 계속 수정을 반복하지만, 그날이 다가올수록 예보는 점점 정확해진다. 그리고 드디어 폭설이 내리기 전날부터 어느 동네는 내일 아침 출근길부터, 어느 동네는 오후 서너 시경부터 큰 눈이 온다는 등 매우 정밀하게 예보를 하기 시작한다. 놀라운 것은 각 동네마다 대충 예보한 그 시간에 맞춰서 눈이 내리기 시작한다. 눈 폭탄이 이번처럼 주말에 떨어져 주면 감사할 일이다. 미리 볼일을 보고 집에 들어앉아 꼼짝 않고 있다 하루에 세 번, 우리 개만 산책시켜 주면 된다.

나에게는 티베탄 스파니엘(Tibetan Spaniel) 종의 개가 한 마리 있다. 이름은 부도(Budo)이다. 오래전에 읽었던 성장 소설에 나온 등장인물의 이름이다. 12파운드니까 5킬로그램이 조금 넘는다. 하지만 고대 눈 내린 티베트 고원에 살던 승려들이 낮에는 밖에 내놓고 밤에는 데리고 들어와 차가운 이불 속에서 끼고 잤던 종자라 추운 날 밖에 나가 바들바들 떠는 일은 없다. 혹한 속에도 눈 속으로 뛰어들기를 즐기는데 문제는 눈이 30센티미터나 내리면 짧은 다리가 눈 속에 박혀 아무데도 가지 못하고 허우적댄다는 점이다. 생각 끝에 폭설이 내린 날은 부도

—

눈밭의 미로 속에서 즐겁게 뛰노는 나의 반려견 부도

를 데리고 나가기 전에 내가 먼저 장화를 신고 앞마당에 나가 눈을 밟아, 그리스 신화에 나오는 괴물 미노타우로스를 가둔 라비린토스를 연상시키는 얽히고설킨 미궁을 만들어 놓는다. 그럼 부도는 그곳에서 마음껏 뛰어놀다 볼일까지 다 보고 집으로 들어온다.

일단 집으로 들어오면 부도는 하루 종일 푹신한 자기 침대에 들어가 얼굴도 들지 않고 잠만 잔다. 날이 어두컴컴하니 계속 밤이라고 생각하는 것 같다. 부도가 나랑 놀아 주지도 않고, 운전을 하고 어디 나갈 수도 없으니, 나는 미리 장을 봐 놨던 것들을 꺼내 한 달은 족히 먹을 음식들을 하루 종일 만든다. 우선 와인을 한잔 따라 마시며 하이든의 〈첼로 협주곡 다장조〉를 튼다. 왠지는 모르겠는데 음식을 만들 때면 나는 늘 하이든의 〈첼로 협주곡〉으로 손이 간다. 만드는 음식은 그때그때 준비한 재료에 따라 다르다. 김치, 파이, 쿠키, 파스타 소스, 갈비찜, 녹두 빈대떡, 만두, 잡채 등 다양하다. 만들다 배가 고프면 만들던 음식을 점심으로 먹고 계속 만든다. 그다음 날도 눈이 오면 계속 음식을 만든다.

아무리 혼자 잘 노는 나지만, 그래도 이틀을 꼬박 집에 갇혀 있으면 답답하기 마련이다. 집에만 갇혀 있어 답답한 느낌을 영어로 'Cabin Fever'라고 한다. 캐빈 피버가 엄습하기 시작하면 만든 음식들을 싸 가지고 장화를 신고 옆집 할머니 메이(Mae)의 댁으로 간다. 할머니는 내가 왔다고 앞집 아저씨 모리스(Maurice)에게 연락을 하고, 앞집 아저씨도 장화 신고 길을 건너와 어느 틈에 동네 파티가 벌어지기도 한다.

반면 눈 폭탄이 주중에 떨어지면 난리가 난다. 뉴스에서 오후 퇴근 무렵부터 눈이 시작된다고 하면 회사들도 두세 시쯤 모두 집으로 가라고 하기도 한다. 우리 집은 언덕 중간에 있고, 나의 차는 눈에 취약한 후륜구동이라 눈이 오는 날 밖에 나가 볼일을 보고 집으로 갈 때는 '오늘 제발 집까지 올라갈 수 있게 해 주십시오'라는 기도가 절로 나온다. 한번은 밖에서 일을 보고 집 앞 언덕 밑까지 위의 기도를 드리며 왔는데 멀리서 시라큐스시의 눈 치우는 트럭이 뒤에서 오고 있었다. 하늘이 나의 기도를 들어 주셨다 생각하고 그 트럭을 기다렸다가 뒤를 졸졸 따라가며 언덕을 올라 집으로 들어갔다. 트럭이 눈을 치우며 소금을 뿌리니 차가 온통 횟가루를 뒤집어쓴 듯 소금을 뒤집어썼지만 그런 건 문제가 되지 않았다. 중요한 업무상 약속이 있어 두세 시간 자동차를 운전하고 가서 누군가를 만나야 할 때, 혹은 비행기를 타고 어디로 가야 할 때는 며칠 전부터 날씨에 신경을 곤두세우고 있어야 한다. 실제로 날씨 때문에 취소되는 약속도 꽤 있다.

## 센트럴 뉴요커들의 애증의 대상, 눈

늘 눈이 오나 신경을 쓰며 살자니 눈 이야기만 나오면 짜증이 난다. 하지만 나도 한때는 눈을 기다렸다. 텍사스에서 대학 사년 마치고 뉴욕시로 이사했을 때 아파트 10층에서 살았다. 내 방 창문 너머로 브롱크스 동물원(Bronx Zoo)의 사슴 우리가 보였다. 어느 하루 밤새 눈이 내려 온 세상에 눈이 쌓였다. 눈 덮인 브롱크스 동물원과 그 위를 유유히 걸어 다니는 사슴의 모습은 사년 동안 눈이라고는 구경해 보지 못한 나를 동심으로 돌아가게 만들었다. 그리고 뉴욕시에 사는 이년 동안 늘 눈을 기다리며 살았다. 문제는 이년 동안 눈이 그날 딱 한 번 내렸다.

시라큐스에 처음 와서 눈이 많이 온다는 말을 듣고 은근히 기뻤다. 그러나 로스쿨 1학년이 끝나기 전에 눈에 학을 떼고 말았다. 12월 31일까지는 그래도 견딜 만했다. 크리스마스 등 연말의 들뜬 분위기와 눈이 잘 어울리기 때문이다. 1월에도 오고, 2월에도 오고, 3월에도 오고, 4월에도 그칠 줄 모르는 눈은 인간의 인내심을 시험하는 듯하다. 눈이 왔다고 이야기를 하면 한국의 친구들은 열이면 열이 "좋겠다"라고 반응한다. 그 말 듣는 것도 짜증나 눈이 왔다는 이야기도 잘 하지 않는다.

한 가지 고백을 하자면 이번에 눈 폭탄이 떨어진 주말 나는 서울에 와 있었다. 영상의 날씨에 뜨뜻한 온돌방에 앉아 이웃들에게 약 올리는 문자 메시지를 보내고 한참 혼자 즐거워했다. 하지만 인터넷에 올라온 눈 내린 센트럴 뉴욕의 사진을 보자니 오랜만에 '눈이라는 것이 이렇게 아름답기도 한 것이구나'라는 생각이 들었다. 센트럴 뉴요커들에게 눈은 애증의 대상이다. 가까이 있을 때는 짜증이 나지만, 멀리서 바라보면 얼어붙은 폭포와 눈 쌓인 산자락과 호수 등 눈에 덮인 뉴욕주의 자연처럼 아름다운 풍경도 드물다.

나의 외할머니는 돌아가시기 전 일년을 우리 집에서 사셨다. 그 마지막 겨울 할머니께서 우리 집 마당에 내린 하얀 눈을 내다 보다 혼잣말을 하셨다. "모두 겨울의 갑옷으로 갈아입었구나." 눈 덮인 센트럴 뉴욕의 자연은 배화학당의 문학소녀 외할머니의 표현처럼 겨울의 갑옷으로 갈아입은 듯 늠름하고 장엄하다. 그래서 생각한다. '그래, 이 위대한 자연이 왜 나 따위의 짜증에 아랑곳하리오?'

# 식료품점과 나누는 열렬한 사랑, 웨그만즈

영화 〈극한직업〉의 대사 한 구절을 인용하겠다. “지금까지 이런 슈퍼마켓은 없었다. 이것은 장보기인가 힐링인가?”

시라큐스에서 서쪽으로 한 시간 삼십분쯤 차를 몰고 가면 한때 이리 운하가 지나갔던 로체스터(Rochester)라는 도시가 있다. 로체스터에 살던 존과 월터 웨그만(John and Walter Wegman) 형제가 1916년 로체스터 청과물상(Rochester Fruits and Vegetables Company)이라는 작은 회사를 차렸다. 이것이 장보기를 힐링의 단계로 끌어올린 웨그만즈(Wegmans) 슈퍼마켓 체인의 시작이었다.

가끔 인터넷에 출처도 확실치 않지만 기발한 기사들이 올라온다. '업스테이트 뉴요커들의 특이한 점 열다섯 가지'라는 이야기가 올라와서 읽다가 배꼽을 잡고 웃은 적이 있다. 그 열다섯 가지 중 하나가 '그들의 식료품점과 나누는 열렬한 사랑(Intense love affair with their grocery store)'이었기 때문이다. 웨그만즈에 대한 이곳 주민들의 컬트에 가까운 자부심을 빗대어 하는 말이다.

시라큐스 출신인 배우 알렉 볼드윈(Alec Baldwin)이 몇 년 전 데이비드 레터맨 쇼(David Letterman Show)에 나와 아직도 시라큐스에 살고 있는 자신의 어머니 이야기를 잠깐 했다. 어머니에게 시라큐스 날씨가 추우니 겨울에는 자기가 사는 캘리포니아에 가서 지내자고 했더니 어머니 대답이 "거긴 웨그만즈가 없잖니?"였다고 한다.

웨그만즈 여러 매장 중 가장 크고 화려한 매장이 시라큐스에 있다. 뉴욕시에 살 때는 손님이 찾아오면 데리고 다니며 엠파이어 스테이트 빌딩이며 카네기 홀, 메트로폴리탄 미술관 등 관광 명소들을 보여 줬다. 시라큐스로 이사를 온 뒤로 손님이 오면 제일 먼저 데리고 나가 웨그만즈를 보여 준다. 페이스북에 허구한 날 '오늘 웨그만즈에 가서'로 시작하는 글을 올렸더니 이제는 거의 대부분의 손님들이 시라큐스에서 무엇을 하고 싶으냐고 물으면 대번에 "웨그만즈 구경을 하고 싶다"고 대답한다. 한번 보고 간 사람들은 그들 스스로 웨그만즈 전도사가 된다. 나의 어머니는 내가 로스쿨 다니던 시절에 딱 한 번 웨그만즈를 구경했지만 아직도 "그 슈퍼마켓 잘 있냐"고 물어보고, 가끔 친구들 앞에서 웨그만즈에 대해 설명을 하실 때도 있다.

시라큐스에도 식료품점이 여럿 있지만 내가 아는 사람 중에 웨그만즈에서 장을 보지 않는 사람이 없다. 로스쿨 시절 알던 한국 친구들이 이제 모두 시라큐스를 떠나고 한 집만 남아 있다. 문자 메시지도 보내고 전화도 하지만 각자의 바쁜 삶이 있기 때문에 만나는 것이 쉽지 않다. 늘 "한번 봅시다" 하다가 결국 마주치는 곳이 웨그만즈이다. 오죽했으면 내가 웨그만즈 없었으면 우리는 같은 시라큐스 하늘 아래서 평생 다시 못 보고 살았을 것이라고 했다.

로스쿨 은사님들, 동네 뉴스 앵커, 시라큐스 시장, 내 담당 의사 등 웨그만즈에 가면 별별 사람과 다 마주친다. 시라큐스 지방 방송의 한 기상 캐스터와는 묘하게 웨그만즈에 갈 때마다 마주치다 하루 신라면 진열대 앞에서 통성명하고 페이스북 친구가 되었다. 현재 그는 호주의 한 방송국에서 일을 하고 있지만 늘 페이스북을 통해 그의 소식을 듣는다. 아직도 웨그만즈를 잊지 못한다고 한다.

그렇다. 이곳 시라큐스에 사는 사람들은 웨그만즈와 뜨겁게 사랑한다. 시라큐스의 추운 겨울이 싫다고 떠난 사람들도 웨그만즈는 잊지 못한다. 추운 날씨가 지긋지긋하다면서도 떠나지 않는 사람들은 웨그만즈 때문에 떠나지 못한다고 한다.

가족끼리 경영하는 작은 규모의 가게를 영어로 맘 앤드 팝 스토어(Mom and Pop Store)라고 한다. 엄마, 아빠가 운영하는 가게라는 뜻이다. 웨그만즈는 상장 회사가 아니다. 맘 앤드 팝 스토어라고 하기에는

—

웨그만즈로 들어서면 손님을 반기는 싱싱한 청과물들

규모가 커졌지만 아직도 웨그만 집안사람들이 모여 경영하는 가족 경영 회사이다. 존과 월터 형제가 웨그만즈를 창립한 뒤 월터의 아들인 로버트가 물려받았고, 현재는 로버트의 아들 대니와 대니의 두 딸들이 가업을 이어받았다. 웨그만즈는 미국 동부에 집중되어 구십오 개 정도의 매장을 갖고 있다. 크로거(Kroger)라는 슈퍼마켓 체인이 미국 전역에 사천 개에 달하는 매장을 갖고 있는 것에 비하면 웨그만즈는 아주 작은 체인이다. 이 작은 체인이 미국 내 가장 공신력 있는 소비자 조사에서 매년 슈퍼마켓 부문 평점 1위를 차지한다. 로스쿨 1학년 때 수업 끝나면 집에 가기 전에 웨그만즈에 들러 한 바퀴 돌아보고 갔다. 하루 종일 교수님들의 끝없는 질문에 시달리며 대답을 제대로 하지 못해 버벅거리다 집에 가려면 피곤이 몰려오기 시작했다. 믿거나 말거나 웨그만즈에 들어서면 그 순간 모든 피로가 사라졌다.

## 시라큐스의 자부심, 웨그만즈

청과물상으로 시작한 체인답게 웨그만즈는 싱싱한 과일과 야채가 특징이다. 매장에 들어서면 그날의 가장 싱싱한 과일과 야채가 입구에서 제일 먼저 소비자들을 반긴다. 여름에는 하루 두 번씩 방금 수확한 과일과 야채가 주변 농장으로부터 들어온다. 싱싱한 과일과 야채가 쌓여 있는 것만 봐도 힐링이 된다.

웨그만즈는 식료품점보다 그 안에 카페와 식당, 푸드 코트에서 벌어들이는 돈이 더 많다. 푸드 코트에는 즉석에서 만드는 피자, 생선초밥, 햄버거, 타코 코너 등이 단정하게 늘어서 있다. 프랑스식 패스트리와 타르트는 2000년대 초 프랑스에 직원을 파견해 육 개월간 훈련시킨 뒤 매일 신선하게 만들어 판매하기 시작했다. 배고플 때 디저트 진열대 앞을 섣불리 지나가면 그날 다이어트는 물 건너가기 십상이다.

웨그만즈는 양질의 물건에 승부를 건다. 하지만 작은 슈퍼마켓 체인이 시라큐스와 그 주변 지역의 컬트 수준을 넘어 전 미국의 관심거리가 되어가고 있는 현상이 물건만 좋다고 가능한 것은 아니다. 직원들의 몸에 밴 친절이 웨그만즈 성공의 또 다른 공신이다. 매뉴얼에 적힌 대로 읊조리는 친절이 아니라 진정 소비자를 위해 마음에서 우러나오는 친절이다.

시라큐스에는 웨그만즈 직원에게 감동 받은 여러 가지 사례들이 전설처럼 회자된다. 나도 몇 가지 경험이 있다. 오래전에 물건을 사러 갔다 진열대에 그 물건이 없는 것을 보고 옆에서 다른 물건들을 정리하고 있던 직원에게 물었다. 웨그만즈에서는 손님이 질문을 하면 직원들이 하던 일을 멈추고 와서 함께 물건을 찾아 준다. 그 직원도 한참 나와 물건을 찾았다. 진열대에 있던 물건이 다 팔린 것을 안 직원은 창고로 전화를 하고, 창고 직원이 내가 찾던 물건을 두 개 들고 나왔다. 나는 애초에 하나만 사려고 마음을 먹고 갔지만 그 정성에 감동해 그만 두 개를 다 사 가지고 집으로 왔다. 쓰지 않아도 될 돈을 썼지만 기분은 참 좋았다. 또 한번은 내가 즐겨 먹는 탈레지오(Taleggio) 치즈를 집어 장바구니에 넣다 말고 커다란 파르메산 치즈 덩어리를 자르고 있던 직원에게 웨그만즈에서 판매하는 치즈가 몇 가지나 되냐고 물었다. 그녀는 잘 모르겠다며 치즈 자르던 일을 멈추고 매니저를 찾아 데리고 왔다. 매니저는 내 질문을 듣고 상냥하게 웃으며 "계절별로 다른데 삼사백 종류 정도 됩니다"라고 말해 줬다.

웨그만즈는 직원을 채용하면 혹독한 훈련을 시켜 실전에 투입하는 것으로 유명하다. 하지만 위에 예를 든 서비스는 직원들이 진심으로 우러나 성심성의껏 일하지 않으면 기대하기 힘들다. 웨그만즈는 매년 예산의 큰 부분을 직원 복지에 할애하고 대학에 진학하는 직원에게 장학금을 지급한다. 웨그만즈는 슈퍼마켓 체인 중 최고 점수를 받을 뿐만 아니라 미국 전체 기업 근무 환경 평가에서 이십년 넘게 늘 최상위에 올라가는 것으로도 유명하다.

그래서인지 웨그만즈에는 장기 근속자가 많다. 손님과 직원이 서로 친해져 인사를 하며 안부를 묻는 일도 많다. 직장에 대한 애착과 자부심이 생기다 보니 열과 성을 다해 일을 하고 매장의 손님을 자신의 집을 찾아 온 손님 대하듯 한다.

## 단골손님들의 애정과 긍지가 자랑인 곳

스타벅스의 창업자 하워드 슐츠는 이탈리아 출장 중에 동네 카페에 사람들이 모여 커피를 마시며 바리스타와 자연스럽게 이야기를 나누는 것을 보고 커피를 사이에 두고 소통하는 커뮤니티를 만들고 싶어 스타벅스를 창업했다고 한다. 스타벅스는 상장 회사가 되고 규모가 커지면서 초창기의 커뮤니티 같던 느낌이 퇴색하여 프라푸치노 찍어 내는 공장이 된 듯하다.

웨그만즈는 아직도 커뮤니티의 느낌을 간직하고 있다. 존과 월터 웨그만 형제는 빨리 성장하는 체인이 아니라 세상에서 제일 훌륭한 슈퍼

Old Fashioned Subs
Burger Bar
EXIT
Pick Up Order Here
ORDER HERE

—

웨그만즈의 푸드 코트

마켓을 만드는 것이 목표였다. 그들은 소비자에게 최고의 만족을 주기 위해 끝없이 노력한다. 소비자 조사에서 평점 1위를 차지하면 그 주말에 소비자들에게 감사한다며 웨그만즈 전 매장 안에서 케이크 잔치를 벌여 들어오는 손님마다 케이크를 제법 큼직하게 잘라 준다. 손님들은 평점 1위가 자신들의 일인 양 기뻐하며 축하한다는 인사를 건네고 케이크를 먹는다. 올림픽이 열릴 때는 웨그만즈가 후원하는 미국 올림픽 선수들을 응원한다며 케이크 잔치를 벌인다. 손님이 케이크를 먹는 것이 선수 응원과 무슨 상관이 있는지는 잘 모르겠으나 손님들은 주니 감사히 먹으며 자신의 가족이 올림픽에 출전한 듯 선수들을 응원한다. 직원들을 독려하지만 그들이 행복하게 일할 수 있는 환경을 만들어 그 행복감이 소비자에게 전달되도록 하는 것도 잊지 않는다. 또 회사의 이윤을 사회에 환원해 매년 1400만 파운드에 달하는 음식을 자선 단체에 기부한다. 주민들이 웨그만즈를 단순한 식료품점으로 보지 않고 동네의 자랑으로 여기게 만드는 이유들이다.

나는 대니 웨그만이 내 개인 요리사(Personal Chef)라는 농담을 종종 한다. 어떤 때는 주말에 웨그만즈에 가서 아침을 사 먹고 와서 책 읽다 점심 사다 먹고 집 청소하고 저녁 사다 먹고 세끼를 모두 웨그만즈 음식으로 해결한 적도 있으니 그럴 만도 하다. 나만 그러는 것도 아니라 시라큐스 친구들은 대번에 내 말 뜻을 알아듣고 웃는다.

나의 바람은 웨그만즈가 앞으로도 오랫동안 나의 점심 식사를 책임져 주었으면 하는 것이다. 매장 수가 자랑이 아니라 단골손님들의 애정과 긍지가 자랑인 곳으로 남기를 바란다. 종종 약속도 없이 그리운 얼굴들과 우연히 마주치는 동네 사랑방으로 오래도록 남길 바란다.

# 재의 수요일에 떠난 순례

미국 루이지애나주(Louisiana)의 뉴올리언스(New Orleans)는 유명한 관광지이다. 프랑스 식민지였던 이곳에는 그 시절의 건물과 전통이 많이 남아 있다. 뉴올리언스에서 매년 날짜는 다르지만 늦겨울이나 초봄의 화요일에 열리는 행사가 마르디 그라(Mardi Gras) 축제이다. 고대 이

교도들의 풍습을 가톨릭교회가 받아들여 자신들의 풍습으로 만든 축제로, 뉴올리언스에는 해마다 마르디 그라 축제 때만 되면 관광객과 그들이 버린 쓰레기가 도시를 가득 메운다.

마르디 그라는 불어이다. 마르디(Mardi)는 '화요일', 그라(Gras)는 '뚱뚱한'이라는 의미로, 영어로는 '팻 튜스데이(Fat Tuesday)'라고 부른다. '먹고 즐기는 화요일'이라는 뜻이다. 거기에는 이유가 있다. 마르디 그라 다음 날이 가톨릭교회의 '재의 수요일(Ash Wednesday)'이다. 부활 전 사십일을 경건하게 지내는 사순절을 시작하는 날로서, 이마에 종려나무 가지를 태운 재로 십자가를 그리고 금식한다. 마르디 그라는 재의 수요일 전날 '좋은 시절 다시 오랴' 하는 심정으로 먹고 마시며 노는 날이다.

유대 음력으로 부활절의 날짜를 계산하고, 그 부활을 기준으로 사십일 전이 재의 수요일, 그 전날이 마르디 그라이다. 그래서 매년 양력의 날짜가 다르지만 이름에 화요일과 수요일이 들어 있는 만큼 늘 화요일과 수요일에 찾아온다.

나는 일주일 내내 딴 생각하다 일요일이 되면 겨우 한 번 교회를 찾아 가는 선데이 크리스천이지만, 재의 수요일, 부활절, 성목요일 등 특별 행사와 그에 따르는 전통은 유난히 열심히 챙기는 하이브리드형 크리스천이기도 하다.

2019년의 팻 튜스데이는 3월 5일이었다. 이날 냉장고를 비워야 한다는 일념으로 점심에 하나, 저녁에 하나, 두꺼운 스테이크를 두 개나 구워 먹었다. 당분간 고기를 삼가고 사십일을 살아야 하기 때문에 이미 사다 놓은 고기를 변하기 전에 먹어야 한다는 것이 나의 논리였다.

다음 날인 재의 수요일에는 시라큐스에서 한 시간 삼십분쯤 떨어진 로체스터에 약속이 있어 일찍 잠자리에 들었다. 눈이 많이 온다는 예보가 있어 좀 걱정이 되었지만, 괜찮을 거라 스스로 위로하다 잠이 들었다.

영어에 "March comes like a lion and leaves like a lamb(3월은 사자처럼 와서 양처럼 떠난다)"이라는 말이 있다. 3월 초반에는 날씨가 변덕스럽고 험악하지만 3월이 끝날 무렵에는 어느새 따뜻한 봄이 된다는 뜻이다. 3월 초 재의 수요일 아침 시라큐스에는 눈이 사자처럼 무섭게 내리고 있었다. 하이브리드형 크리스천은 아침 일곱시 삼십분에 목숨 걸고 언덕길을 운전하고 내려가 동네 성당에서 이마에 재를 받고 로체스터로 떠났다.

고속도로에 들어서니 맞바람이 치며 눈이 휘날려 앞이 보이지 않고 세상이 온통 하얗기만 했다. 중요한 약속이라 되돌아갈 수도 없고 할 수 없이 앞차의 테일 라이트만 쳐다보며 천천히 따라갔다. 오대호의 영향으로 내리는 눈의 특징은 무섭게 오지만 그 범위가 매우 좁다. 시라큐스를 떠나 한 이십분 정도 가니 앞이 보이고 눈도 그저 눈발이 날리는 정도로 순해졌다. 일찍 여유를 갖고 떠난 덕에 아침 열시 약속 시간에 맞춰 도착했다. 로체스터는 약간 흐리고 간간히 눈발이 조금 날리다 말다 하는 날씨였다. 나와 만나기로 한 사람들 중 한 사람도 이마에 큼지막하게 시커먼 십자가를 그리고 나왔다.

일을 잘 마치고 집에 돌아오려는데 아침에 목숨 걸고 떠난 것도 좀 억울하고, 기상 정보에서 오후 서너 시쯤 되어야 눈이 그칠 것이라 했기 때문에 곧장 가 봤자 또 눈을 헤집고 집으로 들어가야 할 것 같아 로체스터에서 남서쪽으로 사십분 정도 내려가는 가톨릭 트라피스트 수도회의 제네시 수도원(The Abbey of the Genesee)으로 방향을 틀었다.

## 제네시 수도원

트라피스트 수사들은 수도원에 모여 살며 침묵 수행과 노동을 한다. 그중 제네시 수도원은 켄터키주의 트라피스트 수도원의 분원으로 1951년 업스테이트 뉴욕에 둥지를 틀었다. 수사들은 매일 새벽 세시에 일어나 새벽 기도(Vigil), 찬과(Lauds), 육시과(Sext), 만과(Vespers), 종과(Compline) 등 다섯 번의 기도와 한 번의 미사를 드린다.

제네시 수도원은 빵과 과자를 만들어 몽크스 브레드(Monks' Bread)라는 자신들의 상표를 달아 파는 것으로 유명하다. 초창기 수사 중 한 명이었던 실베스터 맥코맥(Sylvester McCormack)은 수도원에 들어오기 전 해군에 복무할 때부터 배에서 빵 굽는 일을 담당했다. 수도원에 들어와서도 자연히 빵을 구워 식사를 준비하는 일을 맡아 하다 1953년 아예 수도원 차원에서 빵 공장을 차렸다.

몽크스 브레드는 한때 미 전역에 분점을 낼 정도로 번성해 제네시 수도원의 생활비를 제외한 모든 돈을 들여 여러 자선 사업을 했다. 이제 그 세가 많이 줄었지만 그래도 업스테이트 뉴욕에서는 아직도 꽤 잘 팔리는 빵이다.

제네시 수도원은 나와 특별한 인연이 있다. 텍사스에서 대학 다닐 때 『제네시 일기(Genesee Diary)』라는 책을 읽었다. 어느 신부님이 제네시 수도원에 들어가 수사들과 함께 일년간 노동하고, 침묵하고, 묵상하며 쓴 일기를 책으로 낸 것이다. 이제 그 내용이 잘 생각나지는 않지만, 침묵 수행을 하는 곳이라 휴식 시간을 제외하고는 수화로 꼭 필요한 이야기만 한다는 것과 매일 빵 공장에서 일을 한다고 했던 기억이 난다.

뉴욕시로 이사 와 대학원을 다닐 때 학교에서 일하던 한 수녀님과 친해졌다. 어느 날 수녀님과 이런저런 이야기를 하다 보니 그분이 제네시 수도원을 알고 있는 것이었다. 수녀님께 부탁해 제네시 수도원 전화번호와 주소를 얻어 전화를 해 봤다. 우리나라의 템플 스테이처럼 그곳에서 사흘, 길게는 일주일 머물며 수도원 생활을 체험하는 프로그램이 있다고 했다.

그해 여름 방학이 되자 나는 기다렸다는 듯 책 몇 권을 싸 들고 제네시로 향했다. 도착하자마자 게스트하우스에 짐을 풀고 하루 다섯 번 기도를 드리기 시작했다. 게스트하우스와 성당은 약 1마일 정도 떨어진 터라 매일 다섯 번 걸어서 왕복했다. 숲이 우거진 시골이다 보니 여름이었지만 새벽 기도에 갈 때는 상당히 추워서 덜덜 떨었던 기억이 난다. 시끄러운 도시를 떠나오니 추운 새벽길 걸어가는 것도 즐거웠다. 전공인 사회학 시간에 읽었던 칼 마르크스의 『독일 이데올로기』에 나오는 '아침에 사냥을 하고, 낮에 물고기를 잡고, 저녁에 가축을 몰아넣고, 밤에 비평을 한다'는 대목이 생각났다. 나도 노동하고, 명상하고, 책 읽으며 살고 싶다는 생각이 두어 번 스쳐갔다.

첫 아침 식사를 하러 갔더니 손님 담당 수사님이 아침을 차려놓고 빵 공장에서 일하고 싶은 사람은 이름을 적으라며 종이를 두고 나갔다. 단 남자들만 가능하다고 했다. 성당과 게스트하우스는 늘 일반에 열려

—

제네시 수도원의 성당. 봉쇄 구역과 일반 신도석을 가르는 바가 보인다

있지만 성당 뒤 수사님들이 모여 살며 기도하고 노동하는 곳은 외부의 출입을 제한하는 봉쇄(Cloistered) 구역이다. 외부인은 특별히 허가 받은 사람만 들어가는데 그나마 여자는 들어가지 못하는 금녀의 구역이다.

제네시에 오면서 빵 공장을 구경하고 싶다는 생각을 하면서 왔기 때문에 이름을 적었다. 아홉시까지 성당으로 오라고 해서 다시 1마일을 걸어 성당으로 갔다. 저스틴이라는 수사 신부님이 나와서 나를 반갑게 맞아 주며 빵 공장으로 데리고 들어갔다. 별로 크지 않은 공간에 기계가 몇 개 있고 몇 분의 수사님들이 일을 하고 있었다. 저스틴 신부님이 낮은 소리로 일일이 수사님들에게 나를 소개하고 수사님들은 빙긋이 웃으며 손을 흔들었다.

포장된 빵을 바구니에 담고, 바구니가 꽉 차면 그걸 다른 한쪽에 차곡차곡 쌓아 놓는 것이 내 임무였다. 신부님과 수사님들은 작업 중에 필요한 말만 수화로 간단히 했지만, 나에게는 작은 목소리로 이런저런 지시를 했다. 한참 일을 하다 잠시 휴식 시간이 오자 그때는 어디서 왔느냐, 전공이 뭐냐는 등 사사로운 이야기도 거리낌없이 했다.

작업 다 끝나고 게스트하우스로 터벅터벅 걸어오며 머릿속에 들었던 생각은 '빵이 이렇게 무거우리라고는 상상도 못 했다'는 것이다. 너무 무거워 팔이 아플 정도였다. 그러다 또 생각했다. '이 한심한 것. 밀가루가 얼마나 무거운데 아무렴 그 밀가루로 만든 빵이 가볍겠냐?' 맞다. 세상사에는 모두 내가 미처 생각하지 못한 이면이 있다. 늘 빵을 한 봉지씩 사다 먹으니 한 바구니의 빵이 얼마나 무거울지는 한번도 생각해 보지 못한 것이다.

오랜만에 이십대 시절의 추억을 떠올리며 운전을 하다 보니 어느 새

2019년 3월 6일의 제네시 수도원에 도착했다. 시간이 멈춰 버린 듯한 이곳. 세상이 모두 변해도 변하지 않을 것 같은 이곳에 나도 시간을 뛰어넘어 다시 섰다. 스물몇 살 나를 오늘의 내가 마주보고 섰다. 그리고 스물몇 살 시절과 오늘 사이의 모든 시간이 책장을 후다닥 넘기듯 순식간에 내 눈 앞에서 흘러갔다. 그 모든 시간이 마치 펼쳐진 두꺼운 책을 양손으로 탁 덮듯 한 덩어리가 되어 내 심장에 박혔다.

성당 안에서는 정오에 드리는 육시과를 바치고 있었다. 수사님들 사이에 저스틴 신부님도 보였다. 덥수룩한 턱수염이 하얗게 샜지만 얼굴은 알아볼 수 있었다. 수도원의 기도는 모두 그레고리안 성가로 부르는데 그 소리가 아름답다. 기도는 정확히 시간을 잰 적은 없지만 그리 길지 않다.

수도원의 봉쇄 구역은 성당 안에서부터 시작된다. 성당에 들어서면 일반 신도석이 있고, 성당을 가로질러 성당을 반으로 가르는 바가 있다. 그 바 너머부터 봉쇄 구역이다. 기도가 끝나고 성당의 봉쇄 구역 안에 앉아 있던 수사님들은 모두 퇴장하고, 몇몇 신도들이 계속 앉아 기도를 드렸다. 살금살금 성당 뒤쪽으로 가서 사진 한 장 찍고 밖으로 나왔다.

복도에는 손님들을 접대하는 연세 많은 브라더 크리스천(Br. Christian)이라는 수사님이 서서 성당에서 나오는 나를 보고 웃으며 인사를 했다. 수도원에 사는 수사들은 영어로 '몽크(Monk)'라 부르고, 서로 부를 때는 '브라더(Brother) 누구누구'라고 부른다. 브라더 중 성직자인 신부로 임명된 사람들은 그때부터 브라더가 아니라 '파더(Father)'라고 부른다. 브라더 크리스천에게 내가 이십오년 전 이곳에 머물며 파더 저스틴(Fr. Justin)과 빵을 만들었다고 했더니 대번에 오늘 저녁 같이 먹고 게스트하우스에서 하루 머물고 가라고 하셨다. 오늘은 힘들고 이번 여름에 날씨 좋을 때 와서 한 사흘 있다가 가겠다고 했다. 수사님은 "이번 여름까지는 나도 살아 있을 것 같아"라고 말하며 씩 웃으셨다.

눈을 뚫고 고생고생하며 왔는데 그냥 돌아갈 수 없어서 매점에 들러 몽크스 브레드 식빵 한 봉지 사 가지고 나왔다. 한 봉지의 빵은 참으로 가벼웠다. 매점 맞은편에 서점도 있었는데 서점은 마루가 꺼져 다 비우고 공사를 하고 있었다. 새것이라고는 모르는 곳인 줄 알았는데 마루도 새로 깔고, 공사를 하긴 한다.

성당 문을 나서다 앞뜰에 있는 성모상과 마주쳤다. 이십오년 전 처음 만났던 바로 그 성모상이다. 모든 생명이 잘려 나간 겨울 들판, 두껍게 쌓인 눈 밑에 얼어붙은 땅만이 숨죽여 봄을 기다리는 그 황량한 들판에 성모상이 혼자 바람을 맞고 서 있었다. 이곳에 서서 이십오년 전 단 한 번 찾아왔던 나를 기다렸던 것일까? 운전을 하고 떠나며 거울 속으로 멀어지는 성모상을 힐끗힐끗 바라봤다.

시라큐스에 근접하니 다시 눈발이 날리기 시작했다. 그래도 아침보다는 나아진 것이 해가 쨍쨍 나며 눈이 오고 있었다. 3월의 태양은 높이 뜬다. 그래서 해만 나면 아무리 눈이 많이 와도 금방 녹는다. 'Winter, your days are numbered(겨울아, 너도 얼마 남지 않았다)'라고 생각하니 빙긋이 미소가 번졌다.

다시 눈을 뚫고 시라큐스로 진입해 집으로 왔다. 손을 씻기 위해 화장실에 들어갔다가 거울 속의 나를 봤다. 이마에 까맣게 그려져 있던 십자가는 바람에 다 날아가고 희미하게 한 줄 남아 있었다. 올해도 재

—

황량한 겨울 들판에 서 있는 성모상

를 받으며 '착하게 살겠다' 다짐했다. 그 다짐이 바람에 다 날아가 희미해지면 내년에 또 같은 다짐을 하며 재를 받겠지. 꿈과 열정이 가득하던 시절에 사흘을 보냈던 곳에 중년이 되어 다시 섰다. 한곳에 덩그마니 서 있는 그곳을 나 혼자 빙글빙글 이십오년을 돌아 다시 찾아갔다. 언젠가 다시 돌아가는 날 여전히 덩그마니 서서 나를 바라보겠지. 그 날이 꼭 오면 좋겠다.

눈을 뚫고 떠나 큰 원 하나를 그리며 다시금 눈을 뚫고 돌아와 거울 앞에 선 오늘의 여정을 '재의 수요일에 떠난 순례'라 이름 붙였다.

# 뉴욕, 제국이 되다

영화 '스타워즈' 시리즈 중에 〈제국의 역습〉이 있다. 원 제목은 〈The Empire Strikes Back〉이다. 엠파이어(Empire)는 '제국'이라는 뜻이다.

뉴욕시 맨해튼에 가면 32번가 코리아 타운에서 얼마 떨어지지 않은 곳에 102층 높이의 엠파이어 스테이트 빌딩이 있다. 건물이 완공된 1931년부터 1970년까지 세계에서 가장 높은 빌딩으로 유명했다.

뉴욕시에서 학교까지 다니며 살았던 사람으로서 약간 창피한 말이지만, 나는 아직도 자유의 여신상을 한 번도 직접 가서 본 적이 없다. 다른 이유는 없고, 그냥 번거롭고 귀찮아서이다. 자유의 여신상을 보려면 맨해튼에서 배를 타고 동상이 서 있는 리버티 아일랜드(Liberty Island)로 가 긴 줄을 서야 하기 때문이다. 반면 엠파이어 스테이트 빌딩은 맨해튼 한복판에 있어 접근하기 수월하고, 입장하는 줄도 별로 길지 않다. 게다가 한국에서 온 손님들이 이구동성으로 가고 싶다고 해서 안내하고 함께 들어갔다 나와 근처 감미옥에서 설렁탕 먹고 온 것이 대여섯 번은 족히 된다. 엠파이어 스테이트 빌딩은 세계 최고층 빌딩의 왕좌를 내어 준 지 오래지만 아직도 19세기 말과 20세기 초 뉴욕의 도약과 영광의 상징으로 남아 뉴욕시의 '머스트 시(Must See)' 관광 명소로 꼽힌다.

엠파이어 스테이트의 엠파이어는 '제국'이라는 뜻이고, 스테이트(State)라는 단어는 여러 의미가 있지만 여기서는 뉴욕주, 텍사스주 하는 '미연방 주(州)'라는 뜻이다. 엠파이어 스테이트는 조금 의역하면 '제국처럼 위엄 있는 주'라는 뜻으로서 뉴욕주의 별칭이다. 그래서 뉴욕주의 영광과 도약의 상징으로 지은 빌딩의 이름도 엠파이어 스테이트 빌딩이다. 엠파이어 스테이트 빌딩은 뉴욕시 맨해튼에 있지만, 뉴욕이 엠파이어 스테이트가 되는 도약의 원동력은 업스테이트 뉴욕을 가로지르던 이리 운하(Erie Canal)이다. 19세기 서부로 나가는 거의 유일한 길이었던 이리 운하 덕에 뉴욕은 막대한 경제적 부를 축적하게 된 것이다.

## 왜 뉴욕은 '제국'의 상징이 되었을까?

뉴욕주 북동쪽에 있는 애디론댁산(Adirondack Mountains) 서쪽 끝자락에서 시작하는 모호크강(Mohawk River)은 센트럴 뉴욕을 훑고 모호크 밸리를 지나 뉴욕의 젖줄인 허드슨강(Hudson River)으로 흘러들어간다. 모호크강을 끌어안은 허드슨강은 계속 흘러 대서양으로 들어간다.

지금의 업스테이트 뉴욕 지역에 대대로 살던 이로쿼이 원주민들이나 17세기 이후에 뉴욕에 발을 디딘 유럽인들이 산세가 험한 업스테이트를 지나기에는 물길이 가장 편하고 빨랐다. 특히 유럽인들은 대서양을 항해해 뉴욕에 도착한 후 허드슨강을 따라 올라가다 모호크강으로 갈아타면 뭍에 발을 디딜 틈도 없이 업스테이트의 센트럴 뉴욕에 도착할 수 있었다. 당시의 육상 교통수단보다 훨씬 빠르고 많은 짐을 나를 수 있었다.

이런 교통의 요지였던 모호크강 주변은 17세기와 18세기에 이로쿼이 원주민, 네덜란드인, 영국인, 프랑스인 등이 모여 피 튀기는 각축전을 벌였다. 결국 영국이 뉴욕의 패권을 차지하고, 1776년 미국 독립전쟁 후 미국이 패권을 쥐었다.

1817년 뉴욕주 정부는 알바니 허드슨강에서부터 모호크 밸리를 지나 시라큐스, 로체스터 등을 거쳐 뉴욕주의 서쪽 끝에 있는 도시인 버펄로의 이리호까지 363마일(약 594킬로미터)의 육로에 운하를 건설했다. 업스테이트 뉴욕은 빙하기에 형성된 호수가 많고 눈이 많이 와 물이 흔한 곳이다. 주변 호수 물을 끌어다 물을 대고, 호수가 없는 곳은 웅덩이를 파 물을 모아 그 물로 물길을 만들었다. 해발 115미터의 알바니에서 해발 183미터의 버펄로까지 서른여섯 개의 로크(Lock : 수문 혹은 갑문)를 만들어 산을 올라가는 운하를 만든 것이다.

대서양에서 허드슨강을 거쳐 이리 운하로 들어가 이리호를 타고 오하이오주로 육로를 거치지 않고 가는, 당시로서는 혁명적인 교통수단이었다.

뉴욕주 바로 서쪽에 있는 오하이오주는 오늘날 미국의 중서부(Midwest)라고 일컫는다. 서부 개척 시대 미국에서 오하이오는 중서부가 아니라 서부 끝 오지였다. 1803년까지는 주도 아니고 그냥 개척지였다. 하지만 이리 운하 덕에 미국 내 생산품과 유럽에서 들어온 물건들을 쉽게 서부로 운반하게 되었다. 게다가 유럽에서 건너온 이민자들이 모두 이리 운하를 통해 서부 오하이오로 진출했다. 뉴욕은 이런 모든 행위의 길목이었고, 지나다니는 배에서 거둬들인 통행료만으로도 엄청난 수입을 올렸다. 뉴욕은 점차 미국 경제의 중심이 되었고, 마침내 제국이라는 별칭까지 얻게 된다.

지금도 업스테이트 뉴욕을 동서로 가로지르는 I-90번 고속도로가 이리 운하의 옛 코스를 그대로 답습해 뉴욕을 벗어나 오하이오주로 들어가는 것을 보면 이리 운하가 그 당시 미국 경제의 동맥이었음을 짐작할 수 있다.

역사학자들은 미국이 모호크 밸리의 패권을 쥐지 못하고 이리 운하를 건설하지 못했다면, 현재의 미국 영토는 적어도 서너 개의 다른 나라로 쪼개져 존재했을 것이라고 한다. 그만큼 이리 운하는 미국의 오리지널 열세 개 주와 서부를 이어 주는 역할을 해 오합지졸로 흩어져

—

이리 운하 박물관의 현재(위)와 과거(아래). 원래 이곳은 배의 무게를 재는 웨이 로크였다

있던 주와 개척지들이 하나의 경제권으로 들어오고, 나아가 하나의 정치권을 이루는 데 큰 기여를 했다.

이리 운하의 크나큰 성공으로 뉴욕주는 이리 운하가 지나가지 않는 뉴욕주의 도시들 주변의 호수들과 이리 운하를 연결하는 세 개의 지선 운하를 팠다. 챔플린(혹은 샴플린으로도 발음한다) 운하(Champlain Canal), 오스위고 운하(Oswego Canal), 카유가-세네카 운하(Cayuga-Seneca Canal)는 모두 이리 운하와 연결되고, 이 세 지선 운하와 이리 운하를 통칭 '뉴욕주 운하 시스템(New York State Canal System)'이라 부른다.

이리 운하는 아직도 사용하는 운하이다. 매년 5월부터 11월까지 개장하여 작은 배들이 다니고, 이리 운하를 왕복하는 크루즈 회사들도 있다. 몇 년 전 이리 운하가 시작하는 알바니라는 도시에 친구를 만나러 갔다가 그곳에 있는 7번 로크로 구경을 나간 적이 있다. 화창한 여름날이어서 그런지 작은 배들이 줄지어 서서 로크에 물이 차 수문이 열리기를 기다리고 있었다.

그중 한 가족은 캐나다의 퀘벡주에서부터 자신들의 배를 운전하고 왔다고 했다. 미국과 퀘벡주에 걸쳐 있는 챔플린호를 타고 내려와 챔플린 운하로 갈아타 알바니까지 온 그들은, 앞으로 이리 운하를 타고 서진하다 중간에 이리 운하와 온타리오호를 연결하는 오스위고 운하(Oswego Canal)로 갈아타 오스위고라는 동네까지 육로를 거치지 않는 여행 중이라고 했다. 자동차로 가면 대여섯 시간 정도면 여행할 수 있는 퀘벡에서 알바니까지의 거리를 사흘 걸려 왔다는 말을 듣고 질려서 오스위고까지는 얼마나 더 걸릴지 묻지도 않았다. 이리 운하의 운행 속도는 평균 시속 10마일 정도로 이리 운하의 동쪽 끝 알바니에서 서쪽 끝 버펄로까지 가는데 일주일에서 열흘 정도 걸린다고 한다.

하지만 현재 이 배들이 다니는 운하는 오리지널 루트가 아니라 큰 도시들을 우회해 지나가도록 변형된 것이다. 배보다는 자동차가 우선인 시대에 도시 한복판을 물길이 차지할 수 없기 때문이다. 시라큐스의 다운타운을 지나던 곳도 모두 복개했다. 하지만 도심 외곽에는 아직도 오리지널 운하가 자전거 공원으로 40마일(약 64킬로미터) 정도 남아 있다.

운하를 덮은 아스팔트 위로 자동차가 달리지만, 이리 운하 흔적은 여기저기 여전히 남아 있다. 그 하나가 이리 불르바드(Erie Boulevard : 불르바드는 큰길 즉 大路라는 뜻)이다. 운하가 시라큐스 다운타운을 지나던 곳으로 시라큐스에서 가장 크고 긴 길이다. 모든 길은 로마로 통한다고 했던가. 시라큐스의 모든 동네는 이리 불르바드로 통한다. 길을 잃고 돌다보면 어찌어찌 어느덧 이리 불르바드가 보인다. 나도 처음 시라큐스로 이사해 동네 길을 잘 모르던 시절 길을 잃고 헤맬 때면 늘 일단 이리 불르바드를 찾아가 거기서부터 다시 시작하곤 했다.

또 다른 흔적은 이리 운하 박물관(Erie Canal Museum)이다. 이리 운하에는 요즘으로 치면 톨게이트(Tollbooth)가 일곱 개 있었다. 배를 로크에 가두고 물을 빼 배가 로크 바닥에 있는 저울에 내려앉으면 그 배를 들어 무게를 재고 그 무게대로 통행료를 계산해 받았다. 이를 영어로 무게를 재는 로크라는 의미로 '웨이 로크(Weigh Lock)'라 불렀다. 시라큐스에 그 일곱 개 웨이 로크 중 하나가 있었다. 1850년에 지은 오리지널 건물이 아직도 시라큐스 시청 바로 옆에 서 있다. 물길은 온데간데없이 아스팔트로 덮였지만, 이리 운하 일곱 개 웨이 로크 중 유일하게 남아 이리 운하 박물관이 되었다.

## 서부로 나가는 관문, 이리 운하

이 글을 쓰다 보니 한번 다시 가봐야 할 것 같아 며칠 전 짬을 내 오랜만에 이리 운하 박물관에 갔다. 입구에 푯말이 하나 서 있는데 거기에 'Gateway to the World'라고 쓰여 있다. '세계로 나가는 관문'이라는 뜻이다. 세계까지는 모르겠지만 유럽에서 뉴욕항에 도착한 이민자들이 신천지인 서부로 나가는 관문이었던 것은 맞는 말이다.

내가 처음이자 마지막으로 이리 운하 박물관을 가 본 것은 아직도 로스쿨에 다니던 때였으니 시라큐스로 이사 와 얼마 되지 않아서이다. 자전거 공원에 가서 자전거 타며 운하를 여러 번 봤지만 운하 시스템을 이해할 수가 없었다. '자전거가 다니는 길은 좁은 흙길이고, 그 옆으로 운하가 지나가긴 하는데 무동력선인 바지(Barge)선이 어떻게 여기로 다닐 수 있었단 말일까?' 하며 늘 궁금하게 생각했다. 박물관에 들어가 그 당시의 그림과 흑백 사진들을 보니 이해할 수 있었다.

짐이나 이민자들을 싣고 이리 운하를 운행하던 바지선들을 뭍에서 말과 당나귀의 잡종인 노새들이 끌고 갔다. 노새들이 걷던 길을 '토우패스(Towpath : 견인로牽引路)'라고 불렀다. 지금 자전거 공원이 된 흙길이 바로 토우패스이다. 엔진이라는 것이 없던 시절, 같은 노새가 끄는 짐차라도 뭍에서 끄는 것보다는 물 위에 띄우고 뭍에서 끄는 것이 훨씬 빨랐고 훨씬 더 많은 짐을 나를 수 있었다.

박물관은 1850년에 지은 오리지널 건물에 새 건물을 붙여 지은 것

—

이리 운하 박물관에 전시된 희귀 사진 자료들

이다. 새 건물에는 사무실과 기념품 가게가 있다. 입장료는 따로 없다. 안내 데스크에 5달러를 기부하고 긴 복도를 따라 오리지널 건물로 들어갔다. 그 당시에 있던 은행 간판과 사무실이 그대로 보존되어 있었다. 바지선의 무게를 재던 웨이 로크가 있던 곳에는 실물 크기의 바지선 모형이 있어 그 안에 들어가 볼 수도 있다. 안으로 한발 디뎌 보았다. 갑자기 온몸에 소름이 끼치며 『이상한 나라의 앨리스』처럼 19세기 시라큐스로 빨려 들어가는 기분이었다.

바지선 선장과 선원은 한 가족인 경우도 많아 5월부터 11월까지 늘 바지선 위에 살며 짐이나 사람을 날랐다. 아이들은 주로 노새 등에 타고 노새를 부리는 일을 교대로 맡아 했고, 나머지 시간에는 공부를 했다. 늘 떠돌아다니니 배가 다니는 기간에는 배에서 공부를 하고 운하가 문을 닫는 11월부터 이듬해 5월까지는 주로 뉴욕시에서 학교를 다니며 겨울을 났다. 배에서 생활을 해야 했던 만큼 배 안에 자는 방과 부엌 등 살림살이를 갖췄다.

박물관 2층에 올라가니 당시의 선술집 등이 재현되어 있고, 많은 사진 자료들을 전시해 한참 돌아보며 흥청망청했을 그 당시의 풍경을 그려볼 수 있었다. 게다가 당시 유행했던 이리 운하 송(Erie Canal Song)을 녹음해 틀어 줘서 흥겹게 구경할 수 있었다. 이리 운하를 지나던 뱃사람들이 부르던 노래이다.

엽서 몇 장 사려고 기념품 가게로 들어갔는데 그곳에서 일하는 분과 이야기를 시작했다. 이리 운하의 원래 코스와 현재 코스를 비교한 지도를 펼쳐 놓고 해 주는 이야기를 듣다 아예 그 지도를 한 장 사 가지고 나왔다.

밖에 나와 보니 역시나 또 눈이 내리고 있었다. 길에 서서 박물관 건물을 다시 한번 뒤돌아봤다. 어느새 차들이 배로 변하고, 눈이 물길이 되어 또다시 19세기 시라큐스로 빨려 들어가는 듯했다. 다시 앞을 보니 아름다운 시라큐스 시청 건물이 있었다. 시라큐스가 한창 경제적으로 번창하던 1889년부터 1893년까지 사년에 걸쳐 신 로마네스크 양식으로 지은 건물이다.

미국은 유럽에서 신천지로 온 사람들이 원주민들을 힘으로 제압하고 세운 나라이다. 얼마 전에는 유럽인들이 미 대륙으로 들어와 학살한 원주민 수가 5500만 명이나 되었다는 보고서도 나왔다. 개척 시대의 어두운 역사는 이제 더 이상 비밀이 아니다. 하지만 그들에게는 그 당시로서는 상상하기도 힘든 이리 운하를 건설할 도전 정신이 있었던 것도 부정할 수 없다.

현재의 업스테이트 뉴욕은 꿈을 잃고 스러져 가는 것이 아닌가 하는 생각이 들었다. 이리 운하로 부를 쌓고 자동차가 운하를 대체하며 다시 제조업으로 호황을 누렸지만 1990년대 이후 공장들이 하나둘 떠나면서 쇠락하고, 폐허가 된 공장 건물들만이 휑하게 서 있다. 아름다운 시청 건물도 이제는 과거의 영광을 뒤로하고 산적한 문제로 골머리를 앓고 있다.

그럼에도 뉴욕주는 아직도 제국이라 불린다. 미국 오십 개 주 가운데 제국이라 불리는 주는 뉴욕 이외에는 없다. 왜일까? 업스테이트가 근래 고전하는 것은 맞지만, 그래도 뉴욕주는 아직도 미국에서 가장 부유한 주 가운데 하나이다. 하지만 과연 부자라는 것만이 제국으로 불리는 이유는 아닐 것이다.

## 미 대륙 개척의 상징 뉴욕

계획은 이리 운하 박물관에서 운전하고 이십분쯤 가는 곳에 운하가 호수 위를 지나가는 일종의 고가도로 같은 뱃길의 사진을 찍으러 가려고 했는데 길에 세워 둔 차로 갔더니 차에 주차 위반 딱지가 붙어 있었다. 분명히 주차 요금을 지불하고 갔건만 그려 놓은 금에서 조금 삐져나가게 세웠다고 40달러나 벌금을 물린 것이다.

날씨도 춥고 눈도 많이 오고 주차 딱지에 기분이 상해, 운하 고가도로 사진은 날씨 좋을 때 찍기로 하고 단골 식당에 들어가 바에 앉았다. 늦은 점심 겸 저녁으로 햄버거와 맥주 한 잔을 시켜 먹으며 내 십년 지기 바텐더 저스틴과 '왜 뉴욕은 제국인가'에 대해 이야기했다. 저스틴이 말했다. "미국의 백인들 가운데 뉴욕에서 시작하지 않은 사람이 몇이나 될까?" 그렇다. 미국이 가장 활발하게 영토를 넓히던 시절 거의 모든 이민자들은 유럽에서 온 백인이었다. 그리고 그들은 모두 뉴욕항으로 들어와 이리 운하를 통해 전 서부로 퍼져 미 대륙을 개척했다. 뉴욕은 미 대륙 개척의 뿌리요 심장이었던 것이다. 제국이 될 만하다.

저스틴에게 인사를 하고 나오다 다시 생각했다. 제국이 되어 오늘날까지 군림하는 뉴욕. 뉴욕에 사는 사람으로서 나도 자랑스럽다. 하지만 이제는 제국 건설 도중 원주민들에게 저지른 잘못을 사죄하고 보듬고 함께 새로운 도약을 시작해야 할 때라는 말도 꼭 한마디 곁들이고 싶다. 부끄러운 역사를 끌어안을 때 자랑스러운 역사도 더욱 빛난다.

# 맨해튼 일기

## Day 1 : 털털이 기차 타고 맨해튼으로

번갯불에 콩 구워 먹듯 서울에 다녀와 그다음 날 내가 제일 먼저 한 것은 이발소에 가는 일이었다. 맨해튼 출장을 가야 하는데 그간 이발을 하지 못해 머리가 산발(散髮) 상태였다. 나는 단골집을 벗어나지 못하는 습성이 있어 웬만해서는 서울에 가서 머리를 깎는 일이 없다. 늘 답답해도 참고 있다가 시라큐스에 돌아오자마자 이발부터 한다. 나의 단골 이발사 디노(Dino)는 내가 로스쿨 다닐 때부터 내 머리를 만졌으니 우리가 알고 지낸 것만도 이십년이다. 그때는 자신의 삼촌이 운영하는 이발소에서 일하기 시작한 지 얼마 되지 않은 애송이 때였다. 한 십년 전에 삼촌이 은퇴하면서 옆자리에서 이발을 하는 동생과 그 옆자리의 매제와 함께 이발소를 인수해 지금은 공동 사장님이기도 하다.

얼마 전 디노는 삼촌 때부터 사십년간 세 들어 있던 건물을 나와 새로 이사를 했다. 새 이발소를 처음 가는 것이라 원두커피 한 봉지 사 가지고 가서 선물로 주고 머리를 깎고 왔다.

디노는 새 이발소가 자랑스러웠는지 머리 깎는 내내 "어때? 좋지?" 하고 대여섯 번 물어봤다. 시차 적응을 하지 못해 졸음이 쏟아졌지만, 내 탈모 고민을 늘 참을성 있게 들어주는 나의 대머리 이발사 디노를 위해 나도 연상 "와, 너무 좋다." "기가 막히다" 하고 맞장구를 쳐줬다.

그다음 날 아침 여전히 시차 적응을 하지 못해 헤매면서 아침 일곱시 기차를 타고 맨해튼으로 향했다. 미국의 기차는 상당히 후졌다. 서울과 부산 거리의 시라큐스-맨해튼을 가는데 여섯 시간이나 걸린다. 새마을호보다 더 느리다. 게다가 단선철도가 많아, 가다 서다를 유난히 반복하는 날은 여섯 시간을 훌쩍 넘길 때도 있다.

이렇게 후진 기차지만 그래도 내가 비행기보다 기차를 선호하는 이유가 있다. 출발 두 시간 전까지 공항에 도착해야 하는 비행기 여행과는 달리 기차 도착 오분 전에 승강장으로 올라가 기다리다 타면 된다.

가는 동안 넓은 공간 안에서 스트레칭 하고, 컴퓨터 꺼내 놓고 일하고, 책도 읽다가 한숨 자면 지루한 줄 모르고 도착한다. 그것도 시내 한복판에 도착한다. 공항에서 다시 택시를 타고 사오십분, 길 막히면 1박 2일 걸려 시내로 들어가는 비행기 여행과는 비교도 되지 않게 편리하다.

무엇보다 기차가 좋은 점은 비행기 여행과 달리 합법적인 물건이면 무엇이든 다 갖고 탈 수 있다는 것이다. 내 바이올린을 갖고 한국에 갈 때는 미 국내선을 타지 않으려고 시라큐스에서 기차를 타고 맨해튼에 가 하루 자고 뉴욕-서울 직항 비행기를 탄다. 국내선 비행기들은 너무 비좁아 바이올린을 게이트 체크인하라고 하는데 악기를 다루는 사람에게 그건 비행기 타지 말라는 말이나 마찬가지이다.

나는 전문 음악인이 아니니 바이올린은 그냥 집에 두고 다니면 되지만, 기차 여행할 때만 누리는 호사가 한 가지 있어 기차 여행을 즐긴다. 나는 커피를 입에 달고 살면서도 누구를 만나거나 여행할 때를 제외하고 밖에서 커피를 사 마시는 일이 거의 없다. 그 많은 종이컵도 아깝고, 커피 입맛도 까다로운 편이라 웬만하면 집에서 커피를 타서 보온병에 담아 가지고 다니며 마신다. 기차 여행을 할 때는 커피가 가득 찬 보온병을 아무 제약 없이 들고 탈 수 있어 좋다.

역 주차장에 차를 세워 놓고 기차에 올라 자리에 앉으니 긴장이 풀리면서 잠이 쏟아졌다. 눈을 감고 아무리 있어도 기차가 떠날 생각을 하지 않았다. 시계를 보니 아직 여섯시 오십오분이었다. 역에 도착하니 기차가 있어 시간 확인도 하지 않고 그냥 탔는데 기차가 예정보다 일찍 도착해 승객을 다 태우고도 떠나지 않고 기다리는 중이었다. 연착을 상습적으로 하는 미국 기차이지만 어쩌다 가뭄에 콩 나듯 너무 일찍 도착해 출발 시간이 될 때까지 떠나지 못하고 기다리는 날이 있다.

기차는 정각 일곱시에 떠났다. 책을 읽으려고 펼쳤는데 두 단어 정도 읽다 잠이 들었다. 잘 자고 깨어보니 중간 지점인 알바니로 들어서고 있었다. 계속 동쪽으로 달리던 기차는 뉴욕주의 동쪽 끝인 알바니에 이르러 방향을 남쪽으로 틀고 허드슨강을 따라 내려가다 뉴욕시에 도착한다.

뉴욕시에는 큰 기차역이 두 개 있다. 42번가에는 주로 통근 열차들이 들어오는 그랜드 센트럴 터미널(Grand Central Terminal)이 있고, 내가 시라큐스에서 타고 간 앰트랙(Amtrak) 열차들은 31번가의 펜 스테이션(Penn Station : 원명은 Pennsylvania Station)으로 도착한다.

그랜드 센트럴은 한때 도시 계획에 따라 헐릴 위기에 처했는데 케네디 대통령의 부인 재클린 여사(당시 재클린 오나시스)가 적극 나서고 뉴욕시가 사적 보호법을 통과시켜 철거 계획이 취소되었다. 그랜드 센트럴 터미널은 무척 아름다운 건물이다. 그런 건물을 허물려 했다니 믿을 수가 없다. 현재는 시 지정도 아니고 주 지정도 아니고 국가 지정 사적이다. 당분간 헐릴 염려는 없을 것 같다. 이에 비해 내가 늘 도착하는 펜 스테이션은 더럽고 건물도 못생겼다. 작년에 펜 스테이션 수리를 하느라 한동안 앰트랙 열차도 그랜드 센트럴 터미널로 도착해 좋았는데 다시 더러운 펜 스테이션으로 돌아갔다.

실은 펜 스테이션도 1910년 개관한 오리지널 건물은 그랜드 센트럴 터미널 못지않게 아름답고 웅장한 건물이었다. 기차 승객들이 점차 감소하자 1963년 이를 허물고 그 자리에 매디슨 스퀘어 가든과 펜 스테이션이 들어가는 복합 단지를 지어서 오늘날의 못생긴 역이 되었다.

하지만 펜 스테이션이 사라지는 것을 본 뉴욕시와 시민들이 분발해 그랜드 센트럴 터미널은 보존했으니 그나마 다행이라고 생각해야 할 것이다.

아침에 일찍 일어나 프렌치 프레스에 사분간 우려 보온병에 담아 온 코스타리카 싱글 오리진 커피가 바닥날 즈음 종착역 뉴욕시에 도착했다. 밖에는 비가 부슬부슬 내리고 있었다. 우산 장사가 우산 사라고 쉼 없이 소리를 질렀다. 속으로 '나는 집에서 우산 가져왔지롱' 하면서 우산을 꺼내 들었다.

도착하자마자 바로 회의에 가도 될 옷차림으로 왔기에 짐은 배낭과 커피 담아 온 보온병이 전부였다. 호기심에 여태 묵어 본 적이 없는 앨곤퀸(Algonquin) 호텔에 예약을 했다. 역에서 얼마 떨어지지 않은 44번가에 있다. 짐도 별로 없고 거리도 멀지 않아 걸어갔다. 뉴욕시에서 어중간한 거리는 택시 탔다가 길이 막혀 낭패 보는 경우가 있기 때문에 나는 웬만하면 걷자 주의이다. 맨해튼을 방문할 때면 거짓말 조금 보태 하루에 이만보 정도 걷는 것 같다.

내가 앨곤퀸 호텔을 호기심에 예약했다는 데는 이유가 있다. 1902년에 문을 연 유서 깊은 호텔로 현재는 뉴욕시 사적(Historic Landmark)으로 지정되어 있기 때문이다.

앨곤퀸이란 이름은 이 호텔 동네가 흔히 '뉴욕 앨곤퀸'이라 불리는 원주민들(아메리칸 인디언)이 살았던 곳이어서 붙인 이름인데 사실은 조금 잘못된 이름이다. 현재 호텔이 있는 맨해튼과 롱아일랜드 일대에 살던 원주민들은 앨곤퀸이 아니라 앨곤퀴언(Algonquian)이다. 앨곤퀴언 원주민은 앨곤퀴언어 계통의 언어를 사용하는 여러 부족들을 통칭

하는 말로, 그 대표적인 부족의 이름 중 하나가 앨곤퀸이다. 하지만 앨곤퀸 부족은 캐나다의 퀘벡주에 살고 뉴욕주로 내려와 살았던 흔적은 전혀 없다. 다만 앨곤퀴언 원주민의 대표적 부족이었기에 앨곤퀸과 앨곤퀴언을 혼동해 사용하는 경우가 종종 있다. 앨곤퀸 호텔도 혼동해서 잘못 사용한 말이 굳어진 것으로 엄밀히 말하면 '앨곤퀸 호텔'이 아니라 '앨곤퀴언 호텔'이어야 맞다. 하지만 이유야 어찌되었건 백이십년 가까이 '앨곤퀸'으로 유명해졌으면 그냥 '앨곤퀸'이다.

개관 당시 이 호텔은 최신식 건물로 바로 옆에 2층짜리 마구간까지 갖추고 있었다. 맨해튼 한복판에 마구간이 있다는 것을 언뜻 믿을 수 없지만 그 당시 교통수단은 마차였다. 밤이 되면 환경미화원들이 나와 길에 나뒹구는 말똥을 말끔히 치워도 오후가 되면 또다시 온 시내가 말똥 냄새로 코를 들 수 없었다고 한다. 요즘도 뉴욕시 센트럴 파크 근처에는 관광용 마차들이 줄지어 서 있다. 요즘은 말들이 요강을 하나씩 뒤에 달고 다니니 말똥이 땅에 굴러다닐 일은 없지만, 여름에는 센트럴 파크 근처만 가도 말똥 냄새가 난다. 온 시내에 마차가 바글바글하던 시절에는 오죽했으랴 싶다. 자동차가 나오면서 사람들은 자동차가 공해 문제를 해소해 줄 것이라 믿었다니 그저 실소만이 나올 뿐이다.

이 호텔은 당시의 저명 문화계 인물들이 매일 호텔 내 로즈룸(Rose room)에 모여 점심 식사를 했던 것으로도 유명하다. 작가, 코미디언, 배우, 음악가, 평론가, 발행인, 편집자들이 둥글게 둘러 앉아 웃고 떠들며 음식을 먹었다. 이 호텔의 전설적 소유주이자 매니저 프랭크 케이스(Frank Case)는 이곳을 찾는 가난한 예술가의 점심값을 깎아 주고 그들에게는 셀러리와 팝오버(Popover)라는, 달걀과 밀가루, 우유를 섞어

머핀 모양으로 구운 빵을 간식으로 제공했다. 프랭크 케이스의 비호하에 모였던 초창기 멤버들을 '앨곤퀸 원탁의 멤버들(Algonquin Round Table Members)'이라 부른다. 초창기 멤버들 중 시인이자 소설가 도로시 파커(Dorothy Parker) 등은 한 세대 뒤 미국의 대표적 작가들인 F. 스콧 피츠제럴드(F. Scott Fitzgerald)와 헤밍웨이 등에 영향을 줬다. 해럴드 로스(Harold Ross)라는 멤버는 유명한 종합 주간지 《뉴요커(New Yorker)》를 창간했다. 《뉴요커》는 지금도 미국 내에서 명망 높은 주간지로 문화, 정치, 레스토랑 평론부터 창작 문학 작품들도 싣는다. 나도 《뉴요커》의 열혈 구독자 중 하나이다.

앨곤퀸 호텔 내 오크룸(Oakroom)은 여러 유명 가수들이 공연을 하고 간 카바레로 명성이 자자했다. 1939년 문을 열었다 제2차 세계대전 발발과 함께 문을 닫았지만 1980년 재개관하여 뉴욕의 명소로 자리잡았다. 하지만 공간이 협소해 1인당 저녁값을 비싸게 받아야 했기에 수지타산이 맞지 않아 안타깝게도 2012년 완전히 문을 닫았다.

여러 전통으로 가득 찬 앨곤퀸 호텔의 또 하나의 전통은 고양이이다. 1930년대 프랭크 케이스가 길고양이 한 마리를 호텔 안으로 데리고 들어와 '러스티(Rusty)'라고 이름을 붙인 뒤로 이 호텔에는 내부를 마음대로 돌아다니며 손님을 맞는 고양이를 늘 길러 왔다. 러스티가 호텔에 살기 시작하고 얼마 되지 않아 좀더 고급스런 이름을 붙여야 한다는 로즈룸 단골들의 제안으로 '햄릿'으로 개명했다. 그 뒤로 앨곤퀸 호텔에 사는 모든 수고양이는 '햄릿'이라 부르고 암고양이는 '마틸다'라고 부르는 것이 전통이다. 랙돌(Ragdoll)종인 마틸다 3세는 2006년 캣쇼에 나가 상을 타온 적도 있어 동물 채널인 애니멀 플래닛(Animal

—

'앨곤퀸 원탁의 멤버들'을 그린 그림(위). 고양이 햄릿 7세와 앨곤퀸 호텔 전경(아래 왼쪽부터)

Planet)에 소개된 적도 있다. 마틸다 3세가 천수를 누리고 죽은 후 지금은 햄릿 7세라는 유기 고양이가 입양되어 행복한 삶을 살고 있다.

호텔에 도착하니 햄릿 7세가 프론트 데스크에 올라 앉아 손님을 맞고 있었다. 호텔은 얼마 전 대규모 수리를 하고 재개관했지만 현대식 호텔과 달리 비좁고 복잡하다. 하지만 전통과 옛 건축의 미를 즐기는 사람이라면 한번쯤 꼭 묵어 볼 만한 곳이다.

로비 라운지에는 로즈룸에서 점심을 먹는 문화계 인물들의 그림이 걸려 있다. 로비에는 로즈룸을 거쳐간 문인들의 책들이 전시되어 있고, 그 양쪽으로 대리석 계단이 매우 멋있다. 얼마나 사람들이 올라 다녔는지 대리석 계단이 움푹움푹 들어갔다. 대학 시절 동생과 유럽 여행을 갔을 때 꼭대기까지 걸어 올라갔던 피사의 사탑 계단 같았다. 그곳도 대리석 계단이 닳아 있었다. 그뿐 아니라 피사의 사탑 계단은 꼭대기까지 난간이 없어 올라가는 내내 발을 헛디뎌 탑 맨 밑바닥에 철퍽하고 떨어지는 끔직한 상상을 하며 올랐다. 앨곤퀸 호텔의 계단은 난간도 매우 아름답다. 추락 위험은 전혀 없다. 해롤드 로스를 기념하듯 건물 벽 여기저기에는《뉴요커》매거진의 표지들을 크게 확대해서 액자에 넣어 걸어 놓았다.

벽과 문과 천장이 스펀지가 물을 빨아들이듯 역사를 머금고 있다. 내가 미다스의 손을 가진 것도 아닌데 만지는 것마다 살아 있는 역사가 되어 튀어 나온다.

방에 짐을 풀고 곧장 호텔을 나섰다. 이번 여행의 주요 목적인 업무상 회의를 위해서였다. 그런데 업무상 회의 장소가 설렁탕집 감미옥이었다. 회의 상대는 영국 출신의 G인데 그는 나의 오랜 친구이기도 하다. 늘 업무상 약속을 잡으려고 하면 날짜도 정하기 전에 한국 음식점에서 만날 수 있냐고 묻는 친구이다. 나의 대답은 언제나 "기차 타고 가니 한시 넘어 도착할 텐데 그냥 커피만 마시며 이야기하자"고, 그의 대답은 "점심 안 먹고 기다리겠다"이다. 그래서 오늘도 설렁탕집에서 넉넉하게 두시 삼십분에 만나기로 했다.

비가 계속 부슬부슬 와 우산 쓰고 44번가 호텔에서 32번가 감미옥까지 걸어갔다. 중간에 브라이언트 파크(Bryant Park)에 잠시 들렀다. 뉴욕 하면 센트럴 파크를 떠올리지만, 사실 뉴욕시 안에는 크고 작은 공원이 여기저기 많다. 브라이언트 파크는 그중 내가 아주 좋아하는 공원이다. 동쪽으로 뉴욕시립도서관의 육중한 건물에 기대어 있고, 낮은 담장이 둘러 있어 아늑하면서도 시야가 툭 트여 시원하게 경치를 구경할 수 있는 곳이다.

조금 둘러보다 약속 시간에 늦을 것 같아 부랴부랴 발길을 서둘렀다. 32번가와 브로드웨이가 만나는 코리아 타운에 들어섰다. 뉴욕시에서 학교 다닐 때도 종종 가던 곳이다. 코리아 타운은 옷가게들이 많이 모여 있던 동네인 가먼트 디스트릭트(Garment District)였다. 우범 지대였던 이곳에 1970년대 말과 1980년대 초에 한인 식당들이 하나둘 문을 열면서 생긴 거리이다. 애초에는 동서로 지나가는 32번가가 남북으로 지나가는 브로드웨이와 만나는 지점과 역시 남북으로 지나가는 핍스 애비뉴(5th Avenue)와 만나는 지점 사이의 한 블록이었는데 지금은 한국에서 들어온 빵집과 커피 전문점, 여러 음식점들이 브로드웨이에서부터 핍스 애비뉴 훌쩍 너머까지 팽창했다. 초창기 식당들은 이민자들이 밤새 노동을 하고 아침에 국밥 한 그릇 사 먹고 집으로 가던 식당들이라 스물네 시간 영업이 기본이었다. 아직도 그 전통은 이어져서 스물네 시간 영업을 하는 곳들이 많다.

내가 처음 뉴욕시로 이사 왔을 때 브로드웨이와 32번가가 만나는 초입에 한국 상업은행의 뉴욕 지점이 있었다. 그 옆에 강서회관, 뉴욕곰탕 등이 있었고, 맞은편에 한인이 운영하던 호텔과 감미옥이 붙어 있었다. 그때는 상업은행이 뉴욕에 있다는 사실만으로도 우리가 부자 나라가 된 것 같고 기분이 우쭐해졌다.

조국이 가난하던 시절 우리에게 작은 자부심을 주고 고향에 대한 그리움을 잠시 잊게 해 주던 코리아 타운은 이제 불야성을 이루고 뉴욕시의 관광 명소가 되었다. 하지만 그로 인해 임대료가 올라가 뉴욕곰탕, 강서회관 그리고 34번가에 있던 우촌 등 초창기 식당들은 모두 폐업했다. 감미옥만이 아직 남아 있는데 장소를 몇 번 옮기고 한때 문을 닫았다 현대식으로 꾸며 다시 열었다. 매번 맨해튼에 올 때마다 언제 문 닫은 감미옥을 발견할지 조마조마하다.

G와의 약속에 늦을까 봐 발길을 바삐 옮기다 그래도 지나칠 수 없어 추억의 고려서적으로 들어갔다. 학창 시절 늘 이곳에 와서 지금은 폐간된 월간《음악동아》를 읽고 갔다. 간혹 재미있는 기사가 나오면 사 가지고 가기도 했지만, 한국에 비해 가격이 너무 비싸 그냥 읽기만 하다 간 것이 대부분이다. 책방을 둘러보니 훨씬 커지고 깨끗해지고 책값은 더 비싸진 것 같았다.

감미옥에 들어서니 G가 이미 와서 자리를 잡고 있었다. 녹두 빈대떡 하나 나눠 먹고 각자 설렁탕 한 그릇씩 먹었다. 솔직히 말해 너무 졸려 빨리 회의 끝내고 호텔에 가 좀 쉬고 싶었다. G는 그런 내 마음을 아는지 모르는지 설렁탕이 너무 맛있어 콧노래까지 부르며 먹고 있었다. 그가 "우리 여기서 밥 먹고, 업무 이야기는 옆에 한국 빵집 가서 하자"라고 말을 했을 때는 감미옥 테이블 위에 엎어져서 자고 싶었다. 결국 G가 무척 좋아한다는 뚜레쥬르에 들어가 패스트리와 커피를 나눠 먹으며 회의를 마쳤다.

G와 헤어져 아직도 비가 부슬부슬 내리는 길을 걷는데 돌풍에 우산이 꺾이면서 부러져 버리고 말았다. 기차역에서 나올 때는 우산 파는 사람도 많던데 아무리 둘러봐도 우산 살 곳이 보이지 않았다. 머릿속에 떠오르는 모든 욕을 영어와 한국말로 궁시렁대며 우산을 쓰레기통에 버리고 비를 맞으며 걷기 시작했다.

그랜드 센트럴 터미널에 잠시 들러 사진 몇 장 찍었다. 아름다운 천장 사진도 찍고, 2층에서 내려다 본 역 구내 사진도 찍었다. 승강장 사진을 찍으러 다가가는데 갑자기 승강장에서 더운 바람이 훅 불어나오며 지하철역 등에서 나는 특유의 먼지와 콘크리트가 섞인 냄새가 코끝을 스쳤다. 인간의 오감 중 기억과 가장 밀접하게 연결된 것이 후각이라고 하던가. 마르셀 프루스트는 마들렌과 홍차의 냄새를 맡는 순간 시간의 통로로 빠져들어 콩브레의 어린 시절로 돌아갔다. 나는 먼지와 콘크리트 냄새를 맡는 순간 내 학창 시절의 한 대목을 보았다. 그랜드 센트럴 터미널에서 통근 기차를 타고 이십분쯤 가면 우리 학교가 나온다. 주말에 맨해튼으로 놀러 나오면 기차를 타고 집으로 돌아가곤 했다. 주말 저녁에는 기차가 한 시간에 하나 정도 있었다. 늘 승강장에 서서 이 냄새를 맡으며 이삼십분씩 기차를 기다리곤 했다.

나는 탕 종류를 먹은 날은 하루 종일 배가 허전한 증세가 있다. 그랜

—

그랜드 센트럴 터미널

드 센트럴 터미널에서 사진 찍고 호텔까지 걸어오니 설렁탕과 패스트리가 모두 꺼졌는지 허기가 졌다. 로비 라운지에 앉아 리코타 치즈케이크와 앨곤퀸 칵테일 한 잔을 시켜 먹었다.《에스콰이어》라는 매거진에 실렸던 기사에 의하면 앨곤퀸 칵테일은 호밀로 담근 위스키(Rye Whisky)에 드라이 베르무스와 파인애플 주스를 섞어 만든다고 한다. 리코타 치즈케이크가 얼마나 맛있는지 칵테일과 곁들여 먹다 칵테일을 살짝 부어 먹다 이모저모 곱씹으며 모두 비웠다.

호텔방에 올라오니 취기가 돌며 참았던 졸음이 마구 쏟아졌다. 침대에 쓰러져 한두 시간 잤다. 마음 같아서는 그냥 아침까지 자고 싶었지만 중요한 일정이 한 가지 더 남아 있었다. 뉴욕을 방문 중인 귀한 손님을 만나는 것이다. 어린 시절 나에게 바이올린을 가르쳐 주신 선생님이다. 1980년대 초반 캐나다 밴쿠버로 이주했는데 뉴욕을 방문하신다고 하여 뵙기로 했다. 선생님과 바깥 선생님이 카네기 홀 음악회에 가셨기 때문에 음악회 끝날 무렵 카네기 홀 밖으로 가서 기다렸다. 비가 오면서 온도가 내려가 밤공기가 찼지만 문제가 되지 않았다. 그간 밴쿠버와 서울에서 몇 번 뵈었지만 미국에서는 처음 뵙는 것이라 설렜다. 두 분이 머무는 호텔로 함께 가 와인을 나누며 새벽 한시까지 이야기를 했다. 선생님이 나를 처음 가르치기 시작했을 때 나는 초등학교 5학년이었고, 선생님 내외분은 이십대의 캠퍼스 커플 출신 신혼부부였다. 나는 바깥 선생님을 '아저씨, 아저씨' 하며 따라다녔다. 그 시절 이야기가 고스란히 다 나왔다.

호텔로 들어오니 한시 삼십분이었다. 낮잠을 잤더니 별로 졸리지 않았지만 다음 날 선생님 내외분과 뉴욕 메트의 오페라 토요일 낮 공연을 보러 가기로 했기 때문에 후다닥 씻고 침대에 누웠다.

백이십년 된 호텔의 침대에 누워 생각했다. 이제 선생님 내외분은 손자가 넷이나 있는 할머니, 할아버지가 되셨다. 나는 눈이 침침해지기 시작하는 나이가 됐다. 상업은행은 은행 자체가 없어졌고, 뉴욕곰탕도 온데간데없이 기억 속에만 존재한다. '세월이 언제 이렇게 흘렀을까?' 언제 우리 부모님들이 하시던 말이 내 입에서 이렇게 튀어나오는 나이가 되었을까? '새벽부터 기차 타고 맨해튼에 도착해 발품 팔며 다닌 거리보다 훨씬 더 먼 시간 여행을 다녀온 것 같다'고 생각하며 스르르 잠이 들었다.

## Day 2 : 별은 빛나건만 – 뉴욕 메트의 오페라 《토스카》

플로리아 토스카(Floria Tosca)는 로마 최고의 인기 가수이다. 아름답고, 도도하고 질투심 많은 그녀가 세상에 둘도 없이 사랑하는 연인 마리오 카바라도시(Mario Cavaradossi)는 성당에 그림을 그리는 화가이다. 마리오와 알콩달콩 사랑을 키우던 토스카의 행복한 삶은 어느 날 마리오가 정치범 안젤로티를 숨겨 주고 도주를 도우면서 산산조각이 난다. 이 일로 로마의 경찰청장 스카르피아는 마리오를 체포하여 온갖 고문을 가한다.

스카르피아는 토스카에게 흑심을 품고 있다. 그는 마리오를 미끼로 그녀를 차지하려 한다. 그녀를 자신의 집으로 저녁 초대한 스카르피아는 그녀에게 마리오를 살리고 싶으면 자신과 하룻밤을 보내라고 한다. 토스카가 보는 앞에서 부하 스폴레타에게 마리오의 총살형을 명하면서도 총탄을 넣지 말고 거짓 사형을 집행하라고 명한다.

토스카는 탄식하며 울부짖다 결국 승낙한다. 그 대신 자신과 마리오가 동이 트자마자 로마 밖으로 떠날 수 있도록 통행증을 써달라고 한다. 스카르피아는 음흉한 미소를 지으며 통행증을 써 준다. 그러자 기다렸다는 듯 토스카는 스카르피아를 칼로 찔러 죽이고 달아난다.

한편 토스카가 자신을 떠났으리라 짐작한 마리오는 감옥에서 죽을 날만을 기다리며 슬픔에 젖는다. 그때 토스카가 나타나 가짜 처형이 끝나면 곧 스카르피아가 써 준 통행증을 갖고 로마를 빠져나갈 수 있다며 총을 쏘자마자 쓰러져 죽은 척하라고 시킨다.

토스카의 말만 믿고 사형대에 섰건만 스카르피아가 살해당한 것을 알아차린 스폴레타가 실탄을 장전해 마리오를 죽인다. 마리오가 진짜로 죽은 것을 안 토스카는 절규하지만 곧이어 그녀를 체포하러 달려온 스폴레타를 피해 성벽으로 올라가 "스카르피아, 신 앞에서 만나자(심판받자)"라고 외친 후 뛰어내려 목숨을 끊는다.

출장차 맨해튼에 와 일보고, 어린 시절의 바이올린 선생님과 만나 새벽 한시까지 옛날이야기를 하다 헤어져 호텔에 돌아와 토요일 아침 여덟시 삼십분까지 잤다. 피곤이 좀 풀리는 듯했다. 선생님 내외분과 함께 보기로 한 메트의 오페라 《토스카》 낮 공연이 한시에 시작하기 때문에 서둘러 아침 먹고 열두시 삼십분에 선생님 내외분과 링컨 센터 플라자에서 만나기 위해 호텔을 나섰다.

링컨 센터는 서울의 예술의전당처럼 여러 연주 홀과 문화 공간이 어우러져 있는 복합 공간이다. 광장에 들어서면 정면에 보이는 건물이 성악 하는 사람들의 꿈의 무대 메트로폴리탄 오페라 하우스 즉 뉴욕

—

뉴욕 메트로폴리탄 오페라의 전경

메트이다.

오리지널 메트 건물은 39번가와 브로드웨이가 만나는 곳에 있었다. 1883년에 문을 연 이 건물은 아름다운 건물 디자인과 훌륭한 음향으로 유명했지만 무대 뒤 공간이 비좁아 이미 1900년대 초반부터 이전을 논의하기 시작했다. 여러 장소가 물망에 올랐으나 진척이 없다가 1955년부터 링컨 센터 단지가 개발되면서 링컨 센터로 이전을 결정했다.

1966년 4월 16일 출연자도 울고 관객도 울며 올드 메트의 마지막 갈라 콘서트가 열렸다. 메트의 오랜 스타였던 소프라노 진카 밀라노프(Zinka Milanov)도 이날 그녀의 생애 마지막으로 메트의 무대에서 노래를 불렀다. 결국 1967년 올드 메트(Old Met)는 철거되고, 그 자리에 현재 사무실 빌딩이 들어서 있다. 하지만 아직도 연세 지긋한 분들은 올드 메트를 잊지 못해 종종 이야기 한다. 메트는 1966~1967 시즌부터 현재의 자리로 옮겼다.

뉴욕시에서 학교 다니던 시절 메트는 나의 놀이터나 마찬가지였다. 우리 학교의 맨해튼 캠퍼스는 링컨 센터 바로 옆 블록에 있다. 그곳 도서관에 가서 공부하다 링컨 센터 건너편에 지금은 없어진 오페라 엑스프레스(Opera Express)라는 식당에서 오페라 케이크라는 초콜릿으로 만든 케이크와 에스프레소 한 잔 사 먹고 들어가 오페라를 보곤 했다.

내가 처음 메트의 공연을 보러 간 것은 뉴욕으로 이사 와 얼마 되지 않은 가을날이었다. 루치아노 파바로티의 목소리를 실제로 들어보고 싶어 갔다. 오페라의 제목은 도니체티 작곡의《사랑의 묘약》이었다.

오페라 엑스프레스에서 케이크와 에스프레소를 사 먹고 들어가 5층의 제일 싸구려 자리 그것도 맨 뒷줄에 앉아 있었다. 그 당시 5층 맨 뒷자리는 평일이 19달러 그리고 주말에는 20달러였다. 오페라 전주가 끝나고 합창이 잠시 나온 뒤 파바로티의 일성이 튀어나왔다. 그날《사랑의 묘약》을 필두로 지금껏 몇십 년 메트를 드나들며 이름만 들어도 가슴 설레는 가수들의 공연을 무수히 보고 감동했다. 하지만 그날의 그런 경험은 다시없었다. 파바로티의 첫 음이 5층 맨 뒷자리에 앉아 있던 내 이마를 정통으로 쳤다. 갑자기 얻어맞은 기분에 어안이 벙벙했다. 싸구려 자리에 앉아 파바로티가 개미처럼 작게 보이는데 마이크도 대지 않은 그의 목소리는 대체 뭘 타고 거기까지 날아 와서 내 이마를 친 것일까? 3000명이 들어가는 크나큰 홀의 5층 맨 뒷자리까지 파고드는 그의 목소리, 과연 헛소문이 아니었다.

그때 이미 파바로티도 한물가기 시작했다는 평이 조용히 돌기 시작할 때였다. 초반부에서 약간 음정이 불안한 적도 있었다. 하지만 오페라 후반부 파바로티의 전매특허라 할 수 있는 아리아 〈남몰래 흐르는 눈물(Una Furtiva)〉이 끝나자 관객들의 환호가 그치지 않아 오케스트라가 다음 연주를 시작했다 멈추기를 두세 번 한 후 관객들이 모두 잠잠해질 때까지 기다려야 했다. 한물갔다던 파바로티는 그로부터 이십년을 더 세계 정상의 테너로 활동했다. 그리고 너무 아쉽게, 너무 일찍 우리 곁을 떠났다.

호텔에서부터 천천히 걸어가니 딱 열두시 삼십분에 링컨 센터 플라자에 도착했다. 이미 도착해서 주변을 둘러보던 선생님 내외분과 만나 입장했다. 선생님 내외분은 메트 관람이 처음이라 몇 가지 설명을 드렸다. 두 분 모두 메트의 특징이자 자랑거리인 메트 타이틀(Met Title)을 신기해하셨다.

근래 오페라 공연에 가보면 무대 위에 자막이 있어 그걸 읽으면서 오페라를 감상한다. 이미 1980년대부터 웬만한 오페라 극장들은 자막을 설치했다. 하지만 메트에는 오랫동안 자막이 없었다. 리브레토라고 하는 가사집을 사 가지고 들어가 그걸 읽으며 봐야 했다. 어두컴컴한 극장 안에서 가사집을 읽기란 그리 쉬운 일이 아니다. 그냥 중간에 포기하고 대충의 이야기를 짐작하며 감상하다 왔다.

메트가 오랫동안 자막이라는 신 기술을 거부했던 이유는 메트의 전설적 음악감독 제임스 레바인이 무대 장치 이외에 그 어느 것도 무대에 올리는 것을 반대했기 때문이다. 하지만 오페라 극장 측에서는 관객이 오페라 내용을 쉽게 이해해야 극장을 더 자주 찾을 것이기 때문에 레바인과 대협상을 했다.

1995년 메트는 270만 달러라는 거금을 투자해 자막을 설치했다. 무대 위 자막 대신 각 객석 앞에 개인용 자막 3000여 개를 설치했다. 그것이 바로 메트 타이틀이다. 각각 취향에 맞게 영어, 독일어, 스페인어 등의 자막을 선택할 수 있고, 아예 꺼 놓을 수도 있다. 반사 방지 장치가 있어 옆 사람은 내가 자막을 틀어 놓았는지 꺼 놓았는지 잘 보이지 않는다.

메트 타이틀을 설치한 뒤 관객들은 물론이고 가수들도 앞다투어 환영했다. 던 업쇼(Dawn Upshaw)라는 소프라노 가수는 한 인터뷰에서 "내가 피가로의 결혼에서 한창 재미있는 대사를 노래로 하는데 관객들이 함께 웃어 준다는 것이 공연하는 입장에서 얼마나 즐거운 일인지 모른다"고 했다.

메트의 또 하나의 특징은 이제 많은 오페라 하우스에서 자취를 감춘 프롬프터를 아직도 쓰고 있다는 것이다. 프롬프터는 무대 아래에서 머리만 빼끔 내밀고 가수들에게 가사의 첫머리를 불러 주는 사람이다. 무대 위에 프롬프터의 머리를 가릴 정도의 작은 장막을 쳐서 프롬프터의 머리가 관객들에게 보이지 않게 한다. 이를 프롬프터 박스라고 한다. 나의 아버지가 소장했던 오래된 LP 음반 중에 토스카니니가 지휘한《라 트라비아타(La Traviata)》의 실황 녹음에는 유명한 소프라노 릴리 폰스(Lily Pons)가 'Sempre libera'라고 이탈리아어로 노래하기 직전 프롬프터가 'Sempre libera'라고 읽어 주는 소리가 고스란히 녹음되어 있었다.

프롬프터는 오페라 가수 못지않게 오페라를 음악적으로 문학적으로 완벽히 이해해야 하는 어려운 직업이다. 박자에 맞춰 가수가 노래하기 직전에 첫마디를 불러 줘야 한다. 그뿐만이 아니다. 가수는 무대에서 노래를 부르고 오케스트라는 무대 밑 피트에 있기 때문에 가수가 오케스트라 소리를 잘 듣지 못하는 경우가 종종 있다. 이때 가수는 오로지 지휘자의 사인에 따라 노래를 부르는데 그나마도 잘 보이지 않을 수 있다. 지휘자와 가수가 서로 박자가 맞지 않을 경우 프롬프터가 중간에서 이를 수습해 줘야 한다. 전문적인 훈련을 받은 프롬프터를 구하기 힘들고 거기다 무대 디자인이 현대화 하면서 프롬프터 박스가 무대 세트와 어우러지지 못하고 겉도는 경우가 많아 프롬프터는 점점 사라지는 추세이다. 하지만 오페라 가수의 대부분이 자신의 모국어가 아닌 말로 노래를 해야 하는 사람들이라 프롬프터를 쓰는 극장을 선호하는 것이 사실이다.

선생님께 메트 타이틀과 프롬프터 박스를 보여드리는데 천장에 샹들리에들이 서서히 올라가 천장에 딱 달라붙었다. 메트의 또 다른 자랑거리 샹들리에가 천장에 길게 늘어져 있다가 서서히 올라가 천장에 딱 붙으면 곧 공연이 시작된다는 뜻이다. 관객들은 삼삼오오 모여 이야기를 하다가도 샹들리에가 올라가기 시작하면 슬슬 자기 자리로 돌아가 앉기 시작한다.

곧 불이 꺼지고 지휘자가 등장했다. 그리고《토스카》의 전주를 연주하기 시작했다. 끝나고 나니 우레와 같은 박수가 쏟아졌다. 메트의 가장 큰 자랑거리는 메트 타이틀도, 프롬프터의 전통도, 오르락내리락하는 샹들리에도 아니다. 바로 보석과도 같은 메트 오케스트라이다. 내가 즐겨 하는 말이 '뉴욕주에서 가장 훌륭한 오케스트라는 메트 오케스트라'라는 말이다. 그만큼 나는 메트 오케스트라의 팬이다. 솔직히 말해 뉴욕 필하모닉보다 낫다는 생각이 들 때가 많다.

메트 오케스트라를 오페라 반주하는 오케스트라에서 세계적인 오케스트라로 키운 사람은 바로 제임스 레바인이다. 그가 음악감독으로 부임해 1976년부터 2016년까지 사십년 동안 메트의 오케스트라를 오페라 반주하는 오케스트라에서 카네기 홀에서 연주하고, 세계 유수의 레코드사와 녹음을 하는 세계적인 오케스트라로 키웠다.

푸치니 작곡의《토스카》는 이탈리아 정통 베리즈모(Verismo) 오페라이다. 이탈리아 오페라에 벨칸토라는 전통이 오래도록 있었다. 아름다운 노래라는 뜻인데 극의 내용보다는 소프라노가 돋보이도록 하는 전통이다. 그래서 소프라노가 고음에서 절정의 기교를 선보이다 노래를 마치면 극 전체가 거기서 잠시 멈추고 관객들이 일어나 박수를 쳤다. 이런 전통이 이어지다 극을 좀더 사실적으로 꾸미자는 사조가 생겼다. 이를 베리즈모 즉 사실주의 오페라라고 한다. 그래서 푸치니의 오페라들은 엄밀히 말해 아리아 하나가 끝났다고 극이 멈추는 일 없이 한 막이 끝날 때까지 쉼 없이 연주를 계속한다. 그래도 사람의 습관이 하루아침에 없어지는 것이 아니다. 베리즈모 오페라 안에도 더 유명한 노래가 생기고, 그 노래들이 끝나면 사람들이 박수를 치게 마련이다.

《토스카》에는 두 개의 유명한 노래가 있다. 2막에서 스카르피아가 집요하게 유혹하자 토스카가 절규하며 부르는 〈노래에 살고, 사랑에 살고(Vissi d'arte, vissi d'amore)〉와 3막에 토스카가 자신을 떠났다 생각한 마리오가 절망에 빠져 죽을 날을 기다리며 부르는 〈별은 빛나건만(E lucevan le stelle)〉이다.

〈노래에 살고〉는 나에게 매우 친숙한 노래이다. 나의 어머니는 대학에서 성악을 전공하셨다. 대학교에 들어가 처음으로 배운 오페라 아리아가 바로 이 노래이다. 처음 공부한 아리아이고 어머니가 워낙 좋아하셨기 때문에 늘 부르셨다. 지금도 이탈리아어 가사를 모두 기억해 종종 부르신다. 한번 어머니가 방에서 이 노래를 흥얼흥얼하시는 것을 듣고 쫓아가 같이 이탈리아어로 따라 불러 어머니를 놀라게 했다. 평생을 듣다 보니 나까지 저절로 가사를 외웠다.

이번 메트 공연에서 《토스카》를 부른 제니퍼 라울리(Jennifer Rowley)는 성량은 풍부한데 음정이 매우 불안정해서 실망했다. 내가 너무 효자인 것인지 우리 어머니 젊은 시절 목소리로 듣던 〈노래에 살고〉가 훨씬 더 좋았다. 추운 지방에서 굵은 목소리를 가진 사람이 나온다는 속설이 있다. 평안도 신의주 출신의 어머니는 젊은 시절 추운 지방 출신답게 어둡고, 굵고, 우렁찬 드라마틱 소프라노 목소리였다. 목청껏 〈노래에 살고〉를 부르자 방안 전등의 장식이 팅 소리를 내며 떨어진 적도 있다.

내게 가장 친숙한 노래는 〈노래에 살고〉이지만 내가 《토스카》에서 가장 좋아하는 노래는 〈별은 빛나건만〉이다. 애절한 클라리넷 솔로가 끝나면 곧이어 마리오가 독백을 하듯 노래를 시작한다. '별은 빛나고, 대지는 향기로운데 달콤한 사랑의 꿈은 모두 사라지고 나는 절망 속에 죽는다. 아 삶을 이렇게 사랑해 본 적이 없는데, 이렇게 사랑해 본 적이 없는데.'

이날의 남자 주인공으로 분한 조셉 칼레야(Joseph Calleja)는 소리도 아름답고 음정도 정확했는데 별 개성이 없는 소리이다. 그리고 음을 반음이나 한 음 정도 낮춰 부른 듯했다. 오페라 가수에게 고음이 절대적으로 중요한 것은 아니지만, 그래도 이탈리아 오페라를 들을 때 남자 가수건 여자 가수건 고음에서 빵빵 터져 주는 맛이 있어야 흥이 나는 것도 사실이다. 칼레야의 〈별은 빛나건만〉은 여러 가지 면에서 사탕처럼 달콤한 발라드였지 죽음을 앞두고 삶을 놓지 못하는 사람이 심장을 후벼 파며 부르는, 〈미스트롯〉 송가인 같은 노래는 아니었다.

토스카의 투신자살로 오페라는 끝나고 사람들이 기립 박수를 쳤다. 예전에는 기립 박수라는 것이 예외적인 것이었는데 요즘은 끝나면 무조건 모두 일어나 박수를 친다. 나처럼 기립 박수를 치고 싶은 마음이 없던 사람도 앞이 보이지 않으니 일어날 수밖에 없다. 어정쩡 일어나 내키지 않는 박수를 치다 생각했다. '그래, 메트 무대에 서려고, 이 세 시간 토스카와 마리오가 되려고, 얼마나 많은 세월 울고 웃고 좌절하고 자신을 채찍질했습니까? 노래 잘 되는 날도 있고, 그렇지 못한 날도 있죠. 수고하셨습니다. 고맙습니다.' 이렇게 생각을 하니 내 박수 소리도 점점 커졌다.

밖으로 나와 선생님 내외분을 모시고 링컨 센터 바로 옆에 있는 나의 모교 맨해튼 캠퍼스와 그 옆에 성 바오로(St. Paul, the Apostle) 성당을 보여드렸다. 성 바오로 성당은 부활절 등 특별한 날에는 성경을 읽는 것부터 기도문 낭송 등 모든 것을 그레고리안 성가로 하는 것으로 유명하다. 다시 링컨 센터로 돌아와 플라자 안, 직삼각형 모양으로 누워 있는 건물 안에 있는 이탈리아 식당으로 두 분을 모시고 가 저녁을 대접했다.

몇 년 전 대학 동창회에 갔다가 학창 시절 나의 바이올린 연주 반주를 자주해 주던 미시즈 포스터를 거의 삼십년 만에 만났다. 내가 훌륭하게 성장했다는 것을 알려 드리고 싶은데 너무 반가워 말을 잇지 못하고 "미시즈 포스터"만 연발하다 겨우 생각해서 한다는 말이 "저 이제 운전면허증도 있어요"였다. 미시즈 포스터가 "너 학교 때도 운전하고 다녔잖아?" 했다. 미시즈 포스터도 웃고 나도 웃고 주변의 모든 사람들이 다 웃었다.

오늘 선생님 내외분께는 그래도 오페라 구경도 시켜드리고, 저녁 대접도 하고 부모에게 효도하는 마음 비슷한 마음이 들면서 제법 뿌듯했다.

우리 자리 바로 옆 창문으로 줄리아드 음대가 보였다. 선생님은 악기 들고 지나다니는 학생들을 보니 옛 생각이 많이 나셨나 보다. 저녁 내 창문 너머를 보며 "젊은 아이들이 클래식 음악을 열심히 공부하니 든든하다"고 하셨다.

음식은 돈이 아깝지는 않았지만 그렇다고 또 가고 싶을 정도로 맛있는 것도 아니었다. 다음에 선생님이 또 오시면 그때는 진짜 맛집으로 모셔야지 생각했다.

선생님과 헤어져 호텔로 돌아와 자리에 누웠다. 전화기를 꺼내《토스카》중〈별은 빛나고〉를 파바로티의 음성으로 들었다.

파바로티의 레퍼토리의 폭이 넓지 못하다느니, 목소리가 너무 가늘다느니 혹은 정통 이탈리아식 발성이 아니라느니 하는 비평은 평생 그를 따라 다녔다. 나도 그런 배부른 불평을 가끔 하는 족속 중 하나였다. 하지만 그가 떠나고 난 뒤 십년, 나는 아직도 그를 대신할 테너를 찾지 못했다. 뉴욕 하늘에 별은 빛나건만, 내 마음의 별 파바로티는 영원 속으로 사라졌다.

## Day 3 : 집으로

서울에서 돌아와 처음 곤히 잠을 잤더니 다음 날 아침은 일찍 일어났다. 아무리 감추려 해도 간밤에 잘 쉬었는지 아니면 피곤이 더덕더덕 붙어 있는지는 얼굴에 다 나타나는가 보다. 아침 식사를 함께하기 위해 선생님이 머무르는 호텔로 갔더니 선생님이 날 보자마자 어제보다 얼굴이 훨씬 좋다고 하셨다.

아침 식사를 함께하고 두 분 모시고 센트럴 파크 산책을 나갔다. 4월 초 시라큐스는 아직 겨울인데 센트럴 파크는 봄이 완연했다.

센트럴 파크에 가면 바위가 여기저기 울퉁불퉁 튀어나온 것들을 볼 수 있다. 맨해튼의 지질학적 역사를 보면 오늘의 맨해튼이 왜 이런 모양인지 알 수 있다. 약 5억 년 전 현 북미 대륙의 전신은 적도 바로 남쪽에 있었다. 게다가 현재의 미 동부 연안은 시계 방향 여섯시로 대륙의 남쪽 해안선이었다. 약 4억 5000만 년 전 이 대륙이 시계 반대 방향으로 90도 틀면서 북으로 올라와 현재의 동부가 처음으로 대륙의 동쪽에 위치하게 되었다.

그후 지금부터 3억 년 전 지구상의 모든 땅덩어리가 한곳에 모여 판게아(Pangea)라는 큰 대륙을 이루었다. 이때 현재의 미국 동부 지역에는 아프리카 대륙이 붙어 있어 뉴욕은 졸지에 내륙 지방이 되었다. 공룡들이 뉴욕과 뉴저지에서 아프리카까지 걸어갈 수 있었던 시기이다.

판게아가 만들어질 때 대륙과 대륙이 서로 엉겨 붙으며 생긴 엄청난 압력으로 인해 땅 위로는 현재의 히말라야 산같이 높은 산들이 치솟고, 땅속으로는 바닷속 깊은 곳에 있던 미네랄들이 위로 올라와 맨해튼 토양 아래 단단한 기반암(Bedrock)이 되었다. 이 기반암층은 맨해튼의 미드타운과 남쪽 끝 파이낸셜 디스트릭트에서 가장 표면에 가깝게 솟아 올라 있다. 반면 맨해튼의 다른 지역에서는 밑으로 푹 꺼져 있다. 자연 미드타운과 파이낸셜 디스트릭트의 지반은 맨해튼의 다른 지역에 비해 단단하다. 맨해튼 고층 빌딩들이 이 지역에 몰려 있는 이유이다.

또다시 그후, 지금으로부터 약 1억 년 전 이 판게아가 분리되면서 뉴욕은 다시 해안 도시가 되었지만, 판게아의 잔재들이 여기저기 남아 있다.  바로 센트럴 파크의 바위들이다. 아프리카 대륙이 북미 대륙에서 떨어져 나갈 때 흘리고 간 부스러기 같은 것이다.

센트럴 파크 산책 잘하고, 커피 한 잔 마시고 선생님 내외분과 아쉬

—

뉴욕 센트럴 파크의 풍경. 4월의 봄날인데 스케이트장은 아직도 성업 중이다운 작별을 했다. 펜 스테이션에 도착해 늘어선 긴 줄의 맨 뒤에 가서 섰다. 탑승 전 줄을 서서 기다릴 때면 늘 스팅(Sting)의 〈Englishman in New York〉을 듣는다. 대학원 진학을 위해 뉴욕으로 이사를 한 뒤로 나는 그 노래를 내 테마송이라고 부른다. 그 노래 후렴이 'I am an alien. I am a legal alien. I am an Englishman in New York(나는 체류자. 나는 적법 체류자. 나는 뉴욕에 있는 영국 사람)'이다. 나는 늘 이 노래를 따라 부르다. 'I am an Englishman in New York'만 'I am a Korean man in New York'으로 바꿔 부른다.

기차는 정확히 오후 한시에 시라큐스로 향했다. 집을 떠나 서울에 있다 돌아오자마자 내 애견 부도와 사흘 함께 지내고 또다시 이별하고 맨해튼으로 왔다. 빨리 집으로 돌아가 부도와 쉬고 싶었다.

뉴욕 펜 스테이션에서 떠나 사십분쯤 북으로 올라가면 허드슨강 폴레펠(Pollepel)이라는 작은 섬에 오래된 건물의 폐허가 남아 있다. 배너만 캐슬(Bannerman's Castle)이다. 캐슬이라는 이름과 달리 무기 만드는 공장이었다.

프란시스 배너만은 1851년 아일랜드에서 태어났는데 세 살 때 부모를 따라 미국으로 이주했다. 그의 가족들은 군수 잉여 물자를 사서 되파는 일을 시작했다. 때마침 미국 남북 전쟁과 미국-에스파냐 전쟁(Spanish-American War) 등을 거치며 가세를 키웠다.

장성한 프란시스는 가업을 이어받고, 1900년 폴레펠섬을 사들였다. 처음에는 창고를 지으려는 목적이었지만, 그곳에서 무기 만드는 공장을 차렸다. 공장을 계속 지으며 사업을 하다 1918년 프란시스가 사망하면서 공사도 사업도 모두 중단되고 설상가상으로 1920년 적재

해 놓은 화약이 폭발하면서 섬은 황폐해졌다. 1969년 뉴욕주가 섬을 사들였으나 또다시 그 이듬해 화재가 발생 완전 폐허가 되고 일반의 접근이 금지되었다. 하지만 근래에는 배너만 재단에서 안내자를 동반한 투어를 하고 있다.

나는 아직 투어는 해보지 못했지만, 그 폐허가 아름다워 지날 때마다 사진을 찍는다. 매번 달리는 기차에서 찍으니 사진이 잘 나올 리 없다. 이번에도 잔뜩 긴장하고 기다리다 찍었는데 아주 마음에 들지 않게 나왔다. 미국 기차 느리다고 흉을 보지만 실제로 그렇게 느리지도 않은가 보다.

금요일에 시라큐스에서 뉴욕으로 올 때는 순조롭게 왔는데 집으로 가는 길은 정체가 심해 시간이 많이 지체되었다. 예정 시간보다 한 시간쯤 늦은 오후 여섯시가 거의 다 되어 유티카(Utica)의 유니언 역(Union Station)에 도착했다. 유티카는 시어도어 드라이저(Theodore Dreiser)의 장편소설 『아메리카의 비극(An American Tragedy)』에 등장하는 곳이다. '아, 이제 한 시간만 더 가면 집이다'라고 생각하며 길게 기지개를 펴다 창밖을 보니 저녁 여섯시가 거의 되었는데 4월 초의 태양이 아직 높이 걸려 있었다.

유티카 역은 1869년에 세운 오리지널 건물을 허물고 1911년 그 자리에 현재의 건물을 새로 지었다. 내부에 화려한 기둥과 천장이 특징이다. 이곳은 또한 러시아의 유명한 작곡가 차이코프스키가 1891년 카네기 홀 개관 기념 공연 지휘를 위해 처음이자 마지막으로 미국을 방문했을 때 나이아가라 폭포를 보러 가려고 여행을 하다 기차를 갈아탄 곳이다.

—

유티카 유니언 역. 저녁 여섯시가 거의 다 되었는데 4월의 태양이 높이 떠 있다 미국의 강철왕 앤드류 카네기가 거금을 들여 지은 카네기 홀은 처음에는 그냥 '뮤직홀(Music Hall)'이라고 불렀다. 1891년 4월에 완공되었는데 공식 연주는 그해 5월 5일이었다.

카네기 홀 관계자들은 야심차게 완성한 홀의 개관 기념 음악제를 준비했고, 세계적인 스타 차이코프스키를 지휘자로 초청했다. 워낙 여행을 좋아하고 신세계 미국은 한 번도 방문해 본 적이 없던 차이코프스키는 흔쾌히 승낙했다.

차이코프스키는 오일간의 개관 기념 음악제 내내 머물며 5월 5일 그의 〈대관식 행진〉을 지휘했고, 며칠 후 그의 〈피아노 협주곡 1번〉을 지휘했다.

우리 집에서 두 시간쯤 가는 곳에 유명한 여름 오페라 축제가 있다. 그 축제에서 매달 보내 주는 이메일 소식지에 의하면 차이코프스키는 유티카 역에서 기차를 갈아타려 기다리는 동안 러시아에 있는 그의 동생 모데스트(Modest)에게 발레곡 《호두까기 인형》에 들어갈 〈사탕요정의 춤(Dance of the Sugar Plum Fairy)〉의 구상을 편지로 적어 보냈다. 차이코프스키는 엄청난 메모광이었다. 미국 여행 중에도 『미국 여행기』라는 일기를 남겼는데 거기에 누구에게 어떤 내용의 편지를 썼는지, 아침 식사는 몇 시에 무엇을 먹었는지 하는 이야기까지 다 들어 있다. 나머지 한 시간 기차 타고 가면서 차이코프스키의 《호두까기 인형》을 들었다. 그의 일기에 의하면 1891년 4월 30일 나이아가라를 관광한 것으로 되어 있다. 그 며칠 전 차이코프스키는 뉴욕에서 기차 타고 오면서 내내 머릿속에 〈사탕요정의 춤〉을 구상했을 것이다. 그리고 바로 내가 서 있던 유티카 역에 내려 나처럼 뉴욕의 봄을 느끼며 동생에게 편지를 썼을 것이다. 처음으로 곡의 구상이 그의 머리 밖으로 나왔다.

차이코프스키는 카네기 홀 연주 이외에도 필라델피아와 볼티모어에서도 지휘를 했다. 가는 곳마다 융숭한 대접에 관객들의 열렬한 반응으로 그는 미국에 대해 매우 좋은 인상을 갖고 돌아갔다. 그는 러시아에서 출발하기 직전 누이동생 알렉산드라의 부음을 듣고 모든 계획을 취소할까 생각도 했으나 구일간의 긴 항해를 꿋꿋이 견디며 미국에 도착했다. 아마 미국을 떠날 즈음에는 기분도 많이 좋아졌을 것이다.

그가 조금 더 오래 살았다면 미국에 적어도 한 번 정도는 더 오지 않았을까 한다. 그러나 카네기 홀 연주 이년 후인 1893년 그는 그의 마지막 교향곡인《비창》을 초연하고 구일 뒤 콜레라에 걸려 쉰다섯 살로 사망했다.

집에 도착해 짐 풀고 기절하듯 쓰러져 잤다. 꿈속에 사탕요정들이 나와 춤을 췄을 법도 한데 전혀 기억이 나지 않는다.

번갯불에 콩 구워 먹듯 서울에 다녀와 또다시 번갯불에 콩 구워 먹듯 맨해튼을 다녀왔다. 출장차 갔던 일도 잘 되었고, 선생님도 뵈었고 몸을 혹사하며 다녀온 보람이 있었다.

또 만날 때까지 맨해튼아 안녕.

# 센트럴 뉴욕에 봄 오는 소리

나는 어려서 가위에 눌리는 일이 잦았다. 멀리서 괴물이 전속력으로 달려오는데 나는 슬로 모션으로 움직인다. 숨을 쉴 수 없어 가슴은 턱턱 막히고, 발걸음 한번 떼는 것이 모래주머니를 지고 걷듯 힘이 든다. 더운 여름날 낮잠이라도 잘라치면 어김없이 자다 말고 숨이 막혀 애쓰다 땀이 흥건하게 젖어 벌떡 일어나곤 했다. 어른들은 키 크려고 그런다고 하셨다. 그런데 키 다 크고 좀더 컸으면 하던 시절에도 계속 가위에 눌렸다. 이제는 가위 눌리는 일이 없지만, 대학 시절 낮잠 자다 가위 눌려 내가 누워 있는 모습을 본 이후로 아직도 낮잠은 잘 자지 않는다.

한창 가위 눌리던 시절에 한 가지 터득한 것이 있다. 눈을 뜨려고 해도 뜰 수 없고, 숨이 막힐 때 속으로 하나부터 열까지 센다. 고통스러워도 조금 참고 하나, 둘 세기 시작하면 꼭 셋이나 넷쯤 가서 숨을 확 몰아쉬며 잠에서 깬다. 그때 벌떡 일어나 앉아 한숨 돌리면 다시 자도 가위에 눌리지 않는다.

영어에 "This, too, shall pass"라는 말이 있다. "이 또한 지나갈 것이다"라는 뜻이다. 가위 눌렸을 때 하나, 둘 헤아리는 심정이 바로 "This, too, shall pass"이다.

## 텍사스의 더위와 시라큐스의 추위

나는 텍사스주의 휴스턴 교외에서 학교를 다녔다. 휴스턴은 더운 것은 이루 말할 수도 없고, 거기에 더해 습하기까지 하다. 내가 휴스턴에 처음 도착한 날은 8월 16일이었다. 한여름이었다. 그래도 첫날은 저녁 늦게 도착해 마중나온 외삼촌 차를 타고 곧장 삼촌댁으로 갔기 때문에 별 느낌이 없었다. 다음 날 아침 일어나 문을 열고 밖에 나갔다 헉 하며 들어왔다. 아침 아홉시쯤 되었는데 땅에서 뜨거운 증기가 솟아오르는 것 같아 숨을 쉴 수가 없었다. 후다닥 들어오는 나를 보고 외숙모께서 "오자마자 텍사스의 뜨거운 맛을 봤구나"라며 웃으셨다. 그곳은 1월에도 가끔 며칠씩 30도 가까이 올라가는 날이 있다. 3월이면 한국의 초여름 날씨가 된다. 5월에 학기가 끝나 기숙사 방을 비우려 짐을 나르다 보면 옷이 비를 흠뻑 맞은 듯 땀에 젖고, 여름에는 오후 두시 정도만 되면 토네이도 주의보가 하루건너 한 번씩 발령된다. 11월 중순쯤 되면 긴소매 옷에 겉옷을 걸치지 않고 다니는 '딱 살기 좋은 시절'이 시작된다. 하지만 크리스마스 때도 좀 따뜻한 해는 반바지 입고 쇼핑 나온 사람들을 종종 볼 수 있다.

텍사스에서는 여름이 지나갈 때까지 "This, too, shall pass" 하며 살았다. 시라큐스로 온 뒤로는 매년 겨울 염불 외우듯 "This, too, shall pass" 하며 지낸다.

텍사스에서 대학 다닐 때 친구들은 요즘도 나와 연락을 할 때마다 "시라큐스 그 추운 고장에서 어떻게 사냐? 그러지 말고 텍사스로 다시 이사 와"라고 한다. 시라큐스에 사는 사람들은 "그 더운 텍사스에서 어떻게 살았니?"라고 한다. 그런데 나는 두 곳에서 모두 잘 먹고 잘 살았다. 사람의 적응 능력은 무한하기 때문이다. "This, too, shall pass"를 외우고 있으면 텍사스의 더위도 한풀 꺾이고, 센트럴 뉴욕에도 봄이 찾아온다.

다른 모든 조건은 배제하고 텍사스의 더위와 시라큐스의 추위 둘 중 하나를 고르라고 한다면 나는 텍사스의 더위를 택하겠다. 내가 워낙 여름을 좋아해서 그런지 더위는 좀더 수월하게 견디고 에어컨도 잘 켜지 않고 산다. 하지만 텍사스의 기후는 여러모로 단조롭다. 시라큐스는 더운 계절과 더 더운 계절로 나뉘는 텍사스와 달리 사계절의 변화가 뚜렷하다. 봄이 되어 겨울 동안 움츠렸던 자연이 피어나는 것을 하나하나 기다렸다 곱씹으며 바라보노라면 삶이 얼마나 강력한 에너지인지를 매년 일깨워 준다.

## 센트럴 뉴욕의 봄의 전령

센트럴 뉴욕의 봄의 전령은 뭐니 뭐니 해도 새이다. 특히 일년 내내 이 추운 고장에 붙박이로 사는 카디널(Cardinal : 홍관조라고도 한다)이다. 카디널의 수컷은 온몸이 새빨갛다. 유럽인들이 처음 신대륙 미국에 도착했을 때 처음 보는 빨간 새를 보고 신기해하면서도 뭐라 불러야 할지 몰랐다. 처음에는 그냥 '붉은 새(Redbird)'라고 불렀다. 그러다 새의 붉은색이 가톨릭교회의 고위 성직 계급인 추기경들이 입는 빨간색 옷과 같은 색이라고 추기경을 뜻하는 '카디널'이라 부르기 시작했다. 참고로 카디널은 영어 발음이고 불어로는 철자는 같고 발음만 조금 다르다. 스페인어는 Cardenal, 라틴어는 Cardinali, 이탈리아어는 Cardinale 등으로 대동소이하다.

겨울에 온 세상이 하얀 눈으로 뒤덮였을 때 새빨간 카디널이 날아와 눈 덮인 나뭇가지에 앉아 있는 모습을 볼 때면 내가 재주만 있으면 한 폭의 그림으로 남기고 싶을 정도로 아름답다. 카디널을 보려고 겨울에는 나무에 새 모이통을 달아 놓고 거기에 해바라기씨를 사다 넣는다. 카디널이 가장 좋아하는 먹이이다. 카디널은 핀치(Finch)의 일종이다. 핀치 종류의 새들은 통통한 원뿔 모양의 부리를 갖고 있어 씨를 까먹는 데 좋다. 눈 덮인 모이통에 앉아 씨를 잔뜩 머금고 오물오물하며 껍데기를 이리저리 총알 쏘듯 날려 보내고 알맹이만 삼키는 것을 보고 있노라면, 눈 오는 날 집 안에 갇혀 할 일 없을 때 좋은 소일거리이다.

카디널은 잘생긴 새가 심지어 목소리까지 좋아 짝짓기 철에는 변화무쌍한 노래를 새벽부터 해질녘까지 부른다. 아름다운 목소리를 자랑하는 새들을 영어로 '송버드(Songbirds : 명금鳴禽)'라고 부른다. 이들은 매년 봄부터 초가을까지 최소 한 차례, 혹은 두 차례까지 짝짓기를 하고 이 기간 동안 열심히 노래를 부르지만, 짝짓기 철이 끝나고 새끼들이 모두 떠난 뒤에는 노랫소리가 순식간에 사라진다. 겨울이 되면 먹을거리 찾기도 힘든데 에너지 소모하며 노래를 불러 댈 이유가 없는 것이다.

겨우내 잠잠하던 카디널이 한 2월쯤 되면 가끔 한번씩 삑삑 소리를 내기 시작한다. 눈이 아직 하얗게 쌓여 있지만 그 소리를 들으면 큰 위로가 된다. '아, 겨울이 떠날 차비를 하나 보다'라는 생각이 들기 때문이다.

2월말이나 3월초가 되면 눈은 계속 오지만 내린 눈이 금방 녹아 잘 쌓이지 않는다. 해가 높이 뜨기 때문이다. 정원을 가꿀 때 가장 기쁜 순간은 내가 심고 가꿨던 식물들이 추운 겨울을 이기고 다시 싹을 틔우는 모습을 보는 것이다. 눈이 녹기 시작하면 후줄근한 잔디밭 여기저기 스노우드롭이 피어 있다. 어찌 보면 가녀린 동양란처럼 생긴 알뿌리 식물인 스노우드롭은 눈에 파묻힌 상태에서 잎이 나고 꽃이 핀다. 그리고 눈이 녹으며 그 안에서 하얀 꽃이 핀 채로 봄을 부르는 여신처럼 나타난다. 내가 아주 어렸을 때 아버지가 유럽으로 출장을 가신 적이 있다. 아버지가 스위스에서 보낸 그림엽서는 하얀 에델바이스가 눈 속에 피어 있는 사진이었다. 나는 매년 눈이 녹으며 수줍게 고개를 드는 스노우드롭을 볼 때면 그 그림엽서를 떠올린다. 꽃이 흰색이라는

—

나의 마당에 핀 봄꽃들

것 빼고 에델바이스와 스노우드롭은 별로 비슷하게 생기지도 않았고, 학명도 완전히 다르지만 눈 속에 핀다는 공통점이 나의 기억을 자극하는 것 같다. 스노우드롭이 여기저기 고운 자태를 드러내고 서 있으면 뒤이어 헬레보레(Hellebore)와 튤립, 히아신스 등이 핀다.

미국의 주택가들은 사슴과 전쟁을 벌이는 곳이 많다. 늑대나 퓨마 등 천적이 사라진 도시에 사슴들이 마음 놓고 번식을 하기 때문이다. 이들은 고속도로에서 달리는 차와 부딪혀 사슴과 사람이 모두 다치기도 하고, 주변의 녹지대를 싹쓸이하는 것도 모자라 개인 주택의 화단이나 농가의 밭을 폐허로 만든다. 우리 동네도 사슴 때문에 무엇 하나 마음놓고 심을 수가 없다. 한번은 아침에 일어났더니 사슴 일곱 마리가 뒷마당에서 서성대고 있어 냄비를 주걱으로 두드리며 뛰어나가 모두 쫓아 버렸다. 이런 상황이니 사슴이 좋아하는 튤립이나 장미로 화단을 꾸몄다가는 꽃이 피는 족족 참수형을 면하기 어렵다. 헬레보레는 독초라 사슴들이 먹지 않는다. 그래서 사슴이 가장 좋아하는 튤립이나 장미는 헬레보레 뒤에 숨겨서 몇 개만 심고 헬레보레를 잔뜩 심었다.

어떤 때는 인간이 계절에 맞춰 절기를 정한 것인지, 아니면 자연이 우리의 절기에 맞춰 돌아가는 것인지 헷갈릴 때가 있다. 텍사스에 살 때는 늦더위가 기승을 부리는 해도 11월 마지막 목요일 추수감사절이 되면 신기하게 날씨가 쌀쌀해졌다. 쌀쌀해졌다는 것이 얇은 재킷이나 스웨터를 입는 정도의 날씨이지만, 11월에 반팔 옷을 입고 다니다 그 정도면 쌀쌀해진 것이다.

시라큐스는 늦추위가 기승을 부리다가도 부활절 휴일이 시작되려면 날이 풀리고 봄기운이 완연하다. 플리트우드 맥(Fleetwood Mac)이라는 그룹이 부른 노래 중에서 나는 〈Songbird〉라는 노래를 매우 좋아한다. 그 가사의 한 대목이 'And the songbirds are singing, like they know the score'이다. '송버드들은 노래를 한다, 마치 그들이 악보를 다 알고 있는 것처럼'이라는 뜻이다. 부활절이 다가오면 카디널의 노랫소리도 볼륨이 점점 올라가고 아침부터 저녁까지 풀타임으로 지저귀기 시작한다. 게다가 로빈(Robin) 등 철새들이 돌아와 합세를 해 합창을 한다. 마치 악보를 적어 놓고 화음을 맞춰 합창을 하듯 부르는 새벽 새들의 노래는 아직 날씨가 쌀쌀해 꼭꼭 닫아 건 창문 틈으로 스며들어 와 온 집안에 봄을 흩뿌린다.

올해 부활절에도 어김없이 봄이 찾아왔다. 주초에 매 한 쌍이 우리 집 하늘 위에서 짝짓기를 하더니 무슨 이유인지 수컷이 계속 뒷마당 나무에 앉아 보초를 서기 시작했다. 하루 종일 끝없이 종알거리던 송버드들이 일제히 입을 다물고 숨어서 반나절을 보냈다. 부활절 일요일 아침에는 새벽에 개를 데리고 나갔더니 동이 트기 시작하는 동네가 안개에 싸여 포근한 날씨에 집 앞길에 서 있는 벚꽃이 만개하고 그 위를 송버드들이 바삐 날아다니며 노래를 불러 댔다. 안개 속에 뿌옇게 빛나는 가로등과 벚꽃이 인상파 그림의 한 장면 같아 전화기를 가지고 나가 사진을 찍었다. 새소리도 같이 찍을 수 있다면 얼마나 좋을까 생각했다.

## 파머스 마켓에 봄이 오는 소리

5월 초가 되면 내가 가장 기다리던 변화가 일어난다. 내가 겨울에 눈이 와도 웬만하면 거르지 않고 눈 쌓인 길을 뚫고 가는 곳이 영어로 Famers' Market이다. '농부들의 장'이라는 뜻인데 토요일마다 인근 농장 사람들이 한곳에 모인 장이 선다. 겨울장은 여러 건물을 모두 폐쇄하고 딱 두 개 동의 건물에 단열 벽을 내리고 장사를 한다. 장사를 하는 사람들도 쇠고기, 닭고기, 달걀 등을 가져오는 웬디(Wendy), 커피를 볶아 가져오는 앤드류(Andrew), 맥주를 담가 가져오는 살(Saul), 아프리카 기니만(Gulf of Guinea)에 있는 가나 출신으로 그곳 전통의 땅콩강정(Peanut Brittle)을 만들어 가져오는 앤디(Andy), 갖가지 파스타를 파는 존(John) 등 일년 내내 부스를 차리고 장사를 하는 사람들만 오기 때문에 손님도 별로 없고 스산하다. 그래도 나는 매주 가서 신선한 달걀과 커피, 땅콩강정 등을 사 가지고 와서 일주일을 지낸다.

하지만 5월 첫째 토요일이 되면 단열 벽을 모두 열고 뻥 뚫린 공간에서 여름장을 시작한다. 화훼 농장들이 트럭에 봄꽃들을 가득 싣고 와 여기저기 부스를 차려 장바닥은 활기를 띤다.

이번 5월 첫째 토요일 나는 서울에서 돌아온 지 한 달밖에 되지 않아 또다시 서울행 준비를 하느라 바빴다. 하지만 나의 단골 꽃집들인 마크(Mark)와 레베카(Rebecca)에게 겨울 동안 잘 지냈는지 인사는 해야 할 것 같아 아침 일찍 장으로 향했다.

화훼 농장에서 꽃을 가져다 파는 사람들은 많지만 마크와 레베카 두 집에서 꽃을 주로 사는 이유는 둘 다 일년생 꽃보다는 다년생 꽃을 가져다 팔기 때문이다. 나는 한 해 피고 죽어 버리는 꽃은 보람도 없고, 왠지 슬퍼서 별로 심고 싶은 마음이 없다. 어렸을 때 어머니가 겨울이 오기 전 마당에 심은 채송화를 다 뽑아 놓았는데 그걸 울고불고하며

—

나의 단골집들(위 왼쪽부터 마크, 제시, 레베카, 아래 왼쪽부터 앤디, 술라.)

다시 심어 놓았던 적도 있다.

레베카는 원래 남편인 에디(Eddie)와 농장을 경영하고 장에도 늘 같이 오곤 했다. 헌데 작년 봄 몇 개월 만에 처음 봤더니 에디는 오지 않고 레베카만 왔다. 에디는 어디 갔냐고 물었더니 레베카는 잠시 망설이다 겨울 사이 죽었다고 했다. 에디는 췌장암 환자였다. 스티브 잡스가 췌장암 선고를 받고 팔년을 살았는데 자기는 십년을 넘겼다고 그렇게 자랑스러워하더니 재작년 늦여름부터 기운이 없어 보였다. 그래도 겨울 사이 그렇게 허망하게 가 버릴 줄은 몰랐다. 에디를 기억하며 우리 집 뒷마당에 레베카가 겨울 동안 남편 간호하며 온실에서 키운 샤스타데이지(Shasta Daisy)를 사다 심었다. 레베카에게 올해도 그 샤스타데이지의 새순이 나오고 있다고 말해 줬다. 레베카는 고맙다고 하며 나를 꼭 끌어안았다. 그녀의 눈도 나의 눈도 촉촉해졌다.

반면 중국인 아내가 키운 꽃들을 장에 내다 파는 마크는 떠벌이이다. 멀리서 걸어오는 나를 보더니 "헤이" 하며 고함을 쳤다. 나도 달려가 반갑게 악수를 했다. "내일 서울을 가야 하기 때문에 아무것도 살 수 없고 그냥 인사하러 왔다"고 했더니 자기 보러 일부러 왔냐고 하며 그렇게 좋아할 수가 없었다. 둘이 서서 사진 한 장 같이 찍고, 마크 사진만 한 장 따로 찍고 서울 다녀와서 보자고 인사를 하고 돌아섰다.

맥주를 담가 파는 살은 자신이 직접 호프를 여러 종류 재배해 그것으로 맥주를 만든다. 5월 첫째 토요일쯤 되면 호프의 새순을 판다. 우리는 봄이 되면 두릅나무의 새순을 꺾어 입맛 없는 봄날에 별미로 먹는다. 호프의 새순도 봄 별미이다. 두릅의 순이 굵어지고 가시가 돋으며 쇠면 더 이상 먹을 수 없고 다음 봄을 기다려야 하듯 호프도 지금 먹지 않으면 내년에나 먹을 수 있다. 맛은 두릅처럼 강한 향은 없지만 무 같은 맛이 약간 나고 맥주를 만드는 호프이다 보니 끝맛이 쌉쌀하다. 서울 다녀오면 호프 순은 이미 다 쇠 버리고 없을 것이다. 호프 순을 한 단만 샀다.

호프 순을 사는 순간 갖가지 버섯을 넣은 풍기 파스타(Funghi Pasta)를 만들어 거기에 오븐에 넣어 구운 호프 순을 먹기 좋게 썰어 섞어 먹으면 좋겠다는 생각을 했다. 그러기 위해서는 버섯을 사야 했다. '곰팡이의 열매(Fruit of the Fungi)'라는 이름의 버섯 농장은 무공해 재배한 버섯을 금요일에 따서 토요일에 장에 가져온다. 농장주인 KC와 직원 제시(Jesse)가 번갈아 장에 물건을 가져오는데 그날은 제시가 버섯을 가지고 조금 늦게 도착해 부스를 차리는 중이었다. 표고버섯, 느타리버섯, 새송이버섯, 그리고 영어로는 Lion's Mane 즉 '사자의 갈기'라는 버섯을 샀다. 사자의 갈기 버섯은 우리말로 찾아보니 노루궁뎅이버섯이다.

나오는 길에 존의 파스타 부스에 들러 파파르델레(Pappardelle)를 1파운드 샀다. 파파르델레 파스타는 토스카나 지방에서 유래한 파스타로 파스타 중 가장 넓적한 파스타이다. 파파르델레는 주로 밀가루와 물로 만드는 스파게티와 달리 달걀을 넣어 반죽하는 것이 일반적이다.

봄 인사나 하겠다고 장에 왔건만 서둘러 장을 떠날 때는 장바구니가 그득했다. 내일 지구의 종말이 와도 오늘 한 그루의 사과나무를 심고, 내일 서울로 떠나야 해도 오늘 저녁밥은 해 먹어야 하는 법.

집에 돌아오는 길에 파스타에 넣어 먹을 파르메산 치즈를 사기 위해 그리스 식료품점 타노스(Thano's)에 들렀다. 타노스는 그리스에서 온 이민 1세 디미트리오스가 운영하다 지금은 이민 1.5세대인 그의 딸 쑬라(Sula)가 물려받아 하고 있다. 쑬라는 늘 영화 〈마이 빅 팻 그릭 웨딩〉의 여주인공 툴라(Tula)를 예로 들며 자신을 "툴라 쑬라"라고 소개를 해서 모두 그녀의 이름을 쉽게 기억한다. 쑬라는 파르메산 치즈 두 가지를 얇게 저며 맛을 보라고 줬다. 하나는 1파운드에 9달러이고 다른 하나는 20달러라고 했다. 둘 다 맛이 있었는데 20달러짜리가 좀더 숙성되어 사각사각하고 끝에 약간 아린 맛이 있어 매우 좋았다. 내가 왜 이십년간 파르메산 치즈만큼은 타노스를 고집하는지 여실히 보여 주는 치즈였다. 좀 비싸긴 했지만 그래도 맛있으면 됐다고 20달러 주고 1파운드를 샀다. 파르메산 치즈 한번 사면 냉동실에 얼려 놓고 한국과 미국을 오갈 때 들고 다니며 요긴하게 먹으니 별로 억울할 것은 없다. 한국에서는 이렇게 맛있는 파르메산 치즈를 덩어리째 구하기도 쉽지 않고, 있어도 훨씬 더 비싸니 말이다.

## 이 또한 지나가리

나는 몇십 년을 태평양을 건너 한국과 미국을 오고갔지만, 아직도 서울만 간다면 가슴이 설렌다. 비행기 안에서는 열몇 시간을 밥 먹는 시간 빼고 거의 자면서 가니 도착하면 허리가 아픈 것 빼고는 남보다 수월하게 여행을 한다. 그런데 예나 지금이나 싫어하는 것이 짐 싸는 일이다. 마음먹고 싸면 삼십분 정도면 쌀 수 있는 짐을 하루 종일 싼다. 이번에도 짐 가방 꺼내 놓고 장에 다녀오고, 옷 한 벌 가방에 넣고 집 대청소 시작하고 이런 식이었다. 장에 다녀와 빨래하고 대청소하고 짐 조금 싸다 말고 이번에는 풍기 파스타를 만들기 시작했다.

먹다 남은 와인을 잔에 따르고, 하이든의 〈첼로 협주곡〉을 켰다. 하이든의 〈첼로 협주곡〉을 듣는 것은 나의 음식 만들 때의 습관이다. 이번에는 프랑스의 유명한 첼리스트 피에르 푸르니에(Pierre Fournier)의 연주로 골랐다. 피에르 푸르니에는 내가 좀더 일찍 태어나지 못한 것을 안타까워하게 만드는 유일한 사람이다. 너무 늦게 태어나 그의 연주를 한 번도 라이브로 들어본 적이 없기 때문이다. 만약 시간 여행을 할 수 있다면 꼭 그의 전성기 시절로 돌아가 그의 연주를 들어보고 싶다.

내가 만드는 파스타는 호불호가 확실히 갈린다. 왜냐하면 내가 소스를 별로 좋아하지 않기 때문이다. 토마토소스도 별로이고 크림소스는 더 별로이다. 삶은 파스타를 올리브기름에 볶다 파르메산 치즈와 후춧가루를 넣은 것이 제일 맛이 있다. 물론 나는 국수라면 자다가도 벌떡 일어나는 사람이니 소스가 많다고 파스타를 사양하는 일은 없지만 내가 직접 만들어 먹을 때는 소스를 넣어도 매우 적게 넣는다. 나의 이웃인 모리스 아저씨는 늘 파스타 다 먹고 접시에 남은 소스 빵으로 빡빡 긁어먹는 재미도 크다며 소스 좀 풍성하게 넣어 달라고 한다. 손님이 오면 파스타를 비벼 접시에 담고 소스를 따로 그릇에 담아내어 원하는 사람들은 더 부어 먹도록 한다.

풍기 파스타도 크림소스로 만드는 사람들이 많은데 나는 아무것도 넣지 않는다. 단 버터는 약간 넣는다. 버섯의 맛을 풍부하게 해 주고 버섯이 노릇노릇하게 익도록 돕기 때문이다. 버터는 유지방과 유고형분(Milk Solid)으로 이루어졌는데 유고형분이 낮은 열에서도 잘 탄다. 그래서 전문적인 업소에서는 버터를 약한 불에 녹여 유고형분을 가라앉힌 후 위에 있는 맑은 지방만 덜어 내어 조리에 사용한다. 이를 정화된 버터(Clarified Butter)라고 한다. 하지만 일반 가정에서는 그렇게까지 할 필요는 없고 팬을 달굴 때 올리브기름과 버터를 함께 넣으면 잘 타지 않는다.

따라 놓은 와인을 마시고 음악을 들으며 파스타를 만들기 시작했다. 파르메산 치즈도 조금 잘라 같이 먹었다.

내가 만드는 파스타 요리들은 대부분 무척 간단하다. 우선 큰 냄비에 물을 넉넉히 넣고 끓을 때 파스타를 넣는다. 이탈리아 음식을 만드는 셰프들이 늘 하는 말이 파스타 삶는 물은 바닷물 맛이 나야 한다는 것이다. 소금을 팍팍 넣고 국수를 삶으라는 말이다. 파스타를 삶는 동안 팬에 올리브기름과 버터를 넣고 달군 후 먹기 좋은 크기로 썰어 놓은 버섯을 넣고 볶는다. 버섯은 팬에 넣자마자 소금을 넣으면 수분이 한꺼번에 빠져나와 질척해진다. 한참 볶아 수분을 많이 증발시키고 버섯이 노릇하게 익으면 그때 소금을 넣고 조금 더 볶다 파스타 삶은 물을 아주 약간, 쥐 눈물만큼만 넣는다.

파스타 삶은 물은 평양냉면 집에서 주는 면수처럼 풀기가 있어 소스와 국수, 그 밖에 부재료들이 서로 겉돌지 않게 해 준다. 파스타를 너무 풀어지지 않게 삶아 건진 뒤 버섯이 있는 팬에 넣고 같이 일이분 정도 볶아 준다. 불을 끄고 파르메산 치즈를 그레이터에 갈아 위에 뿌리고 올리브기름을 약간 넣어 마구 저어 모든 재료가 골고루 섞이게 한다. 여기에 후추를 조금 뿌리고 올리브기름과 소금을 뿌려 오븐에 구워 낸 호프 순을 먹기 좋게 썰어 그 위에 얹으면 다 된 것이다.

참고로 파르메산 치즈를 덩어리로 사면 가장자리는 숙성 과정에서 치즈가 딱딱하게 굳어 먹을 수 없다. 하지만 이는 치즈가 말라 굳은 것이라 그 안에 파르메산 치즈의 맛이 농축되어 있다. 이것을 버리지 말고 얼려 두었다가 수프 끓일 때 한 덩어리씩 넣고 같이 푹 고아 주면 수프의 풍미를 배가할 수 있다. 수프가 완성된 뒤 씹다 만 껌처럼 축 늘어진 파르메산 치즈 덩어리를 냄비에서 건져 질근질근 씹어 먹는 것은 주방에서 조리하는 사람만이 누리는 특권이다.

버섯과 치즈 사이로 향긋하게 퍼지는 깔깔한 호프 순을 씹으며 오랜만에 창문을 열었다. 아마 지난겨울 문을 모두 닫은 후 처음인 듯했다. 푸르니에의 하이든 〈첼로 협주곡〉은 이미 끝났고, 버섯 볶는 소리도 사라졌고, 조용해진 집안에 송버드들의 노래가 들려왔다. 마치 악보를 다 알고 있듯이 부르는 노래. 창밖에는 나뭇잎들이 연녹색으로 돋아나고, 목련이 무럭무럭 피어나고 있었다. '가녀린 이파리와 아리따운 꽃망울은 어떻게 저렇게 두꺼운 나뭇가지를 뚫고 나올까?' 하고 생각했다. 그게 봄의 힘이다. 아, This, too, shall pass. 그 지리했던 겨울도 가고 센트럴 뉴욕에도 봄이 오는구나.

# 엑스팻이 가슴에 품고 사는 것들

'Good-bye never gets easy no matter how frequent or brief(작별은 결코 쉬워지지 않는다. 그것이 아무리 일상처럼 자주 일어나고, 아주 짧은 기간이라 하여도).' 며칠 전 한국을 떠나며 페이스북에 내가 남긴 글이다.

어린 시절 나의 꿈은 외교관이었다. 외교관이 뭘 하는 것인지 잘 몰랐지만 여러 나라로 이사를 다니며 산다기에 되고 싶었다. 그 뒤에는 유명한 바이올리니스트가 되어 세계를 돌며 연주를 하고 싶었다. 나의 바이올린 실력이 세계를 돌며 연주할 수준에 훨씬 미치지 못한다는 것을 뼈아프게 깨달은 뒤로는 셰프가 되어 세계 여러 나라의 호텔 주방에서 일을 하는 꿈이 있었다. 음식은 꽤 만들지만 재료를 예쁘게 썰고 음식을 예쁘게 담는 재주가 꽝이라 주방장의 꿈을 포기한 뒤로는 한국과 미국을 삼주씩 오가며 일을 하는 꿈을 가졌다. 그 꿈을 이뤘는지 지난 이년 정도 한국에 웬만한 물건은 가져다 놓고, 옷도 몇 벌 가져다 놓고 서너 주에 한 번씩 오가며 살았다. 이제는 하도 왔다 갔다 하니 한국에 있는 분들은 나에게 "잘 다녀오라"고 인사를 한다. 곧 또 올 것이라 이미 짐작을 하는가 보다.

어려서부터 내 안에는 밖으로 나가려는 욕구와 회귀의 본능이 동시에 있었다. 어디를 가도 해 떨어지기 전에 집으로 들어가는 집벌레였으면서 늘 외국에 나가 공부하고 일하는 꿈을 꿨다. 청운의 꿈을 품고 유학을 떠나던 날 부모님과 공항에 나가 수속을 마치고 탑승객만이 들어가는 입구 앞으로 갔다. 집벌레가 집을 떠나는 순간이었다. 작별 인사를 하고 나만 혼자 그 안으로 들어가야 했다. 어머니는 눈물이 글썽글썽하고, 나는 눈물이 고이려는 것을 새로운 세상으로 나간다는 설렘으로 억눌렀다. 부모님과 다시 한번 작별 인사를 하고 '저승 문이 저렇게 생겼을까?' 하면서 뒤도 돌아보지 않고 그 문을 통과해 들어가 버렸다. 처음 삼년 정도는 그렇게 휙 들어가 버렸던 것 같다. 김포공항, 인천공항, 다시 인천공항 제2청사를 거치는 사이 몇 번이나 뒤돌아 손을 흔들며 문을 통과해 들어가는 여유가 생겼지만, 아직도 서울을 떠날 때는 곧 다시 온다는 것을 알면서도 쓸쓸한 마음을 지울 수 없다.

늘 한국으로 돌아가야 한다는 마음이 있지만, 한편 외국에 나가 살고 외국을 돌아다니는 것은 아직도 내 꿈이다. 꿈을 이뤄 좋다. 하지만 꿈을 너무 나이 들어 이뤘는지 몸이 고달픈 것도 사실이다. 장거리 여행을 하면 가장 힘든 것이 비행기를 타고 내린 뒤 시차 적응까지 그 기분 나쁘고 멍한 상태이다. 이런 것을 영어로 제트 래그(Jet Lag)라고 한다. 앞으로도 영원히 적응하지 못할 것 같다. 나처럼 매일 시계바늘 움직이듯 움직이는 사람들은 몸 안에 시계가 하나 있어 알람 없이도 매일 같은 시간에 잠을 깨기 때문에 다른 시간대로 여행을 가면 생체 리듬을 바꾸기가 여간 힘든 것이 아니다. 미국에 있는 나의 집은 칠도 해야 하고 여기저기 손볼 곳이 많은데 거의 못 하고 떠돌이 생활을 하고 있다. 시차 적응이 될 만하면 옮겨 다니며 살다 보니 몸은 몸대로 피곤하고, 집은 집대로 폐허가 되어가고 있다.

어머니와 아쉬운 작별을 하고 서울을 떠났다. 이번에는 가을이나 되어야 다시 서울을 찾을 것 같아 더욱 아쉬웠다. 더 있고 싶었지만 미국에 일도 많고, 나의 애견 부도를 돌봐 주던 사람이 여행을 가야 해서 출발 날짜를 연기할 수가 없었다.

## 외할머니에게 물려받은 녹색 엄지손가락

영화 〈크레이지 리치 아시안〉에서 싱가포르 공항에 내린 여자 주인공이 공항 내 나비 공원을 보고 놀라며 "뉴욕의 JFK 공항은 살모넬라균과 체념뿐인데(JFK is nothing but salmonella and despair)"라고 말하는 대목이 있다. 오랜 세월 비행기를 타고 태평양을 건너다니니 기내식 한 끼에 일희일비하는 일은 없다. 오히려 각자 도시락 싸 가지고 타라고 해도 좋으니 의자만 좀더 편하게 만들어 주면 감격의 눈물을 조금 흘릴지도 모르겠다. 그에 반해 공항은 상당히 중요하다. 왜냐하면 거기서 피곤한 몸을 달래며 몇 시간을 기다렸다 연결 편에 몸을 실어야 하기 때문이다. 얼마 전 몇십 년 만에 한국 가는 항공사를 대한항공에서 미국 항공사로 바꿨다. 내가 항공사를 바꾼 이유 중 하나가 대한항공을 이용할 때 주로 이용하던 뉴욕이나 시카고 공항보다 훨씬 깨끗하고 상쾌한 디트로이트 공항을 경유해서 가기 때문이다. 게다가 미국 항공사이다 보니 디트로이트와 시라큐스 연결편이 좋아 집에서 새벽에 떠나야 하는 불편함이 없다. 미국에서는 아직도 이웃들이 서로 공항으로 차를 운전하고 데려다 주기 때문에 새벽 네다섯시에 집에서 나가야 할 때는 부탁하기도 난감하다.

내가 아버지로부터 받은 가장 훌륭한 선물은 비행기에서 참 잘 잔다는 것이다. 하도 자서 목적지에 도착할 때쯤이면 허리가 아플 지경이다. 이번에도 잘 자고 깨니 어느덧 비행기는 디트로이트 근처까지 와 있었다. 마지막 기내식은 배가 고프지 않아 건너뛰었는데 디트로이트 공항에 내려 수속 마치고 나오니 배가 고파지기 시작했다. 터미널A 35번 게이트 근처 소라(Sora)라는 일식집에 앉아 일본식 생라면을 사 먹었다. 그간 한국 오갈 때마다 눈독을 들이다 늘 비행기 시간이 촉박해 그냥 지나쳤던 신발도 기어코 한 켤레 샀다. 무료로 배송까지 해 준다니 더할 나위 없이 좋았다.

이웃집 아저씨 모리스가 시라큐스 공항으로 나를 마중나왔다. 집으로 오는 길에 웨그만즈 슈퍼마켓에 들러 저녁에 먹을 것들을 조금 샀다. 집에 도착해 보니 삼주 전 떠날 때와 완전히 다른 느낌이었다. 연녹색 잎이 막 돋아나던 나무들은 모두 울창하게 우거졌다. 어느 집에서 잔디를 깎았는지 풀 냄새가 온 동네에 진동하고, 라일락의 달콤한 냄새가 섞여 나오고 있었다. 시라큐스도 시골이 아닌 도시이지만 빌딩숲 서울에 있다 오니 베토벤의 《전원 교향곡》 1악장 도입부가 머리를 스쳤다. 전원에 도착했을 때 베토벤이 맡은 냄새가 이런 것이 아니었을까 상상해 보았다. 음악을 들어보면 알겠지만 퇴비 냄새는 분명 아니다.

오래 집을 비우고 있다 돌아오면 문을 열 때 집 안에 뭔가 큰 사건이 벌어져 있을 것 같은 불안감이 엄습한다. 특히 겨울에는 어딘가 동파된 곳은 없을지 가슴이 두근거린다. 그래서 몇 년 전에 집안 히터 온도 조절기와 전등을 모두 와이파이에 연결시켜 한국에서도 늘 실내 온도가 내가 맞춰 놓은 온도보다 밑으로 떨어지는지 체크하고 집에 쉴 새 없이 이곳저곳에 전등이 들어와 빈집처럼 보이지 않도록 한다. 어떤 때는 혹시라도 도둑이 들어오다 귀신 나오는 흉가로 알고 도망가라고 한국에 앉아 미국 집의 이 방 저 방 전깃불을 켰다 껐다 하며 혼자 킥킥대고 웃은 적도 있다. 문을 열고 집으로 들어가니 다행히도 집은 멀쩡했다.

짐을 들여놓고 앞마당과 뒷마당을 돌아보았다. 내가 매년 정성껏 가꾸는 화단을 살펴보기 위해서이다. 나의 외할머니는 배화학당 시절 문학소녀였다. 금강산 수학여행 가서 아무도 무서워 오르지 못하는 최고봉을 혼자 올라갔다 내려와 쓴 기행문이 배화 잡지에 실리기도 했다는 전설이 서울 용산구에 전해진다. 할머니는 이화여전에 진학해 글을 쓰는 신여성이 되고 싶었지만, 할머니의 조부님의 극렬한 반대로 이화여전을 중퇴하고 외할아버지와 결혼을 하셨다. 할머니는 요즘 말로 철저한 전업주부로 사셨다. 하지만 살림하는 틈틈이 할머니의 이루지 못한 꿈을 화초 가꾸기에 쏟아 붓는 것이 아닌가 할 정도로 열정적으로 꽃과 나무를 가꾸셨다. 지금도 생각나는 할머니댁에는 큰 대추나무와 앵두나무가 있었고, 그 밑으로 할머니가 그 전해에 손수 씨를 받아 파종한 페튜니아, 팬지 등이 널브러져 한가득 피어 있었다. 영어로 화초를 잘 가꾸는 사람들을 두고 '녹색 엄지손가락(Green Thumb)을 가졌다'고 한다. 나의 어머니도 물려받지 못한 할머니의 녹색 엄지손가락을 내가 물려받았다. 뭐든 내가 만지면 시들시들하던 화초도 살아난다. 특별히 공부를 한 것도 아니고 비결도 없다.

앞마당에 딱 한 그루 그것도 집 바로 앞에 심어 놓고 목숨 걸고 사슴들로부터 사수하는 장미는 몽우리를 잔뜩 머금고 훌쩍 자랐다. 모란은 내가 떠날 때 이미 싹이 나고 있어 올해는 꽃을 보지 못하려나 했는데 이제 막 몽우리가 열리기 시작했다. 시인 김영랑은 '모란이 지고 말면 그뿐… 삼백예순날 하냥 섭섭해 우옵네다'라고 했다. 내가 모란을 가꾸기 시작하면서 왜 삼백예순날인지 알게 되었다. 모란은 그 화려함이 타의 추종을 불허하는 꽃이다. 그 대신 화려하게 딱 오일 피고 세상에서 자취를 감춘다. 그 허망함에 '찬란한 나의 봄'을 하염없이 '기둘리며' '삼백예순날 하냥 섭섭해' 울 수밖에 없다. 실제로 한국을 오가며 몽우리 맺히는 것 보고 한 열흘 다녀왔는데, 돌아오니 다 지고 없어진 적도 많았다.

몇 년 전 뒷마당에 영어로 스프루스(Spruce)라고 하는 나무씨가 날아와 조그맣게 자라기 시작했다. 우리말로는 가문비나무라고 사전에 나와 있는데 크리스마스트리로 많이 쓰는 나무이다. 서너 해 전 내 무릎만큼 자랐을 때 그걸 앞마당으로 옮겨 심었다. 올해도 새잎이 나고 키가 커 이제 내 가슴팍까지 올라왔다.

7월쯤 꽃이 피기 시작해 한 달 넘게 사발만 한 꽃을 끝없이 피워 올리는 히비스커스는 겨울이 되기 전에 가지를 모두 잘라 주는데 그 밑동에서 새순이 돋고 있었다. 늦여름에 이 꽃이 피기 시작하면 지나가던 사람들이 우리 집 문을 두드리고 꽃 이름을 묻고 가기도 한다. 작년 여름에는 히비스커스의 꽃이 피기도 전에 폭풍우가 몰아쳐 가지 하나가 꺾였다. 자르려다 보니 아직 가지가 살아 있어서 나무젓가락을 부러진 곳에 대고 반창고를 말아 세워 줬다. 그 가지는 여름내 하얀 반창고를 훈장인 양 둘둘 감고 구부정하게 서서 꽃을 잘 피웠다.

어린 시절 나는 아버지와 닮은 점이 하나도 없다고 생각했다. 나이 들며 내 안에서 아버지가 불쑥불쑥 나오는 것을 느낄 때가 있다. 부러진 나뭇가지를 나무젓가락을 사용해 일으켜 세워 꽃을 피우게 만드는 내 모습에서 아버지를 봤다. 외과 의사였던 아버지는 피가 돌지 않아 썩어 가는 다리에 인조 혈관을 넣어 살려 내셨고, 나는 부러진 가지를 반창고로 이어 붙여 양분이 흘러들어 꽃이 피게 했다.

짐을 다 풀고 나니 저녁 먹을 시간이 훌쩍 지났다. 서울에서 가지고 온 홈메이드 약과를 몇 개 꺼냈다. 부모님댁에 오는 도우미 아주머니는 마흔다섯 살에 우리 집에 오기 시작해 지금 일흔두 살이시다. 이제는 도우미 아주머니가 아니라 숙모님쯤 되는 느낌이다. 이 아주머니의 약과는 우리 집안의 자랑이었다. 나는 늘 아주머니께 전에 약과 만드는 생과방 상궁이었냐고 농담을 했다. 맛도 좋지만 밤, 대추 등 고명을 순식간에 극세사보다 더 가늘게 썰어 올리는데 그 모양이 일품이다. 이제는 손이 아파 약과를 잘 만들지 않으신다. 이번에 내가 서울을 떠날 준비를 하는데 나에게 주고 싶어서 "마지막으로 한번 더 만들었다"며 저녁 시간에 일부러 약과를 가지고 와서 나에게 주시고, 어머니랑 앉아 드라마 보며 못된 주인공에게 함께 삿대질을 하고 소리를 지르다 가셨다. 그 약과 두 개 먹고 더 이상 다른 것을 먹지 않아도 될 것 같아 일찍 누웠다. 시간은 바뀌었지만 그래도 몸이 피곤하니 잠이 들었다.

## 할머니표 음식의 추억들

자고 깨니 날씨가 많이 따뜻했다. 밖이 집 안보다 더 따뜻한 봄날이 내가 가장 좋아하는 날씨이다. 창문을 활짝 열어 놓았다. 바삐 한국을 오가느라 김치 없이 산 지 꽤 되었다. 한국 식료품점 한스(Han's)로 갔다. 한스의 한 사장님과 그 부인 미시즈 한은 내가 로스쿨 다니던 시절부터 아는 분들이다. 미시즈 한은 내가 음식 만들어 먹는 것을 좋아한다는 것을 알고 있지만, 한 사장님은 어느 하루 오랜만에 가게에 나와 있다가 내가 말린 취를 장바구니에 넣는 것을 보고 놀랐다. 조용히 부인에게 다가가 "아니 철재 씨는 해 놓은 반찬은 안 사고 취나물 말린 것을 사 가"라고 말하는 것을 들었다. 미시즈 한이 아무렇지도 않게 대답했다. "메줏가루도 사 가."

내가 메줏가루를 사 갔던 것은 친할머니의 음식이 그리웠기 때문이다. 할머니는 가난한 집안 막내아들에게 시집와 하숙치며 남편과 자식

다섯 모두 대학 공부시키느라 고급 식재료로 음식을 만들 형편이 아니었다. 하지만 할머니는 하늘이 내린 손맛을 갖고 계셨다. 지금도 나의 어머니는 당신 시어머니의 음식 이야기를 자주 하신다. '있는 것들 슬슬 모아' 어떻게 그렇게 맛있는 밥상을 차리시는지 놀랍다는 것이다. 내가 어렸을 때만 해도 할머니댁에 삶은 메주콩 찧던 나무절구가 있었다. 아마 할머니가 열여섯 살에 시집오며 가져온 싱거 미싱(주: 원래 이름은 싱어 소윙 머신(Singer Sewing Machine)인데 한때 일반적으로 일본식 발음 '싱가 미싱'이라고 발음하였다)만큼이나 오래된 물건이 아닐까 한다.

할머니는 메주를 쑬 때 한 움큼 떼어 그것은 벽돌 모양으로 빚지 않고 손바닥만한 크기로 동그랗게 빚어서 띄우셨다. 봄에 장을 담글 때 동그란 메주는 간장을 담그는 데 쓰지 않고, 따로 절구에 빻아 그 가루를 모아 놓았다 거기에 물을 부어 발효를 시키고 소금으로 간을 하여 된장찌개처럼 끓이셨다. 없이 살던 시절 주 식량원인 된장이 떨어지고, 그해 담근 된장이 채 익기 전 비상식량이 아니었나 싶다. 이것을 갓 쑤어 간장을 뽑지 않은 날 메줏가루를 발효시켜 끓인 장이라고 햇장이라고 한다. 청국장 비슷하지만 그보다 오래 숙성을 해서 끓일 때 냄새가 훨씬 더 요란하다. 치즈를 아주 좋아하는 서양인들도 냄새가 너무 강해 잘 먹지 못하는 치즈 중에 림버거(Limburger)라는 것이 있다. 할머니의 햇장 냄새는 림버거도 울고 갈 그런 강력한 고린내였다. 할머니는 가끔 발효시킨 메줏가루에 소금과 고춧가루를 넣고 그냥 반찬으로 내기도 하셨는데 그건 열을 가하지 않았기 때문인지 냄새가 심하게 나지 않았다.

나는 어려서 햇장을 못 먹었다. 어머니는 그 옆에도 가지 못하셨다.

림버거도 울고 가는 냄새 때문이었다. 세월이 흐르고, 햇장이 놓인 밥 상머리에 앉아 한 숟가락, 두 숟가락 맛을 보다 보니 이제 나도, 어머니도 햇장을 꽤 즐긴다. 문제는 그걸 만들어 주던 할머니가 돌아가셨다는 것이다. 할머니가 해 주시던 햇장이 그리워 한스에서 메줏가루를 사다 한번 해 먹어 보기에 이르렀던 것이다. 이런 것을 영어로 어콰이어드 테이스트(Acquired Taste)라고 한다. 처음부터 입맛에 맞는 맛이 아니라 먹다 보니 익숙해져 즐기게 된 맛이라는 뜻이다.

메주를 절구에 빻은 할머니의 햇장과 달리 메주 분말로 만드니 콩 씹는 맛이 없어 실망스러웠다. 게다가 집에서 냄새가 빠지지 않아 상당히 오래 곤혹스러웠다. 맛은 어콰이어드 테이스트가 되지만 냄새는 아직도 버겁다. 그 뒤로 햇장은 그냥 마음속으로 그리워만 하기로 했다. 할머니의 손맛도 제대로 살리지 못하는데 온 동네를 유산균 화장터로 만들며 사이비 햇장을 끓이고 싶지 않다.

일년 중 이 시기에는 시라큐스에 마땅한 봄 채소가 아직 없어 김치 담그기가 애매하다. 그냥 배추와 무를 사 가지고 한스를 나왔다. 햇장하면 친할머니가 떠오르지만, 나의 김치 입맛은 외할머니로부터 왔다. 그럴 수밖에 없는 것이 어머니가 담그는 김치가 외할머니께 배운 김치이고 나는 그 김치를 먹으며 자랐기 때문이다.

나의 외가는 평안북도 신의주에서 내려온 실향민이다. 평안북도는 날씨가 추워 서울이나 남쪽 지방과 김치 담그는 방식이 상당히 다르다. 특히 김장김치는 겨울이 추워 배추 절이는 것부터 다르다. 오래 절이지 않아 빳빳한 배추에 심심하게 양념을 하고 국물을 많이 해 부어 양념이 배어들게 만든다. 젓갈은 새우젓을 조금 사용하고 그 이외에는 거의 쓰지 않는다. 김장김치에는 양지머리를 삶아 지방을 제거하고 고기와 국물을 소에 넣어 버무린다. 독에 김치를 담고 며칠 후 쇠뼈를 고아서 만든 국물을 식혀서 간을 하고 김치가 들어 있는 독에 붓는다. 추운 신의주 날씨 속에 천천히 김치 속 고기가 발효하면서 탄산이 많이 나온다. 고춧가루를 많이 넣지 않아 백김치 비슷한 색깔에 빳빳하면서도 양념이 잘 밴 고갱이 부위를 한입 척 베어 먹으면 혀가 김치에 닿는 순간 탄산음료처럼 찡한다. 평안도 사람들이 김치 맛을 보고 "거 참 쩌르르하누나" 하면 그것은 그 집 김치에 대한 최대의 찬사이다.

신의주 김치를 서울에서 담그면 날씨가 추운 해는 기가 막히게 맛있지만, 겨울이 따뜻한 해에는 맛도 보기 전에 늘어지기 십상이다. 요즘은 김치냉장고가 있어 보관도 쉽고, 추운 겨울날 밖에 나가 김치 가져올 일 없어 좋다. 그래도 독을 땅에 묻어 놓고 추운 날 맨 위에 김치를 치우고 독 속으로 파고 들어가 꺼내다 먹는 신의주 김치 맛과는 확실히 다르다. 시라큐스는 겨울 날씨가 중강진 수준이라 독 묻어 두고 겨울에 신의주식으로 김장을 해 먹으면 맛있겠다는 생각을 많이 한다. 독이 없는 것이 한이다.

외할머니는 여름에 배추김치를 담그면 배추를 먹기 좋은 크기로 썰어서 담그셨다. 여름에도 양념을 그렇게 진하게 하지 않았기 때문에 빨리 시어져서 조금씩 담가 먹어야 하는 것이 흠이지만 양념이 진하지 않아 배추의 달콤한 향과 맛이 그대로 느껴졌다. 내가 담그는 김치의 맛은 할머니 김치 맛에 비할 바가 아니다. 하지만 신기하게도 늘 내가 김치를 담그면 할머니 스타일의 김치가 된다. 젓갈 맛이 물씬 풍기는 갓김치를 담그고 싶어 우리 아주머니께 여쭤봤더니 "오메 저놈이 익을까 싶게 젓갈을 부으면 된다"고 하셔서 갓은 구하기 힘들고 겨자 잎을 사다가 오메 익을까 싶게 젓갈을 붓고 담근다고 담갔는데 결국 익으니 전라도 김치가 아니라 쩌르르한 신의주 김치 맛이 났다. 신의주에서는 갓으로 김치를 담그는 법도 없는데 어떻게 갓김치에서 그런 맛이 나는지 도저히 알 수 없는 노릇이다.

## 마음은 집시

김치 담근 것 정리하고 마당에 나가 장미에 비료 좀 주고 들어오는데 배고픈 벌새 한 마리가 윙윙거리며 먹을거리를 찾고 있었다. 벌새는 영어로 허밍버드(Hummingbird)이다. 날갯짓할 때 허밍으로 노래하듯 음음 소리가 나서 붙은 이름이다. 6월이나 되어야 나타나는데 올해는 빨리 왔다. 저 작은 몸이 쉴 새 없이 날갯짓하며 남미(南美)에서부터 시라큐스까지 오느라 얼마나 배가 고플까 하는 생각에 후다닥 들어가 허밍버드가 먹는 넥타(Nectar)를 만들어 먹이통에 넣고 밖에 걸어 놨다. 넥타는 별것 아니고 물 네 컵을 끓이다 거기에 설탕 한 컵을 넣고 시럽을 만들어 식혀서 냉장고에 보관하면서 매일 갈아주면 된다. 먹이통은 빨간 병을 쓴다. 왜냐하면 허밍버드가 빨간색에 이끌리는 성질이 있기 때문이다.

나는 여름이 되면 허밍버드와 반딧불 보는 재미로 산다. 낮에 창가에 앉아 책을 읽다 고개를 들면 허밍버드가 어느 틈에 날아와 넥타를 먹고 있다. 내 손가락 한 마디나 될까 할 정도로 작은 새가 어찌나 사나운지 먹이통을 혼자 차지하려고 먹지도 못하고 하루 종일 서로 싸우며

—

허밍버드 먹이통

사방을 휘젓고 날아다니기도 한다. 나눠 먹으면 내가 더 줄 텐데. 허밍버드는 새 중에서도 날갯짓 기술이 가장 뛰어난 새이다. 먹을 때도 공중에 떠서 먹는다. 어쩌다 먹이통에 앉아 넥타를 마시는 모습을 보면 그렇게 기쁠 수가 없다. 내가 주는 음식이 얼마나 맛있으면 아예 지친 날개를 접고 쉬어가며 먹을까?

땅거미가 질 때쯤이면 집안에 불을 끄고 윤종신의 〈이층집 소녀〉를 머릿속으로 따라 부르며 반딧불을 기다린다. '저녁 교회 종소리 노을에 퍼지고, 성급한 거리 위에 불빛이 눈을 뜰 때면, 내 기억의 거리에도 켜지는 불빛….' 창밖에서 반딧불들이 깜박깜박 눈을 뜬다. 내 기억의 거리에도 깜박깜박 불이 들어온다.

어느 여름 아버지는 이탈리아 가수 나다(Nada)가 부른 〈마음은 집시(Il Cuore è uno Zingaro)〉라는 노래에 '꽂혀' 퇴근하고 오시면 저녁내 그 노래를 틀고 또 틀었다. 집 안에서 아련하게 나다의 목소리가 흘러나오고, 가족끼리 수박을 앞에 놓고 마당에 앉아 이야기꽃을 피우노라면 그 길던 여름해도 어느덧 넘어가고 별과 달과 은하수 그리고 잊어버릴 만하면 한번씩 지나가는 인공위성이 보였다. 그때는 그랬다. 서울의 공기가 더 맑았는지 아니면 서울의 밤이 그리 밝지 않았는지 이 모든 것들이 보였다. 그리고 시라큐스의 여름밤 반딧불을 보노라면 윤종신의 노래와 나다의 음성이 겹쳐 추억이라는 노래가 된다.

첫날은 몸이 피곤해 잘 잤는데 둘째 날은 제트 래그라는 현실이 나를 기다리고 있었다. 새벽 두시까지 정신이 또랑또랑했다. 앉았다 누웠다 이리저리 뒤척이다 캄캄한 천장을 바라보며 이 엑스팻이 삼십년간 이리저리 옮겨 다니면서도 한 번도 내려놓지 않고 가슴에 품고 다

냈던 것들을 하나씩 헤아려 보았다. 내 아버지의 모습, 어머니의 모습, 외할머니의 녹색 엄지손가락, 햇장, 신의주식 김치, 약과, 수박, 별, 달, 은하수, 인공위성…. 쿨쿨.

마음은 집시? 글쎄, 몸은 집시였을지 몰라도 내 마음만은 집시가 아니었다.

# 유붕자원방래 하던 날

올해는 웬 비가 이리도 오는지 봄에 새로 사다 심은 꽃들은 물 한번 주지 않았는데 쑥쑥 잘도 큰다. 뒷마당에 세워 놓은 우량계를 봤더니 일주일 동안 비가 2인치나 왔다. 하루도 거르지 않고 왔으니 그럴 만도 하다. 일주일 내내 비가 내리다 토요일이 되자 화창하고 따뜻한 날이 찾아왔다. 뉴욕시에 사는 친구 알란(Alan)이 놀러온다고 해 집 청소를 했다.

알란은 뉴욕시에 있는 한 대학의 로스쿨 교수이다. 이렇게 말을 하면 다들 나와 로스쿨 동창이거나 변호사 일을 하다 알게 된 사람이라고 생각하는데 그게 그렇지가 않다. 알란과 나는 친한 사이인데 워낙 오래전부터 친하게 지낸 탓에 언제 어떻게 처음 만났는지 둘 다 제대로 기억을 하지 못한다. 로스쿨 동창이 아닌 것은 확실하다. 변호사 일 때문에 알게 되었을 수도 있고 아닐 수도 있다. 알란은 오보에를 연주하는 연주자이기도 해서 전에 내가 한동안 속해 있던 음악 모임에서 알게 된 사이일 수도 있다. 그것도 아니면 어디 파티에 갔다 만나 서로 취미와 직업이 비슷하다 보니 친해졌을 수도 있다. 좌우간 이런 알란이 학회 때문에 금요일에 시라큐스에 왔다. 공항에서 그를 태워 호텔에 내려 줬다. 토요일 오후에 학회 끝나면 데리고 와서 우리 집에 하루 묵으며 일요일에 우리 집에서 한 시간쯤 가면 있는 몬테주마 야생 보호지역(Montezuma Wildlife Refuge)을 구경하러 가기로 했다. 알란이 오랫동안 한번 구경해 보고 싶어 하던 곳이라고 했다.

사람이 온다면 먹을 것 걱정부터 하는 나를 보면 외할머니 생각이 난다. 할머니는 늘 내가 가면 자리에 앉기도 전에 "뭐 먹간(뭐 먹을래)?" 하고 평안도 말로 묻곤 하셨다. 알란과 먹을 저녁거리로 무엇이 좋을지 살펴보러 토요일마다 서는 파머스 마켓에 나갔다. 알란은 내가 만드는 갈비찜의 팬이다. 내가 갈비찜을 만들거나 아니면 다른 비슷한 한국 음식을 만들기를 바라고 있겠지만, 워낙 한 주간 정신없이 바빠 갈비찜을 만들 시간이 없었다.

이 시기 시라큐스에는 갖은 제철 과일과 야채가 풍성하다. 나의 단골 브랜든(Brandon)이 무공해 시금치를 가지고 나왔는지 찾아갔다. 브랜든은 금요일에 야채를 수확해 토요일에 가지고 나오기 때문에 무척 싱싱하다. 특히 그의 시금치는 내가 가장 즐기는 야채이다. 토요일에 사 오면 주말이 가기 전에 다 먹어 치우는 것이 보통이지만, 어떤 때 금방 먹지 못해도 냉장고에서 일주일 넘게 싱싱하게 있다. 갓 수확한 시금치 안에는 스스로의 양분이 많아 보존도 더 오래할 수 있다.

역시나 마켓에는 브랜든의 싱싱하고 새파란 시금치가 잔뜩 쌓여 있었다. 그런데 마늘종도 나와 있었다. 마늘종은 마늘의 꽃대이다. 우리가 먹는 마늘은 뿌리이다. 이 꽃대를 잘라 주지 않고 꽃이 피게 놔두면 뿌리의 양분을 모두 빼앗아 마늘이 자라지 못한다. 그래서 꽃대가 올라오면 꽃이 피기 전에 잘라서 먹는 것이다. 꽃대가 계속 올라오는 것이 아니고 한 번 올라오고 끝이기 때문에 마늘종 시즌은 매우 짧다. 이번 주에 사지 않으면 다음주에는 없을 수도 있다. 있다 해도 마늘종이 억세질 수 있다.

시금치와 마늘종 사이에서 고민하다 둘 다 사 가지고 왔다. 마늘종과 마늘을 올리브기름에 볶다 거기에 삶은 카넬리니 빈(Canellini Beans, 흰강낭콩) 통조림을 하나 뜯어 넣고 스파게티와 시금치를 넣은 뒤 그 위에 페코리노 로마노(Pecorino Romano) 치즈를 뿌려 저녁으로 해 먹기로 했다.

집에 와 보니 브랜든이 어찌나 마늘종을 많이 담아 줬는지 파스타를 30인분은 할 수 있을 듯했다. 저녁에 먹을 것만 조금 남기고 나머지는 마늘종 장아찌를 담갔다.

알란도 나처럼 국수 귀신이 붙은 사람이라 아주 잘 먹었다. 마늘과 마늘종을 볶다 콩을 넣고 파스타 삶은 물을 두 국자쯤 부은 후 설익은 스파게티를 그 안에 넣고 계속 삶다가 시금치를 마지막에 넣었다. 파스타 삶은 물은 우리의 쌀뜨물처럼 유용한 것이다. 소스가 너무 되거나 국수가 설익었을 때 약간 부어 사용하면 좋다. 서빙하기 직전에 날 시금치를 한 움큼 더 넣고 접시에 담았더니 익은 시금치에 사각거리는 시금치가 더해 내가 맛을 봐도 참 맛이 있었다. 이 음식은 내가 즉흥적으로 생각해 낸 것이 아니다. 남부 이탈리아 특히 시칠리아 지방에서는 이렇게 종종 먹는다. 미국으로 이민 온 이탈리아인들도 그린즈 앤드 빈즈(Greens and Beans)라고 해서 콩과 야채를 함께 요리해 그냥 먹기도 하고 파스타와 섞어 먹기도 한다. 야채는 꼭 시금치가 아니고 그날 장에 가서 가장 싱싱한 야채를 사다 사용한다.

토마토는 원래 유럽에 자라지 않는 식물이다. 스페인의 콩키스타도르(Conquistador : 정복자)가 토마토를 남미 특히 페루에서 유럽으로 가져다 심었는데 이탈리아의 기후와 토양이 토마토와 찰떡궁합이라 이탈리아 하면 토마토부터 생각나게 되었다. 이탈리아 산 마르자노(San Marzano) 지방에서 나는 토마토는 껍질이 얇고 씨가 적어 토마토소스를 만드는 데 최고의 토마토로 꼽힌다.

토마토가 이탈리아에 전래된 것을 1500년대 정도로 추정한다. 그 이전에 파스타는 토마토 없이 먹었다. 그린즈 앤드 빈즈 파스타가 토마토를 사용하는 소스보다 훨씬 더 오래된 레시피가 아닐까 한다. 파스타를 샤도네이 와인과 곁들여 먹고 그것도 모자라 웨그만즈 슈퍼마켓에서 사온 디저트까지 먹고 잔뜩 부른 배를 달래며 일찍 잤다.

## 시라큐스 장미 정원

다음 날 몬테주마로 가기 전 우리 집에서 차로 오분 정도 가는 곳에 있는 손든 파크(Thornden Park)라는 공원에 들러 장미 구경을 했다. 손든 파크는 원래 19세기 오스트롬(Ostrom)이란 사람이 소유한 농장이었다. 그래서 공원 정문 앞을 지나가는 길 이름도 오스트롬 애비뉴이다. 오스트롬이 이 농장을 시라큐스에서 소금 광산업으로 큰 부자가 된 하스킨스(Haskins)라는 사람에게 팔았다. 그것을 다시 20세기 초 시라큐스시가 사들여 공원으로 만들었다. 1960년대 시 재정 상태가 나빠지면서 공원이 더러워지고, 범죄와 매춘의 소굴이 되었다. 설상가상 공원에 자라던 느릅나무에 병이 돌아 나무들이 죽어 가기 시작했다. 보다 못한 공원 주변 이웃들이 나서 공원에 느릅나무 대신 단풍나무를 심고 공원을 정화해 나가기 시작했다. 1990년대 중반, 시가 공원 예산을 늘려 공원을 단장하면서 이제는 안전하고 아름다운 공원의 모습을 되찾아 가고 있다.

손든 파크의 명물은 로즈 가든이다. 1924년에 공원 입구에 크게 장미 꽃밭을 만들었다. 6월은 시라큐스의 장미가 절정을 이루는 시기이다. 매년 6월에 하루 날을 잡아 장미 축제를 여는데 알란과 내가 손든 파크를 찾아간 날은 그 장미 축제 나흘 뒤였다. 장미가 절정에 달한 시기에 공원을 방문한 것이다. 화창한 일요일 아침 3000여 그루의 갖가지 장미들이 만발한 공원에 들어서니 차에서 내리자마자 꽃 냄새가 물씬 풍겨 왔다. 손든 파크의 장미 꽃밭은 가운데 큰 정자가 하나 있고 사방으로 장미 밭이 방사선 형태로 조성되어 있다. 드론으로 공중에서 찍은 사진을 보면 마치 프랑스 파리의 개선문 꼭대기에 올라가 파리 시내를 내려다보는 느낌이다.

이 장미들은 시라큐스 장미협회(Syracuse Rose Society)의 자원봉사자들이 매년 4월부터 11월까지 매주 수요일마다 모여 가꾼다. 장미는 생각보다 강인한 식물이다. 뿌리만 살아남아 시라큐스의 혹한을 견뎌내고 봄에 다시 언제 그랬냐는 듯 새싹을 틔운다. 하지만 일단 생장을 시작하는 봄부터 동면에 드는 늦가을까지는 끊임없는 관심과 정성을 요구하는 매우 도도한 식물이기도 하다. 양지바른 곳을 선호하지만, 비가 오지 않을 때는 물도 잊지 않고 꼬박꼬박 줘야 한다. 거름도 자주 줘야 한다. 그렇게 정성을 들이지 않으면 이파리만 나오고 그냥 멀뚱멀뚱 서서 아무것도 하지 않는다. 다 피고 진 꽃을 일일이 뜯어 주지 않으면 피다 말고 파업에 들어가 더 이상 꽃을 피우지 않는다. 장미가 푸른 이파리만 내놓고 아무 일도 하지 않는 것은 모두 사람의 정성이 부족한 탓이다. 반대로 장미가 손든 파크의 로즈 가든처럼 한가득 피어 있는 것은 순전히 사람의 정성이 이루어 놓은 것이다. 로즈 가든의 만개한 장미를 보자니 시라큐스 장미협회 자원봉사자들의 정성이 참으로 놀랍다.

## 몬테주마 야생 보호지역

손든 파크의 로즈 가든을 떠나 몬테주마에 도착한 것은 아침 열시 정도였다. 일요일이었지만, 시간이 일러 사람들이 거의 없었다. 몬테주마 야생 보호지역은 100에이커 정도의 습지이다. 영어로 습지는 스왐프(Swamp) 혹은 마시(Marsh)라고 하는데 몬테주마는 나무들이 많이 사는 스왐프보다는 풀 종류가 주로 사는 마시이다.

몬테주마가 있는 곳은 핑거 레이크스(Finger Lakes)라는 지역이다. 핑거는 손가락이고 레이크는 호수이다. 손가락처럼 길고 가는 호수가 여러 개 있는 지역이라 그런 이름이 붙었다. 업스테이트 뉴욕은 빙하기 동안 얼음이 두껍게 뒤덮고 있던 곳이다. 약 1만 년 전 빙하기가 끝나고 얼음이 녹아 물이 되어 흘러갔다. 상상도 할 수 없는 양의 물줄기가 엄청난 속도로 지나간 곳은 계곡이 되었고, 그 물줄기들은 모여 강이 되어 계속 흘러갔다. 하지만 수만 년 육중한 얼음에 짓눌려 지반이 내려앉은 곳은 구덩이가 되어 물이 밖으로 나가지 못하고 호수가 되었다. 핑거 레이크스도 그렇게 생긴 호수들이다. 그리고 호수 주변으로 호수의 물이 스며들어 늘 축축하게 젖어 있는 마시가 생겼다. 이것이 몬테주마 마시이다. 마시는 생태계 보호와 복원에 굉장히 중요한 역할을 한다. 몬테주마 마시만 해도 비버, 여우 등 포유류와 왜가리, 오리, 거위 등 조류의 낙원이다. 또한 왕나비(Monarch Butterfly)가 매년 날아드는 곳이다.

왕나비는 뉴욕주와 캐나다 등지에 찾아와 여름을 지내며 번식을 한다. 그런데 놀라운 것은 사주에서 육주 정도밖에 살지 못하는 왕나비가 멕시코에서부터 이삼 개월에 걸쳐 날아온다는 것이다. 오는 도중 알을 낳고 전세대는 죽는다. 이 과정을 몇 번 반복하며 미국 북동부와 캐나다에 도착한다. 북쪽에 도착한 세대는 또 알을 낳고 죽기를 반복하는데 마지막으로 태어난 세대는 완전히 체질이 다른 나비가 태어난다. 이들은 팔 개월을 살며 캐나다와 미국 북동부에서 멕시코까지 두 달에 걸쳐 날아가는 것도 모자라 그곳에서도 죽지 않고 겨울을 나며 산다. 그리고 봄에 텍사스 근처로 올라와 알을 낳고 죽는다. 또다시 알을 낳고 죽으며 북으로, 북으로 향하는 긴 여정이 시작되는 것이다. 왕나비는 서식지 파괴로 인해 그 개체수가 점점 줄어든다. 나도 왕나비 보호 운동에 참여한답시고 마당에 왕나비 애벌레의 식량인 밀크위드(Milkweed)를 심어 놓아 우리 집 마당에도 늘 왕나비가 많이 온다. 하지만 그건 보호라고 할 만한 수준도 못 되는 것이다. 몬테주마 서식지는 왕나비 개체수 보존에 수훈갑이라 할 수 있다.

차를 몰고 몬테주마로 들어가자 나와 알란이 마치 약속이라도 한 듯 차 창문을 열었다. 날씨가 더웠지만 몬테주마에는 시원한 바람이 상쾌한 공기를 타고 차 안으로 들어왔다. 나는 에어컨도 끄고 라디오도 껐다. 새소리가 들렸다. 눈앞에 붉은어깨검정새(Red-Winged Blackbird)가 여러 마리 내 차 창 앞으로 정신없이 날아다녔다. 마시나 스왐프의 풀숲에 알을 낳는 새이다. 손바닥만 한 크기에 온몸이 까만데 날개에 빨간 줄이 마치 페인트칠을 해 놓은 듯 선명해서 붉은어깨검정새라 부른다. 어린 시절 자주 보던 제비가 생각났다. 내가 어렸을 때는 서울에도 제비가 늘 찾아왔다. 그들은 붉은어깨검정새보다도 훨씬 더 정신없이 날아다녔다. 제비는 날아가는 속도가 시속 60킬로미터에 이를 정도로 매우 빨리 나는 새이다. 차를 타고 고속도로를 지날 때면 제비들이 고속도로 바닥에 바싹 붙어 날아오다 차 바로 앞에서 수직으로 상승해 멀리 날아가곤 했다. 나는 늘 제비가 차에 치어 죽을까 봐 겁이 났지만 그들은 한번도 내 눈 앞에서 차에 부딪혀 죽은 적이 없다. 그때는 안전벨트가 있어도 아무도 착용하는 사람이 없었다. 지금 생각하니 고속도로에서 안전벨트도 매지 않고 앞좌석에 앉아 제비 걱정을 하고 있었다.

몬테주마의 전 지역이 모두 대중에 공개된 것은 아니고 극히 일부만 차로 돌아보고 나가거나 산책로를 따라 걸을 수 있다. 차로 도는 코스는 딱 하나인데 습지 주위로 빙 둘러 5킬로미터 정도 된다. 앞에 산이나 언덕이 없는 평지에 나무도 별로 없이 수풀뿐이라 저 멀리 고속도로에 차 지나가는 것이 다 보인다. 습지 둘레 즉 원주가 5킬로미터 정도이니 대충 $2\pi r=5000$이라고 놓고 이항시켜 계산해 보았다. 지름이 1.7킬로미터 정도 된다. 워낙 계산해 본 지 오래된 일이라 맞는지 모르겠지만 그 거리가 그렇게 틀릴 것 같지 않다. 몬테주마 자동차 코스로 들어서서 2킬로미터도 되지 않는 빤히 보이는 눈앞에 인간 문명 세계가 정신없이 달리고 있다. 어찌 보면 습지와 풀밭만 있는 싱거운 곳이 몬테주마이다. 하지만 나는 이곳에 들어가던 순간부터 감동이 북받쳐 올랐다. 사막과도 같은 인간 문명 세계 바로 옆에 한 번도 훼손된 적이 없는 자연 그대로의 마시가 펼쳐진다. 들여다보는 사람에게만 보이는 오아시스 같은 곳. 몬테주마는 그런 곳이다.

자동차 코스에는 군데군데 차를 세워 놓고 구경도 하고 사진도 찍을 만한 곳이 여러 곳 있다. 차에서 내리니 웬 큰 새 한 마리가 황망히 도망가고, 작은 새 두 마리가 큰 새를 마구 쪼아대며 쫓아가고 있었다. 큰 새가 남의 둥지를 엿보다 새끼 키우는 작은 새 부부에게 들킨 것이 분명하다. 부모가 된다는 것은 이렇게 모두를 용감하게 만드나 보다. 평소에 큰 새 앞에서 찍소리도 내지 못하고 숨기 바쁜 작은 새들이 부모가 되면 돌변한다. 풀숲 너머 늪에는 큰 왜가리들이 물에 발을 담그고 서 있었다. 왜가리도 종류가 여럿 있는데 내가 조류에 관해 그리 박식

몬테주마의 독수리 상

하지 못해 잘 구별하기가 힘들었다. 헤런(Great Blue Heron)이 아닐까 했다. 알란에게 물었으나 맨해튼 도시 촌놈이 알리 만무했다.

몬테주마 마시의 자동차 코스가 고속도로와 맞닿는 북쪽 자락에 웬만한 집보다 큰 미국의 상징 새 흰머리독수리 상이 있다. 고속도로를 지나가는 사람들은 늘 보게 되는 것인데 그래서인지 몬테주마에 온 사람들은 모두 그 앞에서 사진을 찍는다. 우리도 차에서 한 번 더 내려 사진을 찍었다. 다시 차로 돌아가다 늘 먹을 것에 대해 골똘히 생각하는 내가 알란에게 물었다. "여기서 서쪽으로 더 가면 피츠포드 낙농장(Pittsford Farms and Dairy)이라고 아이스크림 유명한 집이 있는데 거기 가서 아이스크림 사 먹고 갈까?" 순간 알란의 눈이 빛났다. 독수리 상에서 조금 더 운전을 하고 가 몬테주마 자동차 코스 끝에 다다르면 차들은 되돌아 갈 수 없이 보호구역 밖으로 빠져 나가게 되어 있다. 그간 포장되지 않은 길을 천천히 운전하며 유유자적 경치를 구경했는데, 나의 운전이 점점 빨라졌다. 몬테주마를 빠져나와 아이스크림을 향해 돌격했다.

## 피츠포드 빌리지의 낙농장

시라큐스에서 한 시간 이십분 정도, 몬테주마에서는 사십분 정도 가면 피츠포드(Town of Pittsford)라는 곳이 있다. 행정구역상 시(City)가 아닌 타운(Town)이다. 시보다는 조금 작은 규모라는 뜻이다. 그 안에 행정구역상 빌리지가 하나 있다. 피츠포드 빌리지(Village of Pitssford)이다. 2010년 인구조사에 의하면 피츠포드 빌리지의 주민이 2000명도 되지 않는다. 작은 마을이지만 역사가 길다. 1687년 프랑스군과 캐나다 식민지군이 이곳에 살던 세네카 부족의 원주민들을 공격해 내려왔다는 기록이 있다. 세네카 부족이 영국 편에 섰다는 것이 이유이다. 조선이 청나라와 가까워진다고 깡패들을 시켜 대궐에 난입해 왕비를 살해한 일본과 별반 다를 바 없는 행위이다. 그 야만적 침략 행위 이후에도 계속 영국인, 프랑스인, 원주민 등이 부락을 이루고 살았다. 18세기 말엽 이 지역이 노스필드(Town of Northfield)라는 이름으로 처음 독립된 마을이 되었다. 후에 우리의 이장쯤 되는 타운 수퍼바이저(Town Supervisor) 케일렙 홉킨스(Caleb Hopkins) 대령이 자신의 고향인 버몬트주의 피츠포드를 따 이름을 피츠포드로 개칭했다. 피츠포드 빌리지 안에 피츠포드 낙농장이 있다.

피츠포드 낙농장에 들어서면 커피와 함께 자신들이 생산한 유제품과 직접 구운 과자를 파는 카페가 있다. 피츠포드 낙농장의 웹사이트에 들어가 보면 이 카페의 역사를 알 수 있다. 현재 카페로 사용하는 곳은 1814년 사무엘 힌드레스(Samuel Hindreth)라는 사람이 지은 자신의 집이다. 1860년대 자비스 로드(Jarvis Lord)라는 사람이 집을 사고 주변 농장 세 곳을 구입했다. 1888년 로드가 헐리(Hawley) 일가에게 농장과 집을 팔고 헐리 일가가 낙농장을 시작해 오늘날까지 주인만 몇 차례 바뀌고 계속 낙농장으로 있다.

알란은 아몬드가 잔뜩 들어간 아이스크림을 주문했다. 나도 뭔가 와작와작 씹히는 아이스크림을 상당히 좋아하는데 그래도 그냥 바닐라를 시켰다. 모든 아이스크림을 만드는 베이스에 바닐라만 넣은 것이 바닐라 아이스크림이다. 다른 여러 맛이 들어가지 않아 풍부한 유지방

—

피츠포드 카페

의 향을 느끼기에는 그 어떤 아이스크림보다 바닐라 아이스크림이 좋다고 나는 굳게 믿는다. 유명한 피츠포드 낙농장의 고품격 유지방 향을 맡으려고 바닐라를 주문했다. 아이스크림을 받아 밖으로 나가 앉았다. 아이스크림은 살짝 녹아야 유지방 향이 더욱 풍부하게 난다. 그래서 아이스크림이 빨리 녹으라고 더운 실외에 나가 앉기로 했다. 맛을 위해서라면 그 정도는 희생할 수 있다. 대학 때 피자를 배달시켜 식지 않게 먹으려고 그 더운 텍사스 여름에 에어컨을 끄고 피자 상자를 꼭꼭 닫아가며 한 조각씩 꺼내 먹은 적도 있다.

말랑해진 아이스크림을 한입 물고 미장공이 벽에 콘크리트 칠을 하듯 아이스크림을 입천장에 대고 혀로 이리저리 밀었다. 아이스크림 덩어리가 나의 체온을 만나 폭포처럼 녹아내렸다. "음, 이 찌~인한 유지방 냄새!" 하며 미소를 지었다. 누가 아저씨 아니랄까 봐 "따봉" 소리도 입 밖으로 나올 뻔했다. 나이가 드니까 점점 이렇게 기본적인 것이 좋아진다.

커리어에 미쳐 일만 하던 사람들이 죽어갈 때 가장 후회하는 것은 부장에서 이사로 승진하지 못한 것이 아니라 이사로 승진하려 애쓰다 가족과 함께 많은 시간을 보내지 못한 것이라고 하는 것을 어디서 읽었다. 나이가 들고 주변에서 하나둘 세상을 떠나니 그 말이 가슴에 와 닿는다. 초콜릿 맛, 커피 맛, 딸기 맛을 찾는 사이 우리는 가장 기본적인 것, 가장 본질적인 것을 잊고 사는 것은 아닐까? 그래서 점점 기본이 소중해진다. 가족과 친구가 더 소중해지고, 아이스크림도 바닐라가 좋다. 고기를 구워 먹을 때도 상추나 쌈장 없이 그냥 고기만 소금 찍어 오직 고기 맛을 느끼며 먹고, 쌈장 없이 상추만 따로 한입 베어 무는 것이 맛있다. 소스 없이 먹는 음식처럼 소스 없는 삶을 살고 싶다.

바닐라 아이스크림에 대한 나의 개똥철학을 뒤로하고 다시 카페로 들어가 다른 제품들을 둘러보았다. 나는 아침에 일어나 첫 에스프레소를 만들어 마실 때는 늘 헤비 크림을 넣어 마신다. 우리가 마시는 우유는 균질화(Homogenize)하여 유지방이 우유와 한데 섞여 있다. 하지만 이건 사람이 인위적으로 개발한 공법이고, 우유를 짜면 우유와 유지방이 분리되어 유지방만 우유 위에 둥둥 뜬다. 헤비 크림은 우유의 지방을 건져 모은 것으로 한국에서 파는 생크림 혹은 휘핑크림과 비슷한 것인데 한국 제품보다 더 진하고 걸쭉하다.

영어 슬랭으로 커피를 '조(Joe)'라고 한다. 모닝커피도 '모닝조(Morning Joe)'라고 한다. 아침 여섯시에 시작하는 미국 케이블 뉴스 시사프로그램 중에 전 하원의원이었던 조 스카보로우(Joe Scarborough)가 진행하는 〈모닝조(Morning Joe)〉라는 것이 있다. 자신의 이름과 아침 커피라는 의미를 동시에 내포하는 제목이다. 매일 아침 나는 모닝조에 피츠포드의 헤비 크림을 넣어 마시며 모닝조를 시청한다.

아침 커피는 내가 가장 저렴하게 즐기는 사치이다. 커피 마시며 시사 프로그램 삼십분 정도 보는 것이 또 하루의 삶을 열심히 살아갈 힘을 주는 활력소이다. 그래서 원두나 기계도 내가 까다롭게 고른다. 헤비 크림은 늘 피츠포드 낙농장의 것을 고집한다. 헤비 크림이라고 다 같은 것이 아니다. 잘 먹고 잘 자란 동네 소의 신선한 젖을 받아 소량으로 만들어 인근에만 공급하는 유제품은 유지방의 향이 격이 다르다. 피츠포드의 헤비 크림을 그냥 한 숟가락 먹어 보면 끝에 달달한 맛이 남는다. 다른 헤비 크림에서 좀처럼 느낄 수 없는 맛이다.

피츠포드 낙농장은 규모가 크지 않은 농장이라 겨울에는 젖이 잘 나오지 않아 헤비 크림이 시라큐스까지 오지 못하는 경우도 있다. 그래도 옆 동네를 뒤져서라도 웬만하면 피츠포드의 헤비 크림을 사다 아침마다 커피에 넣어 마신다. 한번은 한국에서 돌아오자마자 짐도 풀지 않고 나가 눈이 쌓인 시라큐스를 이리저리 휘젓고 다니며 미친 듯 헤비 크림을 찾아 헤매고 다닌 적도 있다. 기왕 피츠포드를 방문한 김에 헤비 크림도 한 병 샀다. 앞으로 당분간 걱정 없이 커피에도 넣어 마시고, 요즘 제철인 딸기에도 뿌려 먹을 수 있겠다.

피츠포드 빌리지는 1825년부터 이리 운하가 지나가던 곳이다. 20세기 초 운하를 더 깊고 넓게 개조해 현재는 시민들이 요트를 띄운다. 또 운하 주변에는 식당들이 즐비하게 늘어서 있는 공원이 조성되어 있다. 미국 텍사스주의 샌 안토니오(San Antonion)라는 도시에는 샌 안토니오강 주변으로 리버워크(Riverwalk)라는 공원이 있고 식당들이 들어서 있다. 그곳에 가면 리버워크에 있는 식당에서 텍스멕스(Tex-Mex, 텍사스식 멕시코 음식)를 사 먹는 것이 중요한 관광 코스이다. 피츠포드도 비슷한 분위기이다. 우리의 청계천과도 비슷한데 식당이 물가에 인접해 있다는 것이 다르다.

피츠포드 낙농장을 나와 운하가 있는 공원으로 갔다. 시계를 보니 열두시가 넘어 식당 중 하나에 들어가 점심을 먹고 싶었으나 알란도 나도 여의주만 한 아이스크림을 하나씩 해치운 직후라 배가 전혀 고프지 않았다. 게다가 피츠포드 생크림이 상할까 봐 시간을 더 이상 지체할 수가 없었다. 아쉽게도 점심은 생략하고 사진만 몇 장 찍고 집으로 향했다.

## 된장과 와인과 우정이 넘치는 삶

돌아오는 길 차 안에서 알란이 "뉴욕을 제대로 본 느낌이다"라고 했다. 캘리포니아 출신의 알란도 로스쿨 다니러 동부로 와 맨해튼에서 직장 잡고 살았기 때문에 업스테이트 뉴욕을 제대로 본 적이 없다. 사실 대부분의 사람들이 맨해튼만 보고 뉴욕을 봤다고 생각하는 경우가 많다. 하지만 뉴욕주 맨 남쪽 끝에 붙은 조그만 맨해튼을 벗어나면 뉴욕주는 광활한 자연이 살아 숨쉬고, 목장과 밭이 지천에 널려 있는 풍경으로 바뀐다. 집에 오니 아이스크림이 다 꺼져 배가 고팠다. 점심을 간단히 먹고 조금 쉬다 알란을 공항으로 데려다줬다.

친구가 있어 멀리서 찾아온다는 '유붕자원방래(有朋自遠方來)'는 공자가 멀리서 학문을 논하고자 찾아온 이들을 반기며 한 말이다. 법학교수와 변호사가 만나 하루 반 동안 학문 이야기는 거의 없이 대화의 70퍼센트가 먹는 이야기였지만, 그래도 친구가 멀리서 찾아오니 기쁘고 즐거웠다. 알란을 공항에 떨궈 주고 돌아오며 생각했다. 결국에 남는 것은 사람이다. 친구가 있는 것, '유붕(有朋)'이 재산이다. 그래서 난 한국에서 누가 온다고 하면 몇 시간 운전하고 가서 얼굴이라도 꼭 보고 온다. 시라큐스로 온다면 우리 집에 재우고 먹이며 하루를 함께 지낸다. 된장과 사람은 오래될수록 맛이 난다. "Like fine wine, friendship gets better with age." 우정은 훌륭한 와인처럼 세월이 흐를수록 맛이 든다. 된장과 와인과 우정이 넘치는 삶을 살아야지. 그게 행복이니까.

## 백육십년 된 사랑 이야기 《라 트라비아타》

우리 집에서 한 시간 삼십분 정도 운전을 하고 가면 아름다운 시골 마을 쿠퍼스타운(Cooperstown)이 있다. 우리나라 양동마을만큼은 아니라도 건물 하나하나가 사적이고 마을 전체가 사적이라 할 만한 곳이다. 올해는 십여 년 만에 처음으로 쿠퍼스타운에서 매년 여름 열리는 글리머글래스 페스티벌(Glimmerglass Festival)이라는 오페라 축제에 가기로 했다. 과거 로스쿨 다니던 시절 나의 하숙집 주인아저씨가 주동이 되어 온 동네 사람들이 글리머글래스에 매년 가곤 했다. 학교 졸업하고 서울의 로펌에 근무할 때도 여름에 시라큐스에 들르게 되면 함께 글리머글래스에 가곤 했다. 한 십년 전 아저씨가 돌아가시고 동네 사람끼리 모여 글리머글래스에 가는 것도 흐지부지되었다. 나도 다시 시라큐스로 돌아왔지만, 나의 아버지이기도 했고 친구이기도 했던 주인아저씨 생각에 그간 발길을 뚝 끊었다. 올해 나의 친구들인 짐(Jim), 세스(Seth), 캐시(Cathy), 스티브(Steve)와 함께 베르디의 오페라《라 트라비아타(La Traviata)》를 보러 가기로 나로서는 꽤 힘든 결심을 했다.

내 주위에 짐이라는 이름을 가진 친구가 대여섯 명 있는데, 그중 이 짐은 오래된 친구에 속한다. 캐시와 스티브는 부부이고, 세스는 나도 처음 만났다. 짐이 요즘 열애 중인 보이프렌드이다. 짐은 자신이 누군가와 연애를 하면 꼭 주변 사람들에게 소개를 하고, 그들과 자신의 새 애인이 모두 페이스북 친구가 되어야 직성이 풀린다. 나와 캐시와 스티브는 아직도 짐이 사귀다 헤어진 몇몇과 페이스북 친구이다.

## 레더스타킹과 오치고호

쿠퍼스타운은 윌리엄 쿠퍼(William Cooper)라는 사람이 1785년에 40제곱킬로미터 정도의 땅을 사 세운 마을이다. 오치고(Otsego)라는, 남북으로 7마일 정도 가늘고 길게 뻗은 호수의 남쪽 자락에 있다. 쿠퍼의 아들 제임스 페니모어 쿠퍼는 쿠퍼스타운이 배출한 걸출한 문학가이다. 그의 5권짜리 연작 소설 『레더스타킹 이야기』는 개척 시대를 그린 역사 소설의 진수로 꼽힌다. 백인의 자손이지만 원주민들의 손에 자란 내티 범포(Natty Bumppo)라는 사람이 주인공이다. 내티 범포는 여러 다른 이름으로 불리는데 그 여러 이름 중 하나가 '레더스타킹'이다. 가죽 스타킹이란 의미의 레더스타킹은 동물의 가죽으로 발목부터 정강이를 감싸는 일종의 각반(脚絆)이다. 그가 늘 정강이에 레더스타킹을 감고 다니기 때문에 붙은 이름이다. 이 연작 소설 중 하나가 오래전에 다니엘 데이 루이스(Daniel Day Lewis) 주연의 영화로 만든 『라스트 모히칸(The Last of the Mohicans)』이다. 그 영화에서 다니엘 데이 루이스가 맡은 역이 내티 범포이고, 나중에 죽임을 당하는 그의 원주민 친구 웅카스(Uncas)가 영화 제목에 나오는 마지막 모히칸이다.

나는 대학교 영어 시간에 『라스트 모히칸』을 읽고 영화도 봤다. 대충 이런 곳이려니 짐작이나 하면서 읽고 봤다. 그런데 시라큐스로 이사를 온 뒤로 고속도로를 달리다 보면 『라스트 모히칸』의 장면들이 스쳐 지나갈 때가 있다. 뉴욕주의 주도 알바니(Albany)에서 고속도로를 타고 서쪽으로 한 시간 정도 가면 갑자기 낭떠러지처럼 경사가 가파른 길이 나온다. 한참을 끝도 없이 내려가다 보면 마치 착륙 준비를 하는 비행기 안에 앉아 있는 것처럼 귀가 멍멍해진다. 그러다 평지에 다다르면 그곳이 모호크 밸리이다. 영화 〈라스트 모히칸〉에서도 절벽에서 전투나 결투를 벌이는 장면이 있다. 밑은 천 길 낭떠러지이다. 내가 21세기에 차를 몰고 귀가 멍멍해지며 운전을 하고 지나가는 곳이 바로 그 영화에 나오는 곳이다.

우리는 흔히 개척 시대 백인과 원주민이 싸우는 것을 보면 서부의 이야기라 생각하고, 서부는 캘리포니아 어디쯤일 것이라 막연히 생각하지만, 〈라스트 모히칸〉의 시대 배경인 1750년대 미국의 서부는 알바니 서쪽이었다. 모호크 밸리는 빙하기 얼음이 녹아 흘러가서 생긴 계곡이다. 그 계곡을 따라 모호크강이 아직도 흐르고 있다. 그 강은 동쪽의 허드슨강과 합류하고, 계속 흘러 대서양으로 들어간다. 모호크 밸리를 따라 이리 운하가 들어서 뉴욕의 경제적 성장을 주도했다. 이 모호크 밸리에 있는 마을 중 하나가 쿠퍼스타운이다.

쿠퍼스타운은 미국 동부와 중서부를 잇는 큰 고속도로인 I-90번 도로에서 사오십분 시골길을 따라 들어가야 하는 외진 곳이지만 일년 내내 관광객이 끊이지 않는다. 왜냐하면 이곳에 야구 명예의 전당(The Baseball Hall of Fame)이 있기 때문이다. 한때 야구는 애브너 더블데이(Abner Doubleday)라는 사람이 1839년에 쿠퍼스타운에서 시작했다고 알려져 있었다. 1936년 야구 명예의 전당을 세울 때 당연히 야구의 발상지 쿠퍼스타운에 짓기로 결정했다. 헌데 허무하게도 현재 야구가 애브너 더블데이가 쿠퍼스타운에서 시작한 운동이라고 믿는 사학자들은 거의 없다. 아일랜드의 공과 배트를 사용하는 운동에서 파생한 여러 운동들 중 하나가 야구라는 것이 정설이다.

쿠퍼스타운에 가서 호텔에 체크인을 하거나 식당에 앉아 있으면 직원들이 지나가는 말로 "명예의 전당 오셨나 보죠?" 하고 묻는다. 그냥 늘 "네"라고 하지만, 나는 명예의 전당에 한 번도 가본 적이 없다. 청소년기 나는 외계인처럼 살았다. 내 친구들은 모두 야구에 미쳐 프로야구 선수들의 타율을 줄줄이 외우고 있었지만, 나는 아무런 흥미가 없었다. 그 대신 나는 우리나라에 프로야구가 생기기 훨씬 전부터 혼자

—

페니모어 미술관

테니스에 정신이 팔려 있었다. 수업이 재미없을 때는 선생님을 물끄러미 바라보며 유명한 테니스 선수가 되어 존 매켄로를 꺾고 윔블던 우승을 해 성질이 못되어 먹은 그의 코를 납작하게 만들어 주는 상상을 했다. 테니스 생중계는 생각도 할 수 없던 시절이었다. 이미 몇 달 전에 끝난 유명 선수들의 경기 녹화 테이프를 헐값에 수입해다가 매주 일요일 한 세트씩 보여 줬다. 그 당시 KBS에 목소리가 아주 좋고 잘생긴 아나운서 한 분이 있었다. 근래에 돌아가신 이창호라는 아나운서였다. 그분과 대우중공업 테니스 팀의 김성배 감독이 방송을 했다. 나는 그 프로그램을 마치 주말극 기다리듯 기다리며 봤다. 방송 끝에 짤막하게 보여 주는 다음 세트 예고편은 혹시 승부를 예상할 수 있을까 해서 더욱 열심히 봤다. 나는 지금도 테니스 광팬이다. 이제 마땅한 파트너가 없어 잘 치지는 않지만, 어느 대회 누가 몇 번 우승했는지는 다 꿰차고 있다. 이창호 선생께서 돌아가셨을 때는 인터넷에 애도의 댓글도 남겼다. 야구는 아직도 별로 관심이 없다. 누가 텔레비전을 틀어 놓고 야구 중계를 보고 있으면, 채널을 바꾸자고 하든지 아니면 내가 자리를 옮긴다. 이런 사람이니 내가 이십년 쿠퍼스타운을 드나들면서도 여태 야구 명예의 전당에는 한 번도 들어가 본 적이 없다.

글리머글래스는 쿠퍼스타운 시내에 있지 않고, 오치고호를 따라 북쪽으로 7마일 정도 올라가야 있다. 근처 오치고호는 글리머글래스 주립공원으로 지정되었다. 글리머글래스라는 이름은 『레더스타킹 이야기』에서 오치고호를 일컫는 이름이다. 오치고호에 반사된 햇빛이 반짝반짝 빛난다고 붙은 이름이다.

글리머글래스 페스티벌은 1975년 글리머글래스 오페라 페스티벌이라는 여름 오페라 축제로 시작했다. 시작은 미미했다. 쿠퍼스타운 고등학교 강당을 빌려 푸치니의《라보엠》단 한 편을 네 차례 공연했다. 하지만 사십년이 지난 지금, 이름을 '글리머글래스 페스티벌'로 바꾸고 매년 네 편의 오페라를 두 달간 돌아가며 공연할 뿐만 아니라 교도소 오페라 공연, 청소년 교육프로그램, 사회 저명인사들의 강연 시리즈, 개인 독창회 시리즈, 신인 발굴과 트레이닝 등 다양한 프로그램을 선보인다.

오페라 공연을 하는 메인 극장인 앨리스 부시 오페라 극장(Alice Busch Opera Theater)은 1987년에 지었다. 약 900석의 아담한 극장과 부속 건물, 피크닉 장소 등이 있다. 이곳은 젊고 실력 있는 신인들의 등용문이다. 현재 세계를 주름잡는 오페라 가수들 중 이곳에서 데뷔를 한 사람들이 몇 있다. 젊은 성악가들에게 앨리스 부시처럼 자그마하고 음향이 좋은 극장에서 노래를 시작하는 것은 그들의 미완의 목소리를 보호하기에 매우 좋다. 앨리스 부시 극장은 설계 당시부터 자연과 조화를 이룬 건축물을 만드는 것이 큰 목표 중 하나였다. 건물도 튀지 않고 소박하다. 내부에는 에어컨이나 히터가 없고 집채만 한 선풍기만 몇 개 있다. 그나마 공연 시작하면 모두 끈다. 그 대신 극장 안으로 들어가면 양쪽 벽이 방충망으로 둘러쳐져 맞바람이 친다. 공연 시작 직전에 방음벽이 아코디언처럼 펼쳐져 벽이 된다. 휴식 시간에는 다시 방음벽을 열고 맞바람이 들어와 극장 안의 공기를 식히도록 한다. 아무래도 공연 중 홀 내부의 온도가 올라가기 때문에 이곳에 오는 사람들의 복장은 반바지, 반소매가 주류이다. 극장 측도 이를 권장한다. 단 신발 없이 맨발로 들어온다거나 웃통을 벗고 들어오는 것은 금한다고 안내문에 쓰여 있다.

## 글리머글래스의 오페라 공연

《라 트라비아타》는 내가 그렇게 좋아하는 오페라 중에서도 세 손가락 안에 꼽을 정도로 좋아하는 오페라이다. 세 손가락 중에서도 엄지손가락으로 꼽지 않을까 한다. 내용은 솔직히 말해 흔하디흔한 사랑 이야기, 신파이다. 그래도 신파만큼 사람의 심금을 울리는 것도 없다. 감정이입이 잘된다. 지혜는 상투적인 말 클리셰(Cliche) 속에 숨어 있고, 인생사는 신파 속에 들어 있다는 것이 나의 지론이다.

나는 이제 한국 드라마를 잘 보지 않는다. 언제부터인가 젊은 배우들이 혀 짧은 소리를 내는 것이 유행하면서 말을 알아듣기가 힘들어 흥미를 잃기 시작했다. 그러다 가끔 이상한 바람이 불면 종영한 지 삼사년, 때로는 오륙년 지난 한 드라마에 흥미를 갖기 시작하고, 주말 동안에 그 드라마를 처음부터 끝까지 다 몰아 볼 때가 있다. 이렇게 몰아 보는 것을 영어로 빈지 워칭(Binge Watching)이라고 한다. Binge는 '폭식(하다)'이라는 뜻이다.

빈지 워칭도 한동안 뜸했는데 얼마 전에 또 뒷북을 쳤다. 지난 2014년에 방영한 〈별에서 온 그대〉이다. 이번에는 주말에 몰아 본 것은 아니지만 그래도 석 달간 방영한 드라마를 일주일 만에 책거리를 했으니 빈지 워칭이라 할 만하다. 외계인이 광해군 시대의 조선으로 왔다는 설정이 매력적이었다. 막상 보니 공상과학 신파였다. 도민준이 지구인이 아니라 외계인이라는 것만 빼고 기본 뼈대는 그냥 신파극이다. 도민준을 외계인에서 비자가 만료되어 숨어 지내다 중병에 걸려 돌아가야 하는 외국인으로 살짝 바꿔도 초능력만 빼고 나머지 이야기는 얼추

들어맞는다. 울고, 웃고, 시한부 삶에, 심지어 목숨까지 거는 사랑 이야기이다. 그런데 나는 그 신파를 상당히 몰입해서 봤다. 한 10회 정도 봤을 때였다. 낮에 약속 장소로 가기 위해 운전을 하면서 '다음 회에서는 도민준이 외계인이라는 것을 천송이가 알게 될까?'라고 궁금해하기까지 했다. 도민준이 자기 행성으로 돌아가던 날, 아니 돌아가는 장면을 보던 날 참 많이도 울었다. 컴퓨터 모니터를 들여다보며 그렇게 꺼이꺼이 울어본 것이 〈안녕, 프란체스카〉에서 두일의 죽음 이후 처음이었다. 흐르는 눈물을 수건으로 닦다 주체할 수가 없어 나중에는 수건을 그냥 턱 밑에 바치고 있었다. 일일이 닦기는 귀찮아도 잘못해서 자판에 눈물이 들어가면 컴퓨터가 망가질지도 모르니까. 신파의 위력을 제대로 체험했다.

'트라비아타'는 부유한 남성에게 몸을 맡기는 타락한 여자라는 뜻이다. 프랑스 파리 사교계의 트라비아타로서 어느 남작에 기대어 풍족한 삶을 살던 비올레타가, 마당에 나무를 심으면 거기에 돈이 주렁주렁 열리는 줄 아는 고생 모르고 자란 청년 알프레도를 만나 사랑에 빠진다. 둘은 파리 외곽으로 나가 비올레타의 재산을 팔아 마련한 집에서 동거를 시작한다. 알프레도와 비올레타 모두 지구인이다. 이들 사랑의 난제는 고향 행성이 어디냐가 아니라 알프레도의 유력한 가문이다. 알프레도의 아버지 죠르지오 제르몽이 비올레타를 찾아와 "네가 우리 아들이랑 계속 같이 살면 내 딸이 시집을 못 간다"고 이별을 종용한다. 계속 거부하던 비올레타는 결국 백기 투항한다. 마치 도민준이 겨울 낚시터에서 천송이를 일부러 매몰차게 밀어내듯 알프레도에게 "네가 싫증났다"고 거짓 편지를 남기고 파리로 돌아간다. 이에 상처받은 알프레도는 파리로 그녀를 따라가 파티가 한창인 곳에서 그녀를 모욕한다. 비올레타는 그후 결핵으로 알프레도만을 그리며 쓸쓸히 죽어간다. 이를 안 제르몽이 죄책감에 아들 알프레도에게 자신이 저지른 모든 일을 고백한다. 알프레도는 그녀에게 돌아오지만 병석에 누운 비올레타는 알프레도와 재회의 기쁨을 잠시 나누다 곧 숨을 거둔다. 영화 〈프리티우먼〉에서 줄리아 로버츠가 보며 마지막에 울던 오페라가 《라 트라비아타》이다. 거리의 여인으로서 단지 부유한 남성에 의해 고용되어 그의 전용기를 함께 타고 오페라를 보러 온 것뿐인데, 점점 그 남자에게 빠져드는 자신의 심정이 투영되었던 것일까? 그녀도 신파의 위력에 무릎을 꿇었다.

신파는 이야기가 빤하다는 말을 많이 듣는다. 우리 주변에 한번쯤 있었던 이야기를 닮았기 때문일지도 모른다. 사람들은 빤하다는 신파 이야기를 오늘도 울고불고해 가며 본다. 세월이 흘러 공상과학과 특수효과가 가미되어도 사람들은 울고불고하며 그 신파를 또 본다. 1853년에 초연한 신파극《라 트라비아타》에서는 이제 알프레도가 반바지를 입고 수영장에 서서 노래를 부르기도 하지만 백육십년 동안 이야기는 전혀 변하지 않았다. 그리고 그 사랑 이야기를 사람들은 오늘도 울고불고하며 본다. 그 어느 시대 상황과 만나도 어색하지 않은 것이 신파이다. 신파는 세대와 문화를 초월하는 만국 공용어니까.

하지만 신파가 아무리 만국 공용어라 해도 마냥 똑같은 사랑 이야기만 진부하게 읊어대면 진력이 난다. 오히려 비슷한 내용이기에 매번 새로운 장치와 연출로 새 생명을 불어넣어야 한다. 〈별에서 온 그대〉는 신파극의 줄거리에 『어린왕자』의 분위기도 나고, 일본 만화의 냄새도 나고, 오드리 니페네거(Audrey Niffenegger)의 『시간여행자의 아내(The Time Traveler's Wife)』의 모티브도 보인다. 여기에 훌륭한 배우들의 화려한 개인기와 현란한 특수효과라는 참신함이 만나 조화를 이뤘기 때문에 사람을 빨아들이는 힘이 있었다.

오페라도 몇백 년 똑같은 노래만 주야장창 불러대는 것이 아니다. 같은 음악, 같은 이야기 안에서 끝없이 새로운 이야기를 찾아내야 한다. 글리머글래스의《라 트라비아타》는 훌륭했다. 첫 장면부터 파격이었다. 주로 파리의 근사한 아파트에서 잠을 자고 있는 비올레타를 그리는 설정을, 죽어가는 그녀가 병원 침대에 누워 있는 것으로 바꿨다. 화려한 파리 사교계의 꽃 비올레타의 비참한 최후를 암시하는 시작 부분 오케스트라 연주와 매우 잘 어울렸다.

글리머글래스는 이미 신선한 연출로 전세계 오페라계의 트렌드를 바꿔 놓은 전력이 있다. 글루크(Christoph Willibald Gluck)가 작곡한《타우리스의 이피게니아(Iphigénie en Tauride)》를 공연할 때였다. 고대 그리스의 전사 오레스테(Oreste)와 필라데(Pylade)가 부상을 당한 채 적국에 잡혀와 감옥에서 서로의 우정을 다지며 위로하는 대목이 있다. 가사와 음악은 1779년 초연 때와 똑같았지만 연출은 완전히 달랐다. 근육질의 두 남자 주역 가수가 목욕 수건 두르듯 삼베 천조각만 달랑 두르고 서로의 상처를 매만지며 물로 씻어 주는 호모에로틱(Homoerotic)한 광경을 연출했다. 함께 관람하러 갔던 우리 동네 아저씨 한 분은 자신이 늘 봐 왔던 오페라와 너무나 다른 이 광경에 분을 삭이지 못해 휴식 시간에 "Ridiculous, ridiculous(말도 안 돼, 말도 안 돼)"라고 툴툴 거리고 부인은 옆에서 "아이, 그 아이 캔디들(Eye candy : 눈에 보기에 즐거운 아름다운 것 혹은 사람 특히 젊은 남자나 여자) 몸매 죽여주더라" 하며 남편을 약 올렸다. 고대 그리스 남자들 간의 우정에 대해 이런저런 이야기를 들었다면 아주 없을 법한 이야기도 아니고, 음악과 가사를 바꾼 것도 아니었다. 무엇보다 그 장면의 과장 없는 세트와 연출이 음악과 매우 잘 어울렸다. 대 호평이었다. 주역 가수들의 노래도 훌륭했지만 200년 넘은 오페라에 새로운 생명을 불어 넣은 연출 때문이었다.

그 뒤로 오페라의 판도가 바뀌었다. 그 전에는 육십대의 파바로티가 부동자세로 서서 이십대 전사를 연기해도 노래만 잘 부르면 그것으로 만사형통이었다. 하지만 글리머글래스의 《타우리스의 이피게니아》 이후 캐릭터에 맞는 모습의 가수를 찾아 가수가 날렵하게 칼싸움을 하며 노래하는 현실성 있는 극을 만들고자 하는 붐이 본격적으로 일어났다. 그로 인해 목소리가 몸매에 희생당해 보여 주기만 하고 들리는 것은 밍밍한 오페라 공연이 늘어난 것도 사실이다. 하지만 오페라는 종합 예술이니 관객을 극 속으로 끌어들이기 위해 가수가 자신이 맡은 역할처럼 보이는 것도 중요하다.

오페라의 대변혁을 불러온 《타우리스의 이피게니아》의 연출자는 현재 글리머글래스 페스티벌의 예술감독을 맡고 있는 프란체스카 잠벨로(Francesca Zambello)였다. 이번 《라 트라비아타》도 그녀의 작품이다. 명불허전이다. 주역 가수들도 훌륭했다. 나는 수없이 《라 트라비아타》를 봤지만, 아직도 보면서 울컥할 때가 있다. 오페라 끝 무렵 모든 진실을 안 알프레도가 돌아왔지만 혼자 일어서지도 못할 정도로 약해진 비올레타가 이렇게 외친다. "의사 선생님을 모셔오세요. 알프레도가 돌아왔어요. 난 이제 다시 살고 싶어졌어요." 이 대목에 이르면 늘 목구멍에 뜨거운 것이 올라온다. 이번 공연에서는 젊은 가수들의 열연에 그만 목이 메여 욱하는 정도가 아니라 빵 터졌다. 하도 훌쩍거리니까 옆에 앉은 어떤 아주머니가 휴지를 주셨다.

## 즐거운 추억은 때로 사람을 쓸쓸하게 한다

오페라를 보고 다섯 명이 근처 오테사가 호텔(The Otesaga Resort Hotel)로 저녁을 먹으러 갔다. 그곳에도 십여 년 만에 처음 발을 디뎠다. 오테사가 호텔은 1909년에 지은 매우 유서 깊은 호텔이다. 봄부터 가을까지 오치고호가 바로 앞에 내려다보이는 테라스에서 하는 일요일 야외 브런치 뷔페가 유명하다. 예전에 동네 사람들이 모두 모여 글리머글래스에 가던 시절에는 토요일 저녁 공연 보고, 일박한 뒤 일요일에 오테사가 호텔에서 다 같이 브런치를 먹었다. 그리고 일요일 낮 공연 보고 집으로 돌아갔다. 아, 그 전에 쿠퍼스타운에 지금은 없어진 빵이 아주 맛있던 이탈리아 음식점에 다시 모여 이른 저녁을 먹고 집으로 갔다. 그 시절에는 일년에 한 번 글리머글래스 가는 것이 동네 피크닉이었다. 아무도 죽지 않고 살아 있던 시절의 이야기이다. 때로는 즐거운 추억이 사람을 참 쓸쓸하게 만들기도 한다.

《라 트라비아타》 토요일 낮 공연 보고 다섯시에 식당에 들어가 와인 마시며 이야기하다 주문해서 저녁을 먹었다. 밖으로 나오니 여덟시 사십분이었다. 아직도 환했다. 미국 대부분의 지역에는 서머 타임제가 있다. 7월 말이면 해가 꽤 짧아지지만, 그래도 아홉시가 지나야 어두워진다. 주차장까지 따라 나가 자동차 하나로 함께 온 짐, 세스, 캐시와

—

오테사가 호텔에서 내려다본 오치고호

스티브를 보내고 나만 혼자 남았다. 그 네 명은 시라큐스에 살지 않고 알바니에 산다. 나는 저녁 먹으며 술 마시고 혼자 운전하고 돌아가지 않으려고 오테사가 호텔에 방을 잡아 놓았다. 덕분에 마음놓고 술을 마셨다. 나는 최대 주량 와인 두 잔을 자랑한다. 하지만 그 두 잔을 다른 사람 나발 부는 것과 비교할 수 없을 만큼 맛있게 마신다. 와인 두 잔 아니 정확히 1과 3/4잔 마시고 다리를 후들후들 떨며 내 방으로 올라가 침대에 뻗었다. 그다음 날 아침에 일어나 오치고호를 끼고 있는 글리머글래스 주립공원에 들어가 호숫가를 한 삼십분 달렸다. 원래 호숫가 지역은 여름에 다른 지역보다 기온이 조금 낮다. 게다가 오치고호는 뉴욕주의 수많은 호수 중에서도 물이 맑기로 으뜸이다. 주변 공기가 매우 상쾌했다. 가족도 친구도 없고 나를 아는 사람이 아무도 없는 마을에 혼자 뚝 떨어져 맑디맑은 새벽 공기를 가르며 달리는 것이 기분 좋았다. 전날 저녁에 먹은 와인과 기름진 음식이 좀 소화가 되는 느낌이었다. 나는 저녁 약속은 될수록 잡지 않는다. 늘 점심을 크게 먹고 저녁에는 지방이 비교적 낮은 에멘탈 치즈 등을 한두 조각 먹거나 삶은 달걀을 한 개 먹고 잔다. 가끔 저녁에 정찬을 하면 다음 날 아침까지 속이 더부룩하다. 호텔에 돌아와 샤워하고 체크아웃을 했다.

오테사가 호텔에서 걸어서 오분만 가면 있는 야구 명예의 전당은 이번에도 생략했다. 제임스 페니모어 쿠퍼의 집을 개조해 만든 페니모어 미술관(Fenimore Art Museum)에 갔다. 페니모어 미술관은 도로를 사이에 두고 제임스 페니모어 쿠퍼의 농장이 있던 땅에 옛날 농촌의 모습을 재현해 놓은 파머스 뮤지움(Farmers' Museum)과 마주하고 있다. 미국의 역사를 보여 주는 18세기와 19세기 풍경화, 인물화 컬렉션 그리고 미국 원주민들의 유물 컬렉션이 유명하다. 이번에 갔을 때는 유명 가수들의 사진을 많이 찍었던 허브 릿츠(Herb Ritts)의 사진전이 열리고 있었다. 마이클 잭슨, 마돈나, 저스틴 팀버레이크, 디지 갈레스피 등 이름만 들어도 아는 가수들의 사진을 찍은 인물이다. 우리 세대라면 청소년 시절 한 장쯤 갖고 있었을 올리비아 뉴튼 존의 〈Physical〉이란 앨범의 재킷도 이 사람의 작품이다. 페니모어 미술관 뒤뜰에 야외극장이 있는데 그곳에서 하는 셰익스피어의《말괄량이 길들이기(Taming of the Shrew)》 공연 포스터가 붙어 있었다. 요즘 같은 미투(Me Too) 시대에 새롭게 해석한《말괄량이 길들이기》라는 홍보 문구에 궁금해지기도 했으나, 저녁 공연이라 발길을 돌렸다. 쿠퍼스타운을 떠나기 전 앨리스 부시 오페라 극장으로 한 번 더 갔다. 십여 년 만에 돌아왔는데 올해는 이게 끝이다. 내년에는 좀더 자주 와야지. 극장 길 건너 주차장에 차를 세우고 내리니 리허설 중인지 극장 안에서 소프라노의 노랫소리가 들려왔다. 현대인은 참 오만한 존재이다. 우리의 과학 문명에 취해 조상들의 위대함을 곧잘 얕잡아 본다. 400년 전 마이크를 대지 않고도 목소리가 길 건너 야외 주차장까지 들리는 발성법을 만들어 내고 오페라를 작곡한 사람들이라면 현대의 우리보다 못할 것이 없는 분들이다. 주차장에 한참 서서 간간히 들리는 노래를 들었다.

## 별에서 온 사랑

앨리스 부시 극장을 나와 오후 한시가 조금 지나 집으로 향했다. 화창하던 날씨가 흐려지더니 비가 오기 시작했다. 바흐의 〈영국 모음곡〉

을 틀었다. 바흐의 음악이 비 오는 바깥세상과 나 사이에 얇은 막이 된다. 창문에 또그르르 흐르는 빗물은 그대로 카랑카랑한 피아노 소리가 된다.

운전을 하고 돌아오는 내내 비올레타와 알프레도, 도민준과 천송이 생각이 났다. 오페라 볼 때부터 두 이야기가 오버랩되더니 집으로 가는 길까지 그들이 나를 따라 나섰다. "참, 인생 쉽지 않네." 한 마디 불쑥 튀어 나왔다. 둘이 만나 잘 사는 사람들도 많던데 간절한 이들의 사랑은 왜 그리 험난하고 애절해야만 하는 것인지? 아무리 생각해도 답이 없었다. 그냥 애절한 사랑은 모두 별에서 왔기 때문이라고 생각하기로 했다. 도민준뿐 아니라 비올레타도 사실은 별에서 왔기에 그들은 떠나야 하고 떠나야 해서 더욱 간절한 것이라고 그렇게 치부하기로 했다. 하지만 확실한 것은 우주 저 편에서 영겁(永劫)의 세월 동안 운명이란 길고긴 다리를 건너와 나의 문을 두드리는 사랑이라면, 그 사랑이 꿈처럼 흘러갈 것을 알아도 거부하지 못할 것이다. 그렇게 찾아와서 심장을 복구 불능으로 찢어 놓고 별로 돌아간 사랑은 세상에 다시없을 사랑이니까.

내가 아는 여자분 중에 백마 탄 왕자님을 기다리는지 늘 데이트는 하면서 결실을 맺지 못하는 사람이 하나 있다. 그녀가 사귀던 사람과 헤어진 뒤 며칠 앓아누웠다 털고 일어날 때면 하는 말이 있다. "Oh well, bus and men come and go(버스랑 남자는 기다리면 또 와)." '남자는, 여자는, 버스는 기다리면 또 오겠지. 하지만 세상에 다시없을 나만을 위한 사랑은 날이면 날마다 찾아오는 게 아냐. 누구에게나 찾아오는 것은 더더욱 아니라구!' 이번에는 속으로 조용히 중얼거렸다.

# 원님 덕에 나발 분 알바니 나들이

얼마 전 알바니에 사는 나의 친구 짐(Jim)으로부터 문자 메시지가 왔다. "알바니에서 테슬라 자동차 무료 시운전 행사를 한다는데 안 올래? 내가 예약해 놓을게." 짐은 차를 새로 산 다음날부터 그다음에 어떤 차를 살지 궁리하는 사람이다. 나는 자동차에 별 관심이 없다. 자동차뿐 아니라 전화든 태블릿이든 내가 현재 쓰고 있는 물건이 다 망가지기 전까지는 새로 사야겠다는 생각이 웬만해서는 들지 않는다. 내가 현재 운전하는 차도 십년이 넘었지만 별 고장 없이 잘 달리니 차를 새로 사야겠다는 생각을 못 하고 살았다. 하지만 테슬라는 솔깃했다. 엔진이 없는 자동차. 배터리로만 가는 차. 휘발유를 넣을 필요도 없고, 오일 교환을 해줄 필요도 없는 차. 한번 운전해 보고 싶었다. 자동차 한번 사면 십년 넘게 타는 나로서는 투자해 볼 가치가 있는 자동차일 것 같기도 했다. 조금 비싸도 그 대신 유지비가 들지 않으니 말이다. 짐에게 답장을 했다. "좋아 갈게. 그런데 뉴욕주 의사당(NYS Capitol) 구경도 시켜줘." 거짓말 보태지 않고 오초 만에 짐에게서 답장이 왔다. "좋아." 이렇게 나의 알바니 나들이가 시작되었다. 영어로 '땡땡이치다'를 'Play hooky'라고 한다. 금요일 하루 'Play hooky' 하고 아침에 의사당 건물 보고, 점심 먹고 오후 두시 삼십분에 테슬라 시운전을 하기로 했다.

드디어 금요일 아침 여덟시도 되기 전에 집을 떠나 열시쯤 짐의 집에 도착했다. 나와 짐의 공통점은 할 일이 있는데 안부 인사로 시간 낭비하는 것을 상당히 싫어한다는 것이다. 벨을 누르자 그가 아예 옷을 차려입고 신발 신고 문 밖으로 걸어 나왔다. "화장실 좀 쓰고 가면 안 될까?" 나는 장거리 운전을 하며 화장실 가는 것을 싫어해 좀 용무가 급했다.

뉴욕주 의사당은 허드슨강이 내려다보이는 언덕에 바그너의 오페라《니벨룽의 반지》에 나오는 신들의 궁전 발할라(Valhalla)처럼 웅장하게 서 있다. 이름은 의사당이지만 뉴욕주 상원(Senate), 하원(Assembly), 예산국, 뉴욕주 법무장관(NYS Attorney General) 그리고 주지사가 함께 쓰는 건물이다. 그 주변으로는 우리나라 정부종합청사처럼 뉴욕 주정부 건물들이 둘러서 있고, 이 모든 건물을 합쳐 '엠파이어 스테이트 플라자'라고 부른다. 지하에 큰 몰이 있어 그 몰을 통해 모든 건물과 주차장이 서로 통한다.

## 미국에서 가장 아름다운 의사당

뉴욕주 의사당 건물은 미국 내에서 손꼽히게 아름다운 건물이다. 1867년에 짓기 시작해 1899년 삼십이년 만에 당시 돈으로 무려 2500만 달러를 들여 완성한 건물이다.

1861년 미국 남북 전쟁이 터지자 뉴욕주는 북군에 가장 큰 규모의 군대를 보내고, 전쟁 자금도 가장 많이 댔다. 그리고 1865년 전쟁이 끝나자 승리한 북군의 리더가 되어 경제 재건을 진두지휘했다. 당시 뉴욕은 이미 이리 운하와 뉴욕시에서 엄청난 돈을 벌어들이고 있었다. 이에 더해 경제 재건의 리더가 됨으로써 뉴욕주의 위상이 일취월장했다. 그 위상에 맞는 새로운 의사당 건물을 지으려고 시작한 공사였다. 하지만 모든 재료를 최고급으로 쓰느라 교통과 통신이 미비하던 시절 뉴욕주에서 떨어진 타 주와 스코틀랜드, 프랑스 등 유럽에서 재료를 공수해 오고 거기에 정치적 싸움과, 건축물 붕괴 사고로 건축가만 네 명이 디자인을 하다 쫓겨나면서 그렇게 오랜 시간이 걸렸다. 결국 훗날 미국의 대통령이 되는 그로버 클리블랜드(Grover Cleveland)가 주지사로 당선되면서 고용한 아이작 페리(Isaac Perry)가 공사를 마무리했다.

페리는 제1대 뉴욕주 의사당 건축가(Capitol Architect)이다. 의사당

—

뉴욕주 의사당 전경 그림 엽서

건축가는 의사당 건물과 모든 정부 건물, 시설물의 설계, 건축, 유지, 보수를 책임지는 건축가이다. 뉴욕주는 페리 이후 한동안 의사당 건축가를 두지 않다 1980년대부터 다시 두기 시작했다. 여기서 내가 자랑스럽게 생각하는 것은 내 친구 짐이 바로 뉴욕의 4대 의사당 건축가였다는 것이다. 이제 짐은 은퇴했지만, 내가 그를 처음 만났을 때는 여전히 의사당 건축가였다. 내가 설계 도면과 건축물의 저작권에 대한 법률 자문을 하면서 친구가 되었다.

의사당은 애초에 빛이 들어오는 밝은 건물로 디자인했다. 의사당 서쪽 입구를 통해 들어오면 정면에 거대한 돌계단이 있다. 서쪽 중앙 계단(The Great Western Staircase)이다. 동쪽 문을 통해 들어오면 상원 본회의실(Senate Chamber)로 들어가는 계단과 하원 본회의실(Assembly Chamber)로 들어가는 두 개의 계단이 따로 있다. 이 계단들의 천장은 아름다운 유리 디자인이다. 그리고 그 위에 지붕은 유리 돔으로 되어 있어 빛이 건물 안으로 들어온다. 이런 유리 천장을 레이라이트(Laylight)라고 하고 유리 지붕을 스카이라이트(Skylight)라고 한다. 그런데 제2차 세계대전 중 독일군이 바다에서 포격을 할 것에 대비해 레이라이트를 모두 칠을 해서 밤에 전깃불이 새어 나가지 못하게 했다. 당연히 스카이라이트는 유명무실해져 결국 스카이라이트를 철거하고 슬레이트 지붕으로 바꿨다. 지붕과 레이라이트 사이 공간은 사무실이 되었다. 짐이 1998년 의사당 건축가로 임명된 직후부터 십년간 총감독한 대대적인 의사당 보수 공사의 핵심이 레이라이트와 스카이라이트를 복원하고 계단 세 개를 보수하고 때가 타 탈색된 것을 원래 색으로 되돌려 놓는 일이었다.

짐에게 레이라이트와 스카이라이트의 재질, 원래 디자인 도면 등에 대한 기록을 리서치 하는데 몇 년 걸렸냐고 물었다. 짐이 대답했다. "리서치도 돈이 들어. 정치하는 사람들은 리서치 하는 데는 돈을 절대 안 줘. 일단 부시는 허락부터 받고 부숴 놓으면, 다시 지어야 하니까 돈을 줘. 우리도 일단 부수고 돈 받아 낸 뒤 리서치 해가며 복원했어." 물론 어디에 가면 자료들을 찾을 수 있는지 알고 시작한 일이지만, 그 결단이 놀라웠다. 짐은 여기저기 지붕이 새는 것을 보수하는 공사로 시작해서 그것을 결국 레이라이트와 스카이라이트 복원 프로젝트로 바꿔 놨던 것이다. 그리고 부숴 놓고 리서치 해가며, 벽에 붙이는 돌, 문고리, 샹들리에의 크리스털 등 똑같은 재료를 찾아 사방팔방을 뛰어다녔다.

하원 본회의실 들어가는 계단 위에 레이라이트는 자료가 전혀 남아 있지 않아 그 당시 건축 사조를 기초로 상상력을 동원해 복원했다. 상원 본회의실로 들어가는 계단 위에 레이라이트는 한 귀퉁이만 나온 사진 한 장을 갖고 역시 상상력을 이어 붙여 복원했다. 하지만 여기서 상상력이라는 것은 막무가내 공상이 아니다. 건축사적으로 진위성(Authenticity) 있게 복원해야 하기 때문이다. 건축학, 건축사 그리고 미학적 지식을 철저하게 두루 갖춘 사람들만이 끄집어낼 수 있는 훈련받은 상상력이 있어야 한다. 복원 당시의 공사 모습을 찍은 사진이 건물 내 여기저기 붙어 있다. 그중 하나에 짐의 뒷모습이 보이는 것도 있다.

상원 본회의실은 일반의 출입이 통제되어 있다. 본회의가 없을 때는 본회의장으로 들어가는 곳을 철문으로 막아 놓는다. 그런데 심지어 그 철문조차 아름답다. 이곳은 사람의 출입을 막는 문 하나, 엘리베이터 하나조차 예술 작품을 감상하는 듯하다. 방청석 또한 회의가 없을 때

—

뉴욕주 의사당 내 서쪽 중앙 계단. 천장에 레이라이트의 일부분이 보인다는 문을 잠가 놓는다. 하지만 '빽'이 있다는 것은 이래서 좋다. 짐에게는 상원 본회의실 방청석을 열쇠로 열고 들어가 사람들에게 구경시켜 줄 권한이 있다. 방청석으로 들어서니 아무도 없는 텅 빈 회의실이 우리를 맞았다. 미국 연방정부와 주정부의 의사당 건물을 통틀어 가장 아름다운 회의실 중 하나로 꼽힌다. 1970년대 상원 본회의장을 보수하면서 건물 전체를 보수해야겠다는 이야기가 처음 나왔다. 실행에 옮기는 데 거의 이십년이 걸린 것이다.

하원 본회의실은 상원보다 규칙이 까다롭지 않아 방청석이 방문객들에게 열려 있다. 이곳은 의사당 건물 안에서 가장 큰 방이다. 또한 의사당 내에서 가장 먼저 지어진 방이기도 하다.

의사당 건물은 1911년 당시 2층에 있던 도서관에서 화재가 발생했다. 담배꽁초에서 불이 붙었다고 하는데 사실은 아무도 정확한 원인을 모른다. 소화전도 스프링클러도 없던 시절이라 불은 삽시간에 번졌다. 스코틀랜드에서 들여온 사암(砂巖, Sandstone)으로 만든 서쪽 중앙 계단이 녹아내릴 지경이었다. 몇 년 전에 미국 텔레비전에서 뉴욕 의사당 대화제에 대한 다큐멘터리를 제작했는데 거기 짐이 출연해서 한 말이 돌도 종류에 따라 조금씩 다르지만 아주 뜨거운 열에서 녹는다고 했다. 그만큼 대화제의 불길이 거셌다는 증거이다.

새벽에 불이 났는데 해질 무렵 불길이 잡혔을 때는 도서관 안에 귀중한 자료들은 모두 재로 변했다. 당시 당직을 하던 경비원은 시신이 불에 심하게 훼손되어 그의 시계 하나만으로 겨우 신원을 확인할 수 있었다고 한다. 짐이 2층 복도를 지나다 "여기가 화재가 발생한 도서관 자리야" 하고 보여 줬다. 지금은 다른 사무실로 쓰인다. 그 사무실

—

뉴욕주 의사당 하원 본회의실

바로 옆에 큰 소화전이 있는 것이 우습기도 하고 인상 깊기도 했다. 현재 도서관은 1층에 있다. 1912년 화재 후 재건 프로젝트의 일환으로 지었다. 의사당 건물은 오랜 세월에 걸쳐 지었기 때문에 건물에 여러 건축 스타일이 들어 있다. 가령 어느 층 창문에는 아치가 있고 어느 층 창문에는 기둥이 있고 다른 층에는 둘 다 없고 그런 식이다. 도서관은 클래식 리바이벌쯤 되는 스타일이다. 나는 잘 모르고 짐이 그렇다고 했다.

본회의장 이외에 의사당 내에서 인상적인 것은 워룸(Warroom)이었다. 전쟁기념관 같은 것인데 뉴욕주에서 일어난 모든 전쟁과 전투를 그린 천장화가 있다. 천장화를 감상하라고 그 아래 소파를 몇 개 놓았다. 이 소파들은 뉴욕주에 특별한 의미가 있다. 시라큐스에 본사를 갖고 있던 유명한 가구 메이커 구스타브 스티클리(Gustav Stickley)라는 사람이 있다. 워룸에 있는 소파들은 스티클리가 직접 만든 것은 물론 아니지만 지금도 현존하는 스티클리 가구 회사의 감독 하에 스티클리 스타일로 만들었다. 또 한 가지 인상적인 것은 주지사의 홀(The Hall of Governors)이라는 곳이다. 역대 모든 주지사의 초상화가 순서대로 걸려 있고 의사당을 그린 유화도 하나 걸려 있다. 주지사 중에 후에 미국 대통령이 된 사람들의 초상화 밑에는 미국 대통령의 문장(紋章)이 붙어 있다.

사년 전 짐이 퇴임하면서 성대하게 퇴임 파티를 하고 그다음 날 짐이 가까운 사람 열 명 정도 초대해 자신이 투어 가이드로서 의사당을 구경시켜 줬다. 그때는 지붕에도 올라가 스카이라이트 사진도 몇 장 찍었는데 이제 지붕은 아예 방문객 출입 금지가 되었다고 한다. 이번에는 아쉽게도 스카이라이트는 보지 못했다.

의사당을 다 보고 나니 갑자기 배가 고파졌다. 지하 몰로 내려갔다. 몰에 기념품 파는 곳에서 그림엽서를 몇 장 샀다. 그곳에 식당가도 있지만 테슬라 시운전까지는 시간이 있어 차를 타고 나가서 먹기로 하고 주차장으로 갔다. 지하 주차장까지 가는 지하 몰의 긴 복도에는 미국 표현주의 추상화 92점이 영구 전시되어 있다. 뉴욕의 49대 주지사였던 넬슨 로케펠러(Nelson Rockefeller : 우리나라에서는 '록펠러'라고 주로 표기하나 이는 오기이다)가 주지사에 취임하면서 위원회를 구성하고 240만 달러의 예산을 편성해 이 위원회를 통해 미국 표현주의 미술품들을 사들였다. 그리고 그 그림들이 뉴욕시 현대미술관(Museum of Modern Arts : MoMa)과 의사당 몰에 반씩 나뉘어 전시되어 있다.

점심은 당연히 내가 샀다. 나는 살라드 니수아즈(Salade Niçoise)를 주문하고 짐은 뭘 주문했는데 나는 남의 음식에는 별 관심이 없어 잘 기억이 나지 않는다. 에그 베네딕트(Eggs Benedict)를 먹었던 것 같기도 하다. 음식을 먹으며 이야기를 계속했다. 처음 짐이 의사당 건축가로 임명되고 한 일이 의사당을 보수 · 복원하는 데 얼마가 드는지 보고서를 작성하는 일이었다. 그리고 주지사가 간편하게 읽도록 그것을 한 페이지로 요약해 보냈다. 회의 시간에 짐이 앉아 있는 앞에서 주지사가 그걸 훑어보고는 옆으로 밀어 놓았다. 짐이 요청한 7500만 달러를 줄 수 없다는 뜻이었다. 짐이 실망해 걸어 나오는데 예산 담당자가 따라 나오며 한꺼번에 7500만 달러를 편성해 줄 수는 없지만 매년 무기한 500만 달러씩 예산을 편성해 줄 수는 있다고 했다. 결국 짐은 후자를 받아들였고, 결국에 그가 요청했던 7500만 달러보다 훨씬 더 많은

9500만 달러를 십년 동안 쏟아 넣어 대 토목공사를 해냈다. 하지만 애초에 의사당을 지을 때 들였던 2500만 달러가 현재의 화폐 가치로 따졌을 때 짐이 쓴 9500만 달러보다 훨씬 많았을 것이다.

미국 공영 텔레비전에서 뉴욕 의사당 복원에 대한 다큐멘터리를 제작해 거기 짐과 주지사가 함께 출연했다. 거기 보면 주지사가 하는 말이 "현대의 건물들은 너무 실용성에만 치중하는 것이 안타깝다. 오늘날에도 과거의 아름다운 건축물을 복원할 기술이 있다는 것을 보여 주고자 했다"라고 한다. 맞는 말이긴 한데 저 사람이 아예 예산도 편성해 주지 않으려고 하던 그 주지사 맞나 싶다.

## 모터로 가는 차 테슬라

점심을 먹고 테슬라 시운전장으로 갔다. 앞에 사람이 조금 밀려 있어 우선 자동차들을 둘러보라고 했다. 테슬라 자동차는 엔진이 아닌 모터로 가는 차이다. 모터는 배터리 동력으로 움직인다. 엔진이 없다. 그래서 트렁크가 두 개이다. 원래 트렁크가 있는 뒤쪽과 엔진과 다른 부품들이 들어가야 할 앞쪽에 있다. 특히 앞에 있는 트렁크는 단열 처리가 되어 있어 여름에 장을 보고 그 물건들을 넣은 후 얼음 한 봉지 같이 넣어 주면 하루 종일 돌아다녀도 물건이 상하지 않는다고 한다.

한참 차를 보고 있는데 어떤 모델을 시운전해 보고 싶으냐고 물었다. 모델 쓰리(Model 3)를 운전해 보고 싶다고 했다. 나는 자동차에 별 관심이 없지만 어떤 승차감을 좋아하는지는 정확히 알고 있다. 핸들이 부드럽고 가는지 안 가는지 모르게 미끄러지듯 나가는 차를 별로 좋아하지 않는다. 한영애의 노래 중에 블루스의 전설 B.B. King의 기타에 대한 노래인 〈루씰〉이라고 있다. 그 가사에 이런 말이 나온다. '그의 작은 손짓에도 온몸을 떠는…' 나는 그런 차를 좋아한다. 약간 거칠고, 핸들이 빡빡해도 땅에 착 달라붙어 나의 작은 발짓에도 온몸을 떨며 반응하는 차. 모델 쓰리는 바로 나 같은 사람들을 위해 만든 퍼포먼스 모델이다.

직원이 내 옆에 타고 짐은 뒤에 탔다. 한참 이리저리 운전을 시키더니 어느 뒷길로 들어가서 직선 코스를 가리키며 길 끝까지 마음껏 달리라고 했다. 순간 속도도 볼 겸 있는 힘을 다해 페달을 밟았다. 나를 포함 차에 탄 모두가 뒤로 자빠질 정도로 폭발적인 순간 속도를 내며 요란하게 내달렸다. 스페이스 셔틀 론칭할 때 안에 타고 있는 우주인의 느낌이 이런 것일까? 그 순간 나는 속으로 이렇게 생각했다. '바로 이 맛이야. 적금 들어야겠다.' 짐은 다른 차를 시운전했는데 차가 내 취향에 비해 너무 크고, 게다가 문이 위로 열려 별로였다. 양쪽 문을 다 열어 놓고 봤더니 자동차가 꿀벌 해치처럼 보였다.

시운전을 다하니까 질문이 있으면 하라고 했다. 전에 다른 주에 사는 내 동생네로 차를 운전하고 간 적이 있다. 시라큐스에서 쉬지 않고 가면 열일곱 시간이라고 구글 지도에 나오는 곳이다. 운전하고 가면서 휘발유를 가득 채우고 떠나 도착할 때까지 두 번 더 급유를 했다. 테슬라도 집에서 떠나기 전날 플러그 꽂아 놓고 자고 깨면 충전이 되어 있겠지만 가는 사이 충전은 어떻게 해야 하는지 궁금했다. 자동차 앱을 누르니 미국 지도에 전국의 테슬라 충전소가 가득 나타났다. 늘 가장 가까운 충전소로 안내를 해 준다고 한다.

시운전 끝나고 짐의 집에 도착하니 다섯시가 거의 다 되었다. 짐이 저녁 먹고 하루 자고 가라고 했다. 하지만 나의 애견 부도를 옆집에 맡겨 놓고 와서 잘 수가 없었다. 점심에 샐러드만 먹었더니 저녁밥은 좀 유혹이 되기는 했지만, 그 또한 혹시 와인이라도 한잔 걸치는 날에는 밤길 운전하고 가기가 불가능해질 것이라 거절했다. 배가 고파 슈퍼마켓에 들어가 아몬드 한 봉지와 커피 한 잔 사 가지고 그걸 먹으며 부랴부랴 집으로 갔다. 옆집에 부도를 찾으러 갔더니 나의 그런 정성도 모르고 부도는 그 집 개들과 노는 것이 재미있어 집으로 가지 않으려고 했다. 참 허무했다. 나는 늘 큰 개만 키우다 소형견은 부도가 처음이다. 소형견이 좋은 점은 그냥 내가 덥석 들어 안고 집으로 갈 수 있다는 것이다. 데리고 집에 와서 씻고 자리에 누웠다.

원님 덕에 나발 분다고 친구 잘 둬서 의사당 VIP 투어 하고, 다른 사람 들어가지 못하는 상원 본회의실 방청석까지 들어갔다 나오고, 테슬라 시운전도 했다. 왕복 네 시간이 넘는 여행이었지만 즐거웠다. 친구가 고맙고 자랑스러운 것은 이루 말할 수 없었다. 다음에 짐을 만나면 내가 만든 살구잼이라도 한 통 줘야겠다고 생각했다.

# 신은 왜 코끼리를 보러 인도로 갔을까?

사람은 누구나 인생에 한두 번 잊지 못할 사람을 만난다. 사랑하는 사람일 수도 있고, 평생 우러러 존경하는 스승일 수도 있다. 나에게는 존경하는 스승이 몇 분 있다. 그중 한 분이 나의 중학교 1학년 담임 선생님이다. 내 생애 첫 영어 선생님이었다. 중학교 1학년 내내 '나는 언제나 선생님처럼 영어를 할 수 있을까?' 생각하고 나 자신을 다그쳤다. 집에 오면 매일 녹음기에 대고 영어책을 읽고, 들어보고, 다시 녹음해 들었다. 학년 말이면 영어 교과서 전체를 외울 정도였다. 선생님의 발음, 억양 모든 것을 따라 하려 애썼다. 조무래기 중학교 1학년 시절 머리에 박힌 생각은 어느덧 내 인생의 소명이 되었다.

내가 법대에 진학해 처음으로 모의 법정에 섰을 때이다. 수업 끝나고 집에 와서 아무리 생각해도 '신들린 듯' 변론을 했다는 말 이외에는 표현할 말이 없었다. 그날 나는 선생님께 편지를 썼다. 〈선생님을 하늘처럼 우러러 보며 'Good morning, Mr. Baker'를 따라 읽던 제가 오늘 영어로 말싸움을 했습니다. 선생님 감사합니다.〉 미국 변호사가 된 오늘도 나는 매일 영어 공부를 한다. 그리고 그때마다 중학교 1학년 영어 시간을 떠올린다.

작년 겨울 나를 큰오빠라 부르는 선생님 딸로부터 문자 메시지가 왔다. 선생님이 돌아가셨다. 그 몇 달 전 서울에서 뵈었을 때도 건강이 좋지는 않았지만 그렇게 가실 줄은 몰랐다. 요즘 세상에 칠십년도 채우지 못하고 세상을 떠난다는 것은 남겨진 사람들에게 가슴 아픈 일이다. 선생님의 이화여중 시절부터 단짝 친구였던 분이 있다. 한 대학에서 교수 생활을 하시다 얼마 전 퇴임한 이 교수님이다. 이 교수님도 내게 연락을 주셨다. 친구를 떠나보낸 슬픔이 구구절절이 메시지에 배어 있었다. 그 이 교수님이 맨해튼에 온다고 얼마 전 연락을 하셨다. 그래서 열 일 제치고 맨해튼으로 가기로 했다. 교수님 일정이 어떻게 될지 몰라 맨해튼 방문을 금요일과 토요일 이박하는 걸로 잡았는데 금요일 저녁이 좋다고 하셨다. 하루 비는 토요일은 뉴욕시 브롱크스에 있는 나의 모교 포담 대학교(Fordham University)에 가 오랜만에 교정도 둘러 보고, 그 동네도 돌아보기로 했다.

호텔에 체크인하고 시간이 남아 먼저 시곗줄부터 교체하러 갔다. 나에게는 아버지께 물려받은 손목시계가 있다. 1973년에 만든 시계니 사십육년 된 시계이다. 원래는 나의 큰외삼촌의 시계였는데 삼촌이 돌아가시고 그 시계를 외숙모가 아버지께 드렸다. 아버지가 그걸 한 삼십년 차셨다. 아버지가 삼년 전 돌아가시고 얼마 있다 내가 뉴욕으로 가지고 와 시곗줄도 바꾸고 처음으로 대대적인 청소를 했다. 잘 가고 있었는데 옛날식으로 손목에 차고 계속 흔들어 줘야 하는 시계라 말년에 아버지가 자주 착용을 하시지 않아 분진이 많이 끼었다. 청소를 하고 거의 매일 차고 다녔더니 가죽 끈이 벌써 다 닳았다.

샵에 시계를 갖고 들어가니 거기 직원이 시계를 보고 나를 기억해 냈다. 자기들도 이제 거의 보지 못하는 오래된 모델이라 서로 돌려 봐서 기억을 한다고 했다. 1973년에 만든 시계라는 것도 이년 전 그들이 일련번호를 보고 찾아서 내게 가르쳐 줬다. 그때 교체하려고 제거한 시곗줄은 버리라고 했더니 직원이 그래도 아버지가 마지막까지 착용하던 것인데 가져가라고 해서 가져다 어머니 드렸다. 아직도 어머니 경대 서랍 안에 있다. 가죽 끈은 길이 들 때까지 착용하기가 힘들다. 직원에게 도와 달라고 해서 손목에 차고 맨해튼 거리로 나왔다. 날이 더웠지만, 오랜만에 아버지와 맨해튼 거리를 걷고 싶어 호텔까지 걸어갔다. 오는 길에 포담 대학교 맨해튼 캠퍼스에도 들르고 지그재그로 걸어와 땀에 흠뻑 젖어 호텔방으로 돌아왔다.

저녁에 이 교수님과 부군 되시는 정 교수님 그리고 어머니와 아버지

—

브라이언트 파크에서 바라본 메이시 백화점

길잡이로 따라 나온 뉴저지에 사는 두 분의 아드님과 만나 저녁 식사를 했다. 저녁내 선생님 이야기를 했다. 이 교수님은 선생님과 이화여중 1학년 때부터 제일 친한 친구였다. 선생님의 중학교 시절 이야기는 신기하면서도 재미있었다. 선생님이 팝송을 좋아하셨던 것은 기억하는데 비틀즈의 열렬한 팬이었다는 것은 몰랐다. 서강대학교 영문과 재학 시절에는 비틀즈의 새 노래가 나오면 선생님이 들으며 가사를 받아 적고, 잘 들리지 않는 것은 서강대학교에 재직하던 미국 신부님들께 여쭤서 적어 친구들에게 돌렸다고 한다. 전에 선생님이 선생님의 중학교 1학년 영어 선생님 이야기를 해 주신 적이 있다. 이 교수님도 그 선생님 이야기를 한참 해 주셨다.

나의 선생님이 갑작스레 돌아가시고 문뜩 콧잔등이 시큰해지는 것은 선생님이 내가 출간한 책들을 주변의 이 사람 저 사람에게 흩뿌리고 다니셨다는 것을 알게 될 때이다. 친구들에게 얼마나 내 이야기를 하셨으면 이화여중 동창 단체 대화방에 내 이름이 등장할까? 그날 음식도 아주 좋았고, 음식점 분위기도 좋았던 것 같은데 선생님 이야기에 취해 음식과 장소에 대한 기억이 별로 없다. 내가 뭘 먹고 할 말이 없을 정도로 기억을 못 해 보기도 처음이다. 저녁 먹고 밤공기가 좋아 걸어서 호텔로 가려고 했는데 와인 한 잔 마시고 다리가 후들거려 우버 불러 타고 가서 금방 잤다.

다음 날 아침 일어나 호텔 밖으로 나가 뛰었다. 그랜드 센트럴 터미널 앞으로 해서 뉴욕시립도서관, 브라이언트 파크를 지나 한참 달리다 되돌아 호텔로 왔다. 내가 가장 좋아하는 운동은 뜀박질이다. 요가를 열심히 하는 이유 중 하나가 늙어서도 달리려면 스트레칭을 정성껏 해야 하기 때문이다. 호텔방에 돌아와 샤워하고 이번에는 모교를 방문하기 위해 문을 나섰다.

내가 어렸을 때 〈꼬방동네 사람들〉이라는 한국 영화가 있었다. 그 당시 용어로 '미성년자 관람불가' 영화라 나는 본 적이 없지만, 텔레비전에서 몇 장면 본 적이 있다. 길에서 몸을 파는 여인이 아침에 잠에서 깨자 남자는 사라지고 침대에 화대가 놓여 있었다. 요즘도 호텔에 투숙해 방 청소하는 분들에게 팁을 남기려면 늘 그 장면이 생각나 침대에 돈을 놓지 못한다. 대신 종이에 'Thank you'라고 적고 돈과 함께 책상에 놓고 나간다. 이번에도 그렇게 팁을 남기고 침대에는 '침대 시트와 수건은 교체하지 말아 주세요'라고 써 놓고 그랜드 센트럴 터미널로 향했다.

## 포담 대학교와 브롱크스 동물원

브롱크스는 뉴욕시의 다섯 개 자치구 가운데 하나이다. 스웨덴 출신의 요나스 브롱크(Jonas Bronck)라는 사람이 1639년 당시 네덜란드의 식민지였던 이 지역으로 건너와 자리를 잡으면서 생겨난 마을이었다. 원래 영어에서 도시 이름에는 정관사 'the'를 붙이지 않고, 강 이름에는 'the'를 붙인다. 그런데 브롱크스라는 동네 이름은 그 동네에 흐르는 브롱크스강 즉 'the Bronx River'에서 따다 붙인 이름이라 동네 이름 앞에도 'the'를 붙인다. "나는 브롱크스에 살아"라는 말을 영어로 하면 "I live in the Bronx"라고 한다.

브롱크스에 포담이라는 이름의 역이 지하철역과 기차역 두 개가 있다. 내가 그랜드 센트럴 터미널에서 타고 간 기차가 서는 포담 기차역은 학교와 담장을 사이에 두고 붙어 있다. 그랜드 센트럴 터미널에서 포담 역까지는 기차로 이십분 정도 걸린다. 포담 역은 원래 악취가 진동하고 둘이 걷다 하나가 총 맞아 죽을지도 모르는 곳이었는데 이제 멀쩡하게 수리도 하고 깨끗해졌다. 죽을 염려도 별로 없을 것 같다.

포담 대학교는 우리나라 서강대학교처럼 가톨릭 예수회에서 세운 학교로 서강대학교와 자매 학교이기도 하다. 나의 재학 시절에 자매결연을 해 그 당시 서강대학교 총장님이 포담을 방문하기도 하셨다.

포담 교정에 들어가려면 교문마다 서 있는 경비원에게 신분증을 보여 줘야 한다. 나도 졸업생 아이디카드를 챙겨 와서 보여 주고 들어갔다. 와글와글 시끄러운 대도시에 담장으로 둘러쳐진 교정에 들어서니 별세계에 온 것처럼 고요했다. 오른쪽에 듀에인 홀(Duane Hall)이 나를 맞았다. 지금은 학교 사무실들이 들어와 있지만, 내가 학생 때는 도서관 즉 듀에인 라이브러리였다. 내가 졸업하고 얼마 지나지 않아 도서관을 새로 지었다. 듀에인 홀은 건물 외관도 멋있지만 내부는 더 멋있었다. 영화 〈러브 스토리〉에서 제니퍼와 올리버가 도서관에서 처음 만나 실랑이를 벌이는 장면이 있는데 그게 사실은 하버드 대학교 도서관이 아니라 듀에인 라이브러리이다. 그래서 내가 늘 농담으로 "맨해튼의 센트럴 파크에서 스케이트 타는 장면 찍고 지하철 D트레인 타고 포담으로 올라와 도서관 장면 찍었나 보다"고 한다.

새 도서관을 짓는다고 할 때는 화도 나고 서운하기도 했지만, 사실 듀에인 라이브러리는 문제가 있었다. 오래된 건물이라 구조가 미로 같아 책 한번 찾으려면 도서관 지도를 들고 문을 몇 개씩 통과해 골방으로 들어가야 했다. 덕분에 책 찾으러 헤매다 지하에 문을 세 개 열고 들어가면 있는 아주 작은 공간을 발견해 늘 그곳에서 공부를 하곤 했다. 나의 기쁨과 좌절과 희망을 모두 묵묵히 지켜봐 주던 그 방은 아직 있으려나? 내부의 아름다운 장식들이 아직도 있는지 보고 싶었는데 문이 잠겨 있어 할 수 없이 발길을 돌려 테니스 코트 앞 벤치들이 늘어서 있는 곳으로 갔다. 걸어가며 보니 듀에인 홀 뒤에 남학생 하나와 여학생 하나가 날도 더운데 서로 부둥켜안고 무엇이 그리 서러운지 울고 있었다. 오래전에 드라마에서 들은 대사 한 구절이 내 입에서 튀어 나왔다. "젊어서 힘들겠구나."

포담 시절 내 일기장을 보면 이런 구절이 있다. 〈끝이 보일 것도 같던 길은 다시 미로가 되고, 생각은 흩어진 낙엽만큼이나 무질서하게 내 머릿속에 들어선다.〉 나는 이 일기를 쓰던 날을 아직도 명확히 기억한다. 우리나라 대학에서 흔히 말하는 리포트를 미국에서는 페이퍼(Paper)라고 부른다. 첫 학기 나는 사회학자 에밀 뒤르켐에 대해 페이퍼를 쓰고 있었다. 어느 가을날 글이 자꾸 꼬여 머리 식힐 겸 밖에 나가 걷다가 벤치에 앉아 땅바닥에 구르는 낙엽을 한참 바라보고 들어왔다. 바로 그날 그 일기를 썼다. 그 뒤에도 생각이 막히면 그 벤치들 중 하나에 앉아 뒹구는 낙엽을 보거나 사람들 테니스 치는 것을 구경하곤 했다. 벤치에 한참 앉아 추억의 냄새를 들이켰다.

포담의 메인 빌딩은 키팅 홀(Keating Hall)이다. 교정의 중심에 있고, 건물도 가장 웅장하다. 에드워즈 퍼레이드(Edward's Parade)라는 넓은 잔디밭을 내려다보고 있어, 5월 졸업식은 늘 키팅 홀 앞에 단상을 차리고 졸업생들은 잔디밭에 놓은 의자에 앉아 졸업식을 한다. 잔디밭으로 내려가는 계단에는 역대 포담 졸업식 연사로 방문했던 미국 대통령들의 이름이 새겨져 있다. 포담 대학교 연극영화과는 미국에서도 알아준다. 유명한 상을 받은 포담 출신의 배우만도 부지기수이다. 그중 아카데미 남우주연상을 받은 배우가 하나 있으니 바로 덴젤 워싱턴이다. 포담이 자랑하는 덴젤이 내가 입학한 첫해 졸업식에서 명예박사 학위를 받았다. 아마 그 졸업식은 졸업을 하는 사람보다 하지 않는 사람들이 더 많이 참석한 졸업식으로 기억될 것이다. 나도 가서 까치발로 동동거리며 애써 봤지만 에드워즈 퍼레이드 주변으로 사람들이 인산인해를 이뤄 덴젤의 모습은커녕 그의 신발에 묻은 흙도 볼 수 없었다.

포담 교정을 방문할 때면 내가 빼놓지 않고 보고 가는 곳이 성당이다. 돌로 지은 고딕 양식의 아름다운 성당이다. 전에는 에어컨이 없어 여름에는 아침 열한시 정도만 되어도 돌집이 태양열과 그 안의 사람들의 체온으로 달아올라 미사 드리다 말고 모두 맥반석 달걀이 될 지경이었다. 그래서 여름에는 일요일 미사를 아침 여덟시에 드리고 모두 각자 집으로 후다닥 돌아갔다. 이번에 갔더니 에어컨을 구비했는지 내부가 시원했다. 이 성당은 포담이 개교하기 전부터 있던 네 개의 오리지널 건물 중 하나이다. 그 안의 오르간은 미국의 아름다운 오르간으로 뽑혀 오르간 잡지 표지에 실리기도 했다.

포담은 올해로 개교한 지 178년이 된다. 삼년 전 175주년 때 많은 사람들이 놀란 것이 175주년이라는 의미의 단어가 따로 있다는 것이다. 라틴어에서 나온 단어인데 'Dodransbicentennial (도우드런스바이센테니얼)'이라고 한다. 고대 로마 공화정 때 나온 화폐 이름이다. 참고로 150주년은 'Sesquicentennial(세스퀴센테니얼)'이다. 또 한 가지

—

포담 대학교 성당

모교는 영어로 'Alma Mater(알마 마터 혹은 알마 마테르)'라고, '길러 주는 (Nurturing) 어머니'라는 뜻의 라틴어를 그대로 사용한다.

포담 교정을 나가 큰길 건너에 피츠 카페(Pete's Cafe)가 아직 영업 중이었다. 믿을 수 없는 광경이었다. 그곳은 학창 시절 나와 몇몇 친구들의 단골집이었다. 특히 여름에 아침 여덟시 미사에 다녀오는 사람들은 다 거기 모여 아침을 먹고 집으로 갔다. 반가운 마음에 들어가 물어보니 주인 피트는 2010년에 심장마비로 죽었고 부인이 가게를 팔아 지금은 다른 사람이 운영한다고 했다. 거기서 점심 먹으려다 그 말 듣고 그냥 나왔다.

피츠 카페 바로 옆 아더 애비뉴(Arthur Avenue)는 유명한 리틀 이태리(Little Italy)이다. 시장이 있고 맛있는 음식점이 많아, 거기서 점심을 먹으러 들어갔다. 그런데 동네가 너무 좋아지고 깨끗해져서 어디가 어딘지 알 수가 없었다. 이탈리아식 음식 중에 작은 피자를 반으로 접어 만두처럼 구운 음식이 있다. 이탈리아 말로는 '칼초네(Calzone)'라고 하고 미국 사람들은 똑같이 쓰고 '칼조운'이라고 읽는다. 그걸 자주 사 먹던 집이 어딘지 찾고 싶었지만 도저히 찾을 수가 없었다. 이 근처에 샌드위치집이 있었는데 하면 그 근처에 샌드위치집이 있기는 한데 그 때 그 집인지는 알아볼 수가 없었다. 확실하게 알아 볼 수 있는 것은 동네 성당과 그 맞은편에 생선가게 그리고 보가티(Borgatti's)라고 유명한 파스타와 라비올리 만들어 파는 국수 가게뿐이었다. 예전에는 국수 가게도 여러 군데이고 국수를 뽑아 옛날 우리나라 국수 가게처럼 밖에 걸어서 말리곤 했는데 이제 그런 집은 보이지 않았다. 성당에는 전에 이탈리아어 미사가 있었다. 이번에 미사 시간표를 들여다보니 아직도 있었다. 여전히 이탈리아어가 더 편한 사람들이 그 동네에 살고 있다는 뜻이다.

아더 애비뉴를 따라 걸어 들어가다 187번가에서 좌향좌 해서 똑바로 가면 내가 살던 아파트가 나온다. 아직도 훤칠하게 서 있다. 그 아파트는 길을 하나 사이에 두고 브롱크스 동물원(Bronx Zoo)과 마주하고 있다. 세계적으로도 유명한 동물원이다. 포담에 진학해 8월 말에 처음 아파트로 이사 왔을 때는 10층 내 방 창문으로 동물원이 보이긴 하는데 나무가 울창해 안을 들여다 볼 수가 없었다. 그리고 첫 학기 내내 에밀 뒤르켐 때문에 골머리를 앓다 어느 날 오랜만에 창문을 내다 봤더니 그 푸르고 울창하던 숲이 온통 붉은색으로 바뀌어 있었다. 얼마 후 붉은 잎들이 모두 떨어지고 보니 그곳은 사슴 우리였다. 동물원 정문 길 건너편에는 브롱크스 식물원(Bronx Botanical Garden)이 있다. 내가 늘 가서 조깅을 하던 곳이다. 호텔을 떠나 거의 세 시간 가까이 쉬지 않고 계속 걸었더니 피곤해 동물원과 식물원은 나중에 단풍들 때 다시 오기로 하고 문 앞에서 사진만 한 장 찍고 돌아섰다.

동물원 정문에서 포담 역까지는 한 이십분 걸어가야 한다. 버스를 타면 두 정거장 정도면 가는데 그러지 않고 다시 학교 후문으로 들어갔다. 학교 한번 더 보고 정문으로 나가 포담 역으로 갔다. 듀에인 라이브러리를 밀치고 새 도서관이 된 밉상 건물이 정문 옆에 서 있다. 그나마 도서관을 새로 지을 때는 그래도 네오고딕 양식의 캠퍼스와 조화를 이루고자 흉내라도 내면서 건물을 지었다. 그후에 지은 건물들은 그런 최소한의 형식적 노력도 없이 뻔뻔스럽게 네모반듯한 모양으로 서 있다. 그래도 다행히 상자 같은 건물들은 모두 학교 맨 가장자리 담장 옆에 붙어 있어서 그 못생긴 건물들을 그냥 담장이라고 생각하기로 했다. 기차에 올라타 리틀 이태리에서 사온 이탈리안 샌드위치를 먹으며 그랜드 센트럴 터미널로 돌아갔다. 맛있는 이탈리아식 빵에 살라미, 카피콜라 등의 이탈리아식 소시지들과 프로볼로네 치즈를 넣고 거기에 식초에 절인 바나나페퍼를 얹어 만드는 미국식 이탈리아 음식이다. 너무 맛있어 고추를 골라내지 않고 그냥 먹었더니 땀이 줄줄 나고, 그다음 날 배도 계속 아팠다. 매운 것을 워낙 잘 먹지 못했는데 자꾸 피하니 점점 더 입에 댈 수가 없다.

피곤한 몸을 이끌고 호텔방으로 돌아오니 방이 깨끗이 청소되어 있었다. 미국의 유명한 해군제독 윌리엄 맥레이븐(William McRaven)이 대학 졸업식에 가서 연설을 하면서 "세상을 바꾸고 싶으면 아침에 일어나 자기 침대 정리부터 하라"고 한 적이 있다. 나도 세상을 바꿔 보려 호텔을 나서기 전 내가 잔 침대를 잘 정리한답시고 하고 떠났다. 그런데 돌아와 보니 청소하는 아주머니가 침대를 군대 용어로 '각 잡아' 반듯하게 정리해 주고, 말리려고 걸어 놓은 타월을 곱게 접어놓고 나가셨다. 그리고 내가 'Thank you'라고 적고 팁을 올려놓았던 종이에 자기 글씨로 'Thank you'라고 적어 놓았다. 다른 이의 배려가 나를 행복하게 했다. 나는 어디 놀러가 밖으로만 나돌면 호텔 방값으로 지불한 돈이 아깝다. 그래서 마지막 날은 될수록 호텔 밖으로 잘 나가지 않는다. 그날도 저녁을 사 들고 와 호텔방에서 먹으며 저녁 시간을 보냈다.

그다음 날 아침 일어나 또 전날과 같은 코스로 뛰고 들어와 호텔을 나섰다. 기차에서 먹을 샌드위치를 사 들고 택시 타고 역으로 갔다. 뉴욕에 오면 하도 우버를 불러 타고 다녀 택시에서 돈도 내지 않고 내리

—

기차에서 본 허드슨강. 맞은편 절벽을 지질학적으로 팰리세이드라고 부른다려다 우버가 아니라 택시였다는 것을 깨닫고 계산하고 내렸다. 생각 없이 역으로 갔더니 기차 시간 두 시간 전에 도착했다. 놀라운 것은 이미 줄을 서 있는 사람들이 있었다. 그 뒤에 나도 서 있다 네 번째로 기차에 타고 집으로 왔다.

## 슬픔이 추억이 될 때

내가 좋아하는 시 중에 「신은 코끼리를 보러 인도로 갔다」라는 것이 있다. 왜 갔냐 하면, 신은 자신의 피조물 중 코끼리를 가장 사랑하기 때문이다. 그들은 죽은 가족을 기억한다. 죽은 이들의 뼛조각을 보고 온 가족이 둘러서서 소리를 지르고 요란을 떨며 몇 시간이고 그 뼈를 긴 코로 쓰다듬고, 냄새 맡는 본 워시핑(Bone Worshipping)을 한다. 신은 코끼리의 이 점을 높이 산다. 신은 죽음을 잘 이해한다. 신이 오히려 사랑보다 더 잘 이해하는 것이 죽음이다. 신이 정성들여 만든 모든 피조물들은 다 죽기 때문이다. 죽음도 신이 만들었고, 그것도 괜찮지만, 그래도 신은 가끔 피조물들의 원래 모습이 그립다. 이런 내용의 시이다.

시라큐스로 돌아오는 열차 안에서 허드슨강에 떠 가는 배 한 척을 바라보며 생각했다. 코끼리들은 조상의 뼛조각을 일부러 찾아가는 것일까? 우연히 길을 가다 발견하는 것일까? 그들은 뼈를 더듬고 냄새 맡으며 무엇을 볼까? 본 워시핑 하는 동안 그들이 그리 요란스레 소리를 지르는 것은 슬퍼서 우는 것일까 아니면 과거와 현재, 죽은 자와 산 자가 다시 만나는 기쁨의 발산일까? 코끼리 속에 들어갔다 나오기 전에는 아무도 모를 일이다.

인간은 일부러 모교의 교정을 찾아 과거의 냄새를 맡는다. 아버지가 절친한 친구 같았던 처남을 생각하며 차던 시계의 줄을, 아들이 어머니께 드리며 아버지를 기억한다. 제자는 스승의 친구를 만나 스승의 어린 시절 이야기를 듣는다. 이것이 인간의 본 워시핑이다. 슬픔을 나눠 그것으로 추억을 새긴다. 슬픔이 추억이 될 때 우리는 다시 털고 일어나 살아간다. 추억과 기억은 사회가 있어 생겨나고 존속(存續)한다. 그래서 인간은 함께 사는 것인지도 모른다. 온갖 추악한 짓을 일삼는 인간들이지만, 우리가 기억의 뼛조각들을 직소 퍼즐처럼 맞춰가며 함께 추억을 만드는 순간만큼은 신도 우리를 보고 미소 짓지 않을까? 기차 안에서 예전 노래 한 곡 찾아 들었다. '구름은 바람 없이 못 가네, 천년을 산다 하여도. 인생은 사랑 없이 못 가네, 하루를 산다 하여도.'

# 사우전드 아일랜드의 추억

내가 대학을 다니던 20세기 말 대학생들이 소개팅이나 미팅을 하고 기분 내려고 큰맘 먹고 가는 곳이 경양식집이었다. 함박스테이크, 돈까스, 비후(비프)까스, 생선까스 등을 골라 주문해 먹었다. 웨이터들은 두껍고 하얀 린넨 냅킨을 팔에 걸치고 와서 주문을 받았다.

"함박 주세요"라고 하면 으레 따라 나오는 말이 있다. "밥으로 하시겠습니까, 빵으로 하시겠습니까?" 둘 중 그날의 기분에 따라 하나를 골라 주문한다. 여기서 끝이 아니다. "수웁(수프)은 뭘로 하시겠습니까?" 무엇 무엇이 있다는 말은 절대로 해 주지 않는다. 나는 답을 뻔히 알면서도 늘 물었다. "뭐뭐 있는데요?" 그냥 그러고 싶었다. "크림수프와 야채수프가 있습니다." 나는 속으로 생각했다. '나도 압니다.' 마치 거대한 주술에 걸린 양 대한민국 모든 경양식집들은 크림수프와 야채수프 단 두 가지만을 기계적으로 메뉴에 올렸다. 수프 역시 그날의 기분에 따라 크림수프와 야채수프 둘 중 하나를 주문했다. 여학생들은 주로 "같은 거요"라고 대답했다. 주문을 마치면 웨이터는 매우 자랑스러운 모습으로 큰 보울에 수프를 담아가지고 와서 빈 그릇에 한 국자씩 퍼주고 갔다. 곧이어 '사라다'가 나오는데 양배추를 가늘고 길게 썰고 거기에 조금 고급 집은 날 토마토를 한 조각 얹는다. 그 위에 마요네즈와 토마토케첩을 섞어 뿌린 후 가져다준다. "샐러드드레싱은 뭘로 하시겠습니까?"라는 질문은 절대 하지 않는다. 왜냐하면 그 역시 대한민국의 모든 경양식집이 마치 거대한 주문에 걸린 듯 양배추 샐러드 위에 마요네즈와 케첩을 범벅해 주는 것이 규칙이었기 때문이다. 메인 디시인 함박스테이크가 나올 때면 밥을 주문한 사람에게는 접시에 밥을 담아 단무지 두 조각을 길고 가늘게 썰어 곁들여 가져다주고, 빵은 가운데 놓고 갔다. 주머니가 좀 두둑한 날은 돈까스와 함박스테이크가 같이 나오는 정식을 주문했다. 정식에는 디저트가 따라 나왔다. 가격도 1000원 더 비쌌다. 나는 또 어김없이 "디저트는 뭐뭐 있는데요?"라고 물었다. 그런데 디저트는 집집마다 조금씩 달랐다. 콜라, 사이다는 기본이고 거기에 커피도 되는 집이 가끔 있었다. 셋 중 하나를 골라 주문하면 그게 디저트이다. 커피를 주문하면 인스턴트커피에 설탕과 '프림'을 넣고 뜨거운 물을 부은 '다방커피'가 나왔다.

## 사우전드 아일랜드 드레싱의 유래

경양식집에서 마요네즈와 토마토케첩을 섞어 양배추 샐러드에 부어 주었던 것은 사우전드 아일랜드라는 샐러드드레싱의 가장 기본적인 형태이다. 샐러드에 뿌려 먹는 것은 소스라고 하지 않고 드레싱이라고 한다. 둘의 차이를 명확하게 정의한 것은 없지만 대체로 열을 가하지 않은 소스를 드레싱이라고 한다. 사우전드 아일랜드는 마요네즈와 케첩을 섞고 때로 거기에 달고 신맛이 나는 피클을 잘게 다져 섞기도 하고, 양파, 올리브 등을 다져 넣기도 한다.

천 개의 섬이라는 의미의 사우전드 아일랜드 드레싱은 누가 만들었고 왜 그런 이름이 붙었을까? 이 이야기를 하려면 우선 호텔 이야기를 해야 한다. 뉴욕 맨해튼 파크 애비뉴에 월도프 아스토리아 호텔(Waldorf Astoria Hotel)이라는 최고급 호텔이 있다. 이 호텔이 원래는 각각 월도프 호텔과 아스토리아 호텔로 현재 엠파이어 스테이트 빌딩이 있는 자리에 서로 이웃하고 있었다. 더욱 재미있는 것은 월도프 호텔을 지은 윌리엄 월도프 아스토(William Waldorf Astor)와 아스토리아 호텔을 지은 존 제이콥 아스토(John Jacob Astor)는 서로 사촌간이다. 이웃사촌이란 말이 무색하게 이웃이었던 이 사촌들은 앙숙지간이었다.

1894년 윌리엄이 유명한 호텔업자 조지 볼트(George Boldt)를 내세워 자신의 땅에 호텔을 지었다. 존은 사촌이 호텔을 짓자 배가 아팠는지 바로 그 옆에 있던 자신의 땅에 호텔을 짓고 계속 으르렁대고 있었다. 볼트가 나서 둘을 중재하여 두 호텔을 월도프 아스토리아 호텔이라는 이름으로 병합하고 자신의 휘하에 두게 되었다. 처음에는 월도프와 아스토리아 사이를 이어 주는 작대기인 하이픈(Hyphen)을 넣어 월도프-아스토리아(Waldorf-Astoria)라고 표기했다. 그래서 한때 사람들이 간편하게 하이픈 호텔이라 부르기도 했다. 1931년 엠파이어 스테이트 빌딩이 이 자리에 들어서면서 두 건물 모두 헐리고 현재의 위치로 이전했다. 이름은 그대로 월도프 아스토리아 호텔이다. 현재 하이픈은 쓰지 않는다.

집안싸움으로 생긴 두 개의 호텔을 하나로 병합하고 세계 최고의 명문 호텔로 만든 조지 볼트는 오늘날의 독일인 프러시아 출신으로 미국으로 이민 와 주방 보조부터 시작해 허드렛일을 하면서 자수성가한 호텔사업가이다. 월도프 아스토리아 이외에도 필라델피아의 벨뷔 스트래트포드 호텔을 소유했다.

사우전드 아일랜드 드레싱은 그 유래에 여러 설이 있는데 그중 하나가 볼트의 개인 요리사가 만들었다는 것이다. 그 맛이 좋다고 생각한 볼트가 호텔 메뉴에 넣으라고 지시해 유명해졌다고 한다. 볼트는 업스테이트 뉴욕의 캐나다와 뉴욕 국경을 가르는 세인트로렌스강의 사우전드 아일랜드 지역에 여름 별장이 있었다. 그 이름을 따 드레싱의 이름을 붙였다고 한다. 어떤 버전은 한술 더 떠 볼트가 사우전드 아일랜드의 여름 별장에 갔는데 셰프가 드레싱을 잊어버리고 가지고 가지 않아 즉석에서 만들었다고 하기도 한다.

유명한 음식의 이름이나 레시피의 근원에는 늘 '카더라' 통신이 제공하는 여러 설이 별 근거 없이  난무한다. 사우전드 아일랜드 드레싱의 조지 볼트 근원설도 탄탄한 근거가 있는 이야기는 아니다. 그에 더해 별 근거 없는 설들이 몇 가지 더 그럴싸하게 떠돌고 있다. 볼트의 여름 별장에서 만들어졌다는 설이 사람들이 가장 보편적으로 알고 있는 설이지만 사우전드 아일랜드 지역 주민들 사이에 더 광범위하게 퍼진 설은 이 지역 민박집 유래설이다.

20세기 초 사우전드 아일랜드 지역은 미국 최고의 프리미엄 휴양지였다. 당연히 민박집들이 많았는데 이들은 낮에 남편들이 배로 손님을 싣고 나가 낚시를 시키고 저녁에는 집에서 재우며, 부인들이 손님이 잡아온 물고기로 저녁을 해서 먹였다. 이 동네에서 민박집을 운영하던 한 여인이 낚시꾼들과 남편의 점심 도시락을 위해 개발한 것이 점차 퍼져 인기를 얻었다는 것이다.

그 밖에도 몇 가지 설들이 있는데 이 모든 설들의 공통분모는 미국과 캐나다 사이를 가르며 동북쪽으로 흘러 대서양으로 들어가는 세인트로렌스강의 사우전드 아일랜드 지역이다. 이 드레싱이 사우전드 아일랜드 지역과 연관이 있는 것만은 확실한 것 같다.

## 세인트로렌스강과 천섬

세인트로렌스강 바로 서편에 오대호 중 하나인 온타리오호가 맞닿아 있다. 온타리오호의 물은 세인트로렌스강의 상류로 흘러 들어간다. 지금으로부터 육십년 전인 1959년 미국과 캐나다가 합작하여 크고 작은 섬들로 막혀 있는 온타리오호와 세인트로렌스강 사이에 뱃길을 만들어 둘을 연결했다. 이것이 세인트로렌스 시웨이(St. Lawrence Seaway)라는 뱃길로서 이 뱃길이 생김으로 서쪽으로는 역시 오대호 중 하나인 이리호부터 캐나다 동부를 거쳐 대서양으로 나가는 뱃길이 생겼다. 이 세인트로렌스 시웨이가 시작되는 곳 즉 온타리오호와 세인트로렌스강이 만나는 세인트로렌스강 상류에 사우전드 아일랜드 지역이 있다. 우리말로 '천섬'이라고도 하는 사우전드 아일랜드(Thousand Islands) 지역은 그 이름처럼 세인트로렌스강 위에 손바닥만 한 섬, 학교 운동장만 한 섬 등 크고 작은 섬이 떠 있기 때문에 붙은 이름이다. 이렇게 섬이 여러 개 늘어서 있는 것을 '아키펠라고(Archipelago)'라고 한다. 우리말로는 열도 혹은 군도라고 한다. 우리나라의 다도해도 이런 아키펠라고의 일종이고 알류샨 열도도 마찬가지이다.

이 지역에 섬은 정확히 1864개가 있다. 미국의 유명한 사진 잡지인 《내셔널 지오그래픽》지가 인공위성 사진을 놓고 일년 365일 물에 잠기지 않는 것들만 섬으로 쳐서 헤아려 놓은 것이다. 이 조사가 맞는다면 이 지역은 천섬이 아니라 이천섬이라고 이름을 고쳐야 할 판이다. 하지만 그렇게 되면 샐러드드레싱 이름도 투 사우전드 아일랜드 드레싱으로 고쳐야 해서 그냥 부르던 대로 사우전드 아일랜드라고 부른다는 농담을 자주 듣는다. 유럽인들이 신대륙에 도착하기 전 이곳에 이미 살고 있던 이로쿼이 원주민들은 사우전드 아일랜드 지역을 '위대한 영혼의 정원(Garden of the Great Spirit)'이라고 불렀다. 천섬보다 훨씬 시적인 이름이다. 기왕에 천섬이 아니라 이천섬에 더 가깝다는 것이 밝혀진 이상 원래의 이름으로 돌아가는 것은 어떨지 싶다.

원주민들은 이 지역에 살기도 하고 심신수련도 했지만, 자연과 더불어 사는 삶이었다. 하지만 뭐든 보면 베어 내고, 개발해야 직성이 풀리는 유럽인들이 들어오면서 사정이 변했다. 그리고 19세기와 20세기 초 뉴욕시 등의 대도시 부유층 사람들이 이곳 섬들을 사들여 여름 별장을 짓기 시작했다. 그래서 이곳에는 크고 작은 섬에 갖가지 모양의 집들이 들어서 있고, 그것이 큰 구경거리 중 하나이다.

나는 사우전드 아일랜드에 두 번 가 봤다. 처음 가 본 것은 로스쿨 시절 하숙집 주인아저씨를 따라갔을 때이다. 내가 로스쿨 3학년이 되던 해에 IMF 사태가 터졌다. 돈을 아껴 보려고 이리저리 궁리를 하던 나는 전부터 알고 지내던 홀아비 교수님 한 분이 퇴임을 하면서 여행을 자주 갈 것 같다고 나보고 들어와 월세 없이 살면서 집도 봐 주면 안 되겠느냐고 해서 얼른 그리로 이사를 했다. 이사를 하고 얼마 되지 않아 주인아저씨에게 갈비구이를 해 주고 그 아저씨의 수양아들이 되었다. 그 뒤로 아저씨는 좋은 것이 있으면 늘 나에게 가져다주고, 여기저기 구경도 많이 시켜 주셨다. 아저씨가 나를 데리고 가서 구경시켜 준 곳 중 하나가 사우전드 아일랜드였다. 그리고 로스쿨 졸업할 때 부모님이 오셔서 졸업식 다음 날 모시고 갔다.

사우전드 아일랜드에서 가장 유명한 섬은 뭐니 뭐니 해도 조지 볼트가 소유했던 하트섬(Hart Island라고 표기했으나 나중에 볼트가 Heart Island로 바꿨다. 발음은 같다)이다. 이곳 여름 별장에서 가족들과 지내던 볼트는 1900년 이 섬에 큰 성을 짓기로 결심했다. 몸이 약한 아내 루이즈(Louise)를 기쁘게 해 주고 싶은 일념에서였다. 이름을 '볼트 캐슬'이라 붙이고 유럽에서 인력을 조달하고 유명한 미장공들을 불러 엄청난 공

—

볼트 캐슬

사를 시작했다. 그러나 1904년 그의 아내가 세상을 떠났다. 상심한 볼트는 모든 공사를 중단하고 건물을 폐허로 방치해 둔 채 다시는 볼트 캐슬로 돌아가지 않았을 뿐만 아니라 그의 자녀들에게도 금족령을 내렸다. 여기까지가 관광객들이 듣는 순애보적인 이야기이다. 사우전드 아일랜드로 놀러갔을 때 배를 타고 미완성의 볼트 캐슬을 지나가는데 가이드가 위의 이야기를 그대로 해 줬다. 하지만 사우전드 아일랜드 드레싱의 유래에도 관광객이 아는 버전과 그 지역 주민 사이에 널리 퍼진 버전이 있듯, 이 이야기에도 지역 주민 사이에 오래도록 전해 오는 버전이 따로 있다.

우리 집에 일년에 두 번 보일러 청소해 주러 오는 제프(Jeff)는 사우전드 아일랜드 지역 출신이다. 조상 대대로 꽤 오래 그곳에 살았고, 지금도 여름에는 그곳에 자주 가서 지낸다고 한다. 부자들처럼 섬을 하나 통째로 소유하는 것은 아니고 물가에 가족 소유의 작은 여름 별장이 있다고 한다. 제프는 늘 일이 끝나면 나와 함께 커피를 마시며 세상 돌아가는 이야기를 하다 가곤 한다. 제프가 커피 마시며 전해 준 그 지역에 실제로 떠도는 설화는 관광객들이 듣는 관광 상품용 순애보와는 상당히 거리가 있다.

루이즈 볼트는 1904년에 죽지 않았다. 그녀는 죽지 않았을 뿐만 아니라 볼트 캐슬에 일하러 유럽에서 건너온 미장공과 바람이 났다. 조지가 이를 알았고, 그녀는 조지를 버리고 미장공과 함께 유럽으로 떠났다. 그녀가 죽었다는 1904년 이후에도 그녀가 사인한 수표 등이 증거물로 남아 있다고 한다. 계속 살아 유럽에서 돈을 쓰고 있었다는 이야기이다. 조지는 인생무상, 사랑의 허무함에 젖어 캐슬 건축을 모두 중단하고 다시는 그 섬으로 돌아가지 않았다.

글쎄. 볼트가 다시 그 섬으로 돌아가지 않은 것은 확실한 것 같은데 아내가 죽었는지 떠나갔는지는 누가 알 수 있을까? 안다 한들 오늘을 사는 우리에게 무슨 소용이 있을까? 그냥 첫 번째 순애보가 맞는 이야기라고 생각하고 살면 약간 슬프긴 하지만 마음은 한결 더 좋지 않을까 한다.

뉴욕 주정부의 세인트로렌스 교각관리위원회(St. Lawrence Bridge Authority)가 1977년 볼트의 후손들로부터 볼트 캐슬을 단돈 1달러에 매입했다. 단 볼트 캐슬을 관광 상품으로 개발해 생기는 모든 수익은 캐슬 증축과 보수에 전액 사용한다는 조건이다. 볼트 캐슬을 후대에 길이 즐길 수 있게 하고자 함이다. 거기에 덧붙여 몇 가지 조건이 더 있었다. 첫째, 절대 섬 내에 숙박을 허용하지 않는다는 것이다. 왜냐하면 자기들도 한 번도 완성된 캐슬에서 자 본 적이 없기 때문이다. 그리고 또 한 가지는 조지 볼트의 유지를 받들어 캐슬은 절대 도면의 90퍼센트 이상 완성하지 않는다는 것이다. 그러니 이 캐슬은 아마도 영원히 완성되지는 못할 듯싶다.

로스쿨 시절 사우전드 아일랜드를 방문했을 때도 볼트 캐슬에 도착하면 배에서 내려 돌아다니며 사진 찍고 그다음 배를 타고 돌아올 수 있었다. 하지만 그때는 볼트 캐슬 내부는 공개하지 않아 그냥 밖으로 겉돌며 구경을 해야 했다. 얼마 전 제프가 이야기해 주는데, 조지 볼트가 애초에 갖고 있던 도면에 최대한 맞춰 내부를 크게 보수해서 안으로 들어가 볼 수 있다고 했다. 또 한번 가 보고 싶은 마음이 동했다. 계속 벼르면서도 시간을 내지 못해 가지 못하고 있었는데 얼마 전 외삼촌이 돌아가셨다. 더 기가 막힌 것은 외삼촌이 돌아가시고 하루 있다 외숙모가 돌아가셨다. 육십년을 그렇게 사이좋게 사시더니 갈 때도 같이 가셨다. 텍사스에서 대학을 다닐 때 늘 외삼촌댁에 가서 주말과 공휴일을 지냈기 때문에 나에게는 부모님 같은 분들이다. 장례식에 가려고 준비를 하던 중 떠나기 하루 전날 슬픈 마음에 일이 손에 잡히지 않아 혼자서 사우전드 아일랜드로 갔다. 배에 몸을 싣고 두 시간 아무 말도 하지 않고, 푸르디푸른 가을 하늘과, 강물과, 섬들을 바라보다 왔다.

## 볼트 캐슬의 사랑 이야기

아침 여덟시에 집에서 떠나 아홉시 삼십분쯤 크루즈를 타는 알렉산드리아 베이(Alexandria Bay)에 도착했다. 차에서 내리면 배가 있는 부두가 있고 그 주변에 식당, 호텔 그리고 주차장이 있다. 왠지 난 이곳만 오면 대천 해수욕장이 생각난다. 바다 냄새만 나지 않을 뿐 분위기는 매우 흡사하다. 배에 올라 3층 야외 갑판에 앉으니 9월 초였지만 쌀쌀하다 못해 추웠다. 다행히 가방에 보온병 가득 커피를 담아 오고 거기에 스웨터까지 한 벌 가지고 와서 얼른 스웨터를 꺼내 입고 커피를 마셨다. 태양이 눈부셔 선글라스도 썼다. 배에 타면 물 건너 저편에 볼트 캐슬이 보였다. 배가 긴 고동 소리를 내며 서서히 움직이면서 서쪽 상류로 거슬러 올라갔다. 볼트 캐슬을 시작으로 일명 '억만장자 지역(Billionaire Section)'이 보인다. 이곳이 바로 부자들이 크고 작은 섬을 사 그곳에 갖가지 모양의 집을 짓고 자기만의 왕국을 꾸미는 곳이다.

섬 위에 미니 골프장을 갖춘 곳, 수영장이 있는 곳, 별 해괴한 모양의 집을 지어 놓은 곳 등이 있지만 이곳에서 내가 가장 좋아하는 섬은 허브(Hub)섬이다. 사우전드 아일랜드에서 집을 지어 놓은 섬 중 가장 작은 섬이다. 손바닥만 한 섬에 집 한 채, 나무 한 그루가 있고 그 외에는 두 사람이 한꺼번에 발을 붙이기도 힘들 것 같은 자투리땅이 있다. 전에 동생과 유럽 배낭여행을 갔을 때 이탈리아 베네치아에 갔다. 역에서 나오는데 물이 바로 코앞에 있어서 역에서 생각 없이 뛰어나오다가는 물에 빠지겠다고 생각했다. 허브섬도 그렇다. 문 열고 정신 놓고 나오다가는 물에 빠질 것 같다. 그 정도로 작은 섬이다. 이 섬도 조지 볼트의 소유였다. 그가 자신의 장모를 위해 이 섬을 사 집을 지었다고 한다. 그런데 일설에 의하면 장모는 몽유병이 심했다고 한다. 그렇다면 혹 밤에 자다 물에 빠져 죽으라고 집을 지었다는 이야기인지? 유명 관광지에는 언제나 이런 전설 따라 삼천리식의 농담들이 전해진다.

갑판에는 관광 안내원이 있어 마이크에 대고 연상 이 집은 누구의 집이고, 저 집에서는 어떤 유명 인사가 머물렀고 하며 설명을 한다. 한 삼사십분 정도 가면 캐나다 국경을 넘는다. 안내원이 "미국 전화기를 가진 분들은 데이터 로밍이 되지 않도록 에어플레인 모드로 바꾸세요. 미국 땅으로 넘어가면 다시 알려 드리겠습니다"라고 한다. 캐나다로 넘어 가자마자 바로 오른편에 작은 캐나다의 마을이 언덕 위에 펼쳐진다. 이 마을 한 가운데 하얀 성당이 하나 서 있다. 아주 재미있는 사연이 있는 성당이다.

1920년부터 1933년까지 미국에 금주법(Prohibition)이 시행되던 시절이 있었다. 알코올 성분이 들어간 모든 종류의 음료의 제조, 보관, 판매, 유통 일체를 금하는 법이다. 참 세상 살맛 없게 만드는 법이었다.

—

허브섬

금주법 시행 기간 동안 이 언덕 위에 작은 캐나다 마을은 이례적인 호황을 누렸다. 그리고 그 중심에 바로 그 언덕 위에 하얀 성당이 있었다. 주민들은 성당 지하에 술 만드는 양조장까지 차려놓고 미국에 밀주를 팔았다. 캐나다는 금주법이 없었으니 밀주가 아니지만, 미국인들이 미국으로 그걸 가지고 오면 밀주였다. 국경 근처에 사는 미국인들은 일요일만 되면 동네 성당을 가도 되는 것을 굳이 국경을 넘어 캐나다 언덕 위에 하얀 성당으로 향했다. 그곳에서 경건히 미사를 드리고는 하루 종일 '친교의 시간'을 갖다 저녁 때 거나하게 취해 미국 땅으로 넘어왔다. 품 안에 술 한 병씩 숨겨 들어오는 사람도 많았다. 신부님과 수녀님들도 한 달에 한 번씩 '빙고 게임을 하는 친교의 시간'을 가지러 국경을 넘었다.

언덕 위에 캐나다 마을을 지나면 이때부터는 멋진 집도 가뭄에 콩나듯 가끔 하나씩 나오고, 멋진 집이 나온다 해도 이미 멋진 집들을 실컷 봐 좀 진력나기 시작해서 사람들은 이리저리 배회하기 시작한다. 어떤 이들은 잠을 자기도 한다. 뱃머리를 돌려 다시 알렉산드리아 베이로 돌아오는 마지막 사십분 정도는 거의 모두가 잔다. 나도 처음 두 번 사우전드 아일랜드를 방문했을 때는 그랬다. 그런데 이번에 가 보니 오히려 억만장자 구역의 누가 얼마짜리 집을 지었고 하는 이야기는 식상했다. 오히려 캐나다 쪽으로 넘어가 멀리 미국과 캐나다를 이어주는 다리인 사우전드 아일랜드 다리가 보이고 사람이 살지 않는 섬들이 빼곡히 들어차 있는 사이로 배가 이리저리 누비며 지날 때 마음이 후련해지는 듯했다. 전에 나이아가라 폭포에 처음 갔을 때 아무 생각없이 하루 종일 서서 물 떨어지는 것만 보고 있으라고 해도 볼 것 같다는 생각을 했다. 배 타고 섬과 섬 사이를 도는 두 시간 같은 생각을 했다. 말 한마디 하지 않고 그저 물과 섬과 또 물이 이어지는 것을 바라보았다.

돌아오는 길에 볼트 캐슬에 이르면 배가 섬에 정박하고 내릴 사람들은 내려서 구경하라고 한다. 재미있는 것은 캐나다 여권을 가진 사람은 섬으로 입장하려면 여권 심사를 다시 받고 들어가라고 했다. 배는 사람들만 내려 주고 곧 떠나지만 삼십분마다 이런저런 배들이 알렉산드리아 베이와 볼트 캐슬을 오가기 때문에 섬 구경하고 다음 배 타고 알렉산드리아 베이로 가면 된다. 입장권을 사서 섬으로 들어가니 예전에 두 번 왔을 때와는 완전 딴판이었다. 그때는 건물 안으로 들어갈 수도 없었거니와 외부도 짓다 만 건물들만 그득하고 매우 어수선했었다. 이제는 이탈리아 정원이 생겨 분수가 나오는 아름다운 꽃밭이 있고, 섬 주위로 산책길도 있다. 게다가 성과 부속 건물들은 모두 외부에서 볼 때는 완성된 것처럼 보인다. 물론 애초에 주정부가 섬을 매입할 때 성의 설계도면의 90퍼센트 이상 완성할 수 없다는 조건하에 매입을 했으니 아주 완성은 아니지만 완성된 건물이라 해도 믿을 만했다. 성의 내부는 박물관이 있고, 비디오를 시청할 수 있는 곳도 있었다.

나의 부모님들이 내 법대 졸업식을 보러 오셨다가 시라큐스 근처 이곳저곳 구경을 많이 하고 가셨다. 그런데 어머니가 아직도 기억하시는 것이 세 가지 있다. 웨그만즈 슈퍼마켓, 개논(Gannon's)이라는 동네 아이스크림 집 그리고 사우전드 아일랜드이다. 종종 사람들에게 사우전드 아일랜드는 다른 곳에서 보지 못하던 특이한 곳이라고, 한번 가 볼 만 하다고 추천을 하신다. '오늘 집에 가면 어머니께 전화를 해서 볼트

—

금주령 시행 당시 미국인들이 일요일마다 국경을 넘어 찾던 캐나다의 마을. 사진 중앙에 하얀 성당이 보인다 캐슬이 얼마나 바뀌었는지 이야기해 드려야지' 하고 생각했다.

섬 주위를 혼자 걸으며 지나가는 배를 바라봤다. 세인트로렌스강은 수질 관리를 철저히 해 물이 순도 95퍼센트를 자랑한다. 거울처럼 맑은 물 위에 양탄자처럼 깔려 있는 파란 가을 하늘, 그 위로 구름이 섬인 듯 널려 있고, 하얀 크루즈 배가 가는 듯 마는 듯 둥둥 떠 있다. 한 사람이 배에서 내리면 그다음 사람이 그 배를 타고 또 같은 물길을 간다. 외삼촌과 외숙모가 떠난 이 우주의 빈자리를 또 새 생명이 지금 이 순간 채우고 있겠지.

섬을 걸어서 돌고 건물 안을 구경하는데 삼십분이면 충분하다. 건축물에 관심이 많아 집 안을 샅샅이 보려면 시간이 더 걸리겠지만 난 그렇지 못해 그냥 삼십분 만에 다음 배를 잡아타고 알렉산드리아 베이로 돌아왔다. 오후 한시였다. 내가 탔던 크루즈 배는 서쪽 상류로 거슬러 올라가는 배였고, 동쪽 하류로 가는 배를 타고 한 시간 정도 가면 싱어 캐슬(Singer Castle)이라고 또 유명한 관광지가 나온다. 볼트 캐슬처럼 섬에 성을 지은 것이다. 하루에 상류와 하류를 가는 두 가지 투어를 하려면 시간이 너무 걸려 늘 싱어 캐슬은 생략했다. 이번에도 아쉽지만 생략했다. 약간 배가 고파 싸 가지고 온 삶은 달걀을 하나 먹고 집으로 향했다.

부모님을 모시고 사우전드 아일랜드로 가던 때에는 중간에 십분 정도 비가 억수로 쏟아졌다. 하필 그날 내 고물 차의 와이퍼가 운전 중에 한쪽에 끼어 꼼짝달싹하지 않았다. 비는 오는데 앞은 보이지 않고, 창문을 열고 와이퍼를 교정하려고 이리저리 손을 움직이다 운전대의 중심을 잃어 차가 고속도로 한복판에서 지그재그로 쏠렸다. 다음 날 신문에 '유학생 일가족 나들이 중 고속도로에서 교통사고로 사망'이라는 기사가 날 뻔했으나 다행히 마침 우리 뒤에 따라오는 차가 없어 무사히 다시 중심을 잡았다. 어머니가 너무 놀라 "기도하고 가자"고 하셔서 비상등 켜고 한쪽에 차를 세운 채 죄인처럼 운전석에 찌그러져서 샛눈 뜨고 어머니의 기도가 끝나기만 기다리다 갔다. 이번에는 가는 길 오는 길 모두 날씨가 화창해 운전하기에 매우 좋았다. 커피를 잔뜩 싸 가지고 가서 마시며 왔더니 졸리지도 않았다. 아니 어쩌면 점심을 거의 굶다시피 해서 식곤증이 오지 않은 것일지도 모르겠다.

집에 도착하니 두시 이십오분이었다. '내가 좀 밟았나?' 생각보다 훨씬 일찍 집에 도착했다. 차를 세우고 보니 운전하는 사이 문자 메시지가 들어와 있었다. 텍사스 내 모교의 오케스트라 지휘자 교수님이었다. 외삼촌과 외숙모 장례식 때문에 휴스턴에 가는데 교수님을 찾아뵙고 싶다고 했더니 답이 왔다. 와서 당신 집에서 하루 자고 장례식에 가라고 하셨다. 오케스트라는 일년 내내 일주일에 다섯 번 만나 연습을 하니 정이 많이 들어 세월이 지나도 사제간이 부모 자식간 같다. 교수님도 나의 연주를 보러 오셨던 외삼촌과 외숙모를 여러 번 만나 잘 알고 계신다. 애도의 뜻도 전해 오셨다. 오랜만에 교수님 뵙고 와야지.

집에 들어가 샤워 하고 짐을 쌌다. 다음 날 새벽 여섯시 비행기로 떠나려니 만반의 준비를 하고 여덟시부터 누웠다. 어머니께 전화를 해 볼트 캐슬 이야기를 해 드렸다. 시계를 세시에 맞춰 놓고 잤다.

## 올해도 과꽃이 피었습니다

나는 나의 집을 내 여름 별장이라고 부른다. 사람들은 여름이면 휴가를 떠날 궁리를 하지만 나는 7월과 8월 두 달은 될수록 아무데도 가지 않고 집에 있으려고 한다. 서울과 시라큐스를 오가고 그 사이사이 뉴욕시 등으로 출장을 가지만 여름에는 웬만해서는 서울도 잘 가지 않는다. 그만큼 시라큐스의 여름을 좋아한다.

시라큐스의 여름이 좋은 이유는 '춥지 않아서'가 가장 큰 이유이다. 시라큐스 여름도 꽤 덥지만 서울이나 내가 오래 살았던 텍사스보다 훨씬 살기 좋은 더위이다. 집에서 반바지와 탱크톱만 입고 여름을 난다. 에어컨도 잘 틀지 않고, 밤에 잘 때 창문을 모두 열고 자는 것이 얼마나 기분이 상쾌한지 모른다. 새벽이면 새들이 시끄럽게 지저귀는 소리에 잠을 깬다. 알람이 따로 필요 없다. 해가 일찍 떠 새벽에 나가 뛰는 것도 수월하다.

정원 가꾸기는 나의 삶의 활력소이다. 꽃도 심고 밭도 가꾼다. 아침에 새소리에 잠을 깨면 곧 나가서 삼사십분 뛰고 들어오는 길에 아예 밭에 물 주고 잡초 뽑고 집으로 들어온다. 사슴이 다 따먹어 여러 가지 심지는 못하지만 오이, 깻잎, 허브 등을 심어 따먹는 재미가 크다. 나는 고기 맛 흐려진다고 고기 먹을 때 상추쌈을 거의 먹지 않는다. 하지만 깻잎에는 꽤 싸서 먹는 편이다. 그만큼 깻잎을 좋아한다. 봄에 깻잎이 돋아나면 솎아 줘야 하는데 늘 욕심을 부려 그대로 놔두다가 여름이면 깻잎이 처치 곤란이 된다. 깻잎장아찌, 깻잎김치, 깻잎찜 등을 수없이 만든다. 게다가 장에 가면 쏟아져 나오는 제철 과일로 잼을 만드는 것도 나의 여름 즐거움에서 빼놓을 수 없는 일이다. 딸기, 살구, 블랙베리 등 그때그때 가장 싱싱한 과일을 사다 만들어 병조림을 해 놓으면 일 년 내내 나도 먹고, 한국에 갈 때 가져가 어머니도 드린다. 이렇게 병조림 하는 것을 영어로 캐닝(Canning)이라고 한다. 어머니는 이제 사서 먹는 잼은 못 잡수시겠다고 한다. 나와 어머니 모두 큰 과일 덩어리가 뭉텅뭉텅 씹히는 잼을 좋아하기 때문이다.

마당에 기르는 바질로는 페스토 소스를 만들어 먹는다. 내 페스토 소스는 동네에서 꽤 알아준다. 바질과 올리브기름을 함께 갈고 거기에 마늘, 파르메산 치즈, 잣을 넣으면 되는 간단한 음식이지만 그렇기 때문에 재료가 중요하다. 치즈는 그리스 식료품점 타노스에서 최고급 파르메산을 크게 한 덩이 사오고, 마늘은 장에 나가 아직도 흙이 잔뜩 붙은 그 여름 햇마늘을 산다. 그리고 가장 중요한 올리브기름은 반드시 우리 동네 올리브기름 전문 매장에 가서 구입한다.

이곳은 들어서면 사방이 올리브기름 통으로 벽이 꽉 차 있는 곳이다. 페스토 용으로는 주로 쌉쌀하면서 과일향이 환하게 퍼지는 아르베키나(Arbequina) 올리브기름을 사용하고 없으면 아르베키나에 가장 가까운 맛을 찾아 그걸로 사용한다. 그리고 또 하나 기계에 드르륵 갈지 않고 꼭 돌절구에 바질과 마늘, 잣, 굵은소금을 넣고 으깨서 만든다. 팔이 아파 한번에 많이 만들지는 못하지만 확실히 맛이 있다. 허브, 마늘, 잣 등의 기름이 제대로 우러나기 때문에 그런 것 같다. 나는 카레도 향신료들을 이것저것 돌절구에 갈아 만들어 먹는다. 페스토나 카레를 기계를 사용하지 않고 돌절구 딱 하나만 꺼내 놓고 만들면 설거지가 훨씬 줄어드는 장점도 있다.

이렇게 여름을 즐기니 여름날이 가는 것이 매일 아깝다. 해가 조금씩 짧아지는 것도 속상하다. 8월 말에 뉴욕주 페어(New York State Fair)가 이주간 시라큐스에서 열린다. 페어는 원래 농산물 품평회로 시작한 행사인데 사람들이 시끌벅적 모여 먹을 것 사 먹고 게임도 하는 연중 행사이다. 페어가 시작되면 여름이 다 가고 있다는 증거이다. 9월 첫 월요일 노동절에 페어가 폐막하는데, 노동절은 전통적으로 여름의 흥

—

나의 단골 올리브기름 전문 매장. 사방이 갖가지 올리브기름으로 가득하다

청망청한 기분을 접고 가을을 새로 시작하는 날이기 때문이다. 요즘은 9월이라고 해도 날씨는 여름처럼 후텁지근한 것이 보통이라 그래도 여름 기분을 내며 지내려 안간힘을 쓴다. 날씨가 갑자기 조금 쌀쌀해진다 해도 다시 더운 날이 돌아온다. 이렇게 가을에 여름처럼 더운 것을 '인디언 서머'라고 한다. 하지만 아무리 늦더위가 기승을 부리고, 인디언 서머가 찾아와도 마당에 과꽃이 피면 대세는 이미 기운 것이라고 봐야한다.

## 애디론댁산맥의 가을

올해 여름은 참 허무하게 끝나 버렸다. 과꽃이 피기도 훨씬 전, 노동절도 되기 전, 페어 시작하기 사흘 전 갑자기 날이 쌀쌀해지기 시작했다. 중간에 인디언 서머가 몇 번 와서 30도가 넘어가는 날씨가 있었지만, 그것도 하루 반짝하고 곧 다시 최고 기온이 20도도 되지 않는 날로 돌아가곤 했다. 주변을 둘러보니 여기저기 단풍이 들기 시작하는 것이 이제는 영 가망이 없는 듯하다. 그럼 여름은 포기하고 가을이나 즐기자는 심산으로 하루 시간을 내어 애디론댁산맥(Adirondack Mountains)으로 단풍 구경을 가기로 했다.

뉴욕주 북동부에 있는 애디론댁은 산맥이라고 하기도 그렇고 산이라고 부르기도 애매한 곳이다. 산이 딱 하나 있는 것은 아니지만 태백산맥처럼 길게 뻗은 산맥도 아니다. 뉴욕주의 북동쪽 캐나다 바로 아래에 지름 260킬로미터쯤 되는 원이 있다고 치면 그 안에 산들이 옹기종기 둘러서 있다. 업스테이트 뉴욕주의 지도를 보면 맨 위에 애디론댁산맥이 있고, 그 남쪽에 모호크 밸리가 있다. 그리고 모호크 밸리 아래로 애팔래치아산맥(Appalachian Mountains)이 지나간다. 애팔래치아산맥은 미국 남부의 앨라배마주에서 시작해서 뉴욕주와 매사추세츠주, 뉴햄프셔주, 메인주, 버몬트주 등 미국 동부를 거의 다 훑고 캐나다의 뉴펀들랜드(Newfoundland)까지 뻗어 있는 산맥이다. 워낙 장대한 산맥이라 흔히 모호크 밸리를 사이에 두고 이웃한 애디론댁산맥도 애팔래치아의 일부로 생각하는 사람들이 많지만, 지질학적으로 서로 다른 산이라고 한다. 애디론댁산맥에서 발견되는 돌들은 약 20억 년 전 적도 근처 바다 밑에 두껍게 형성된 침전물이 현재의 아메리카 대륙이 적도 근방에 떠 있던 시절에 땅 위로 올라와 생긴 것이다. 그러니까 애디론댁산맥의 고향은 적도 바닷속이다. 이 추운 뉴욕주 북부까지 올라와 고생이 많다.

애디론댁산맥으로 단풍 구경을 가려면 자동차를 운전하고 가는 방법이 있다. 또 한 가지 방법은 시라큐스에서 동쪽으로 한 시간 정도만 운전하고 가면 유티카(Utica)라는 도시가 나온다. 유티카의 유니언 역(Union Station)에서 애디론댁 관람선(Adirondack Scenic Railroad) 열차를 타면 애디론댁산맥 중턱쯤에 있는 올드 포지(Old Forge)라는 곳까지 약 두 시간 삼십분 만에 도착할 수 있다.

올드 포지는 인구 800명 정도의 '햄릿'이다. 햄릿은 아주 작은 부락이라는 의미로 셰익스피어 연극 제목과 철자가 같다. 올드 포지는 원래 행정구역상 빌리지(Village)였는데 사람이 모자라 1936년 행정구역이 해체되고 햄릿으로 남았다.

단풍 구경 기차는 올드 포지가 종착역이지만, 철로는 100마일 가량 계속 이어져 애디론댁의 최북단이자 유명한 맥주 이름이기도 한 사라낙 레이크(Saranac Lake)를 지나고 또 거기서 조금 동남쪽으로 가 1980년 동계 올림픽 개최지 레이크 플래시드(Lake Placid)에서 끝난다. 사라낙 레이크가 최북단이지만 레이크 플래시드가 해발고도는 더 높아 레이크 플래시드에서 11마일 정도 가면 마운트 마시(Mount Marcy)라는 애디론댁의 최고봉이 있다.

레이크 플래시드에서 동남쪽으로 I-87번 고속도로를 타고 80마일 정도 차를 운전하고 내려가면 알바니 거의 다 가서 레이크 조지(Lake George)라고, 뉴욕 사는 사람들이 여름에 휴가를 즐기는 애디론댁 최고의 휴양지가 나온다. 내가 아는 사람 중에도 그곳에 여름 별장이 있는 사람이 있어 나도 한번 가 봤다. 인터넷도 먹통이고, 전화도 먹통인 곳이다. 그 대신 밤하늘이 놀이동산 불꽃놀이보다 더 화려하다. 별빛과 달빛만으로도 서로의 얼굴을 볼 수 있을 것 같다.

레이크 조지에 가던 날 한국에 알리지 않고 갔는데 하필 그날 어머니가 나에게 전화를 하다 계속 불통이라 미국에 있는 모든 친척들에게 전화를 해 내가 사라졌다고 하셨다. 어머니의 전화를 받은 사람들이 모두 나에게 전화를 걸어 댔다. 어머니도 계속 전화를 하셨다. 하룻밤 별장에서 묵고 차를 운전하고 집으로 오는 길에 어느 지점에 이르자 갑자기 전화가 터지고 연달아 땡땡거리는 소리가 났다. 차를 세우고 전화기를 열어 보니 이 사람 저 사람이 보낸 문자 메시지들이 핵분열을 일으키듯 내 전화기 화면에 계속 뜨고 있었다. 별장 주인 부부가 "다음에는 와서 오래 푹 쉬다 가라"고 해서 그러려고 했는데, 온 미국 땅에 또다시 앰버 경고 발령이 날까 봐 다시 가지 못했다.

## 단풍 기차에 몸을 싣고

과꽃이 만발한 10월 초, 기상캐스터들이 '올해 마지막'이라 단언하는 인디언 서머가 스물네 시간 동안 찾아왔다. 낮 최고기온이 37도까지 올라가 칠십팔년 묵은 기록을 갈아치웠다. 그리고 기온이 2도로 급강하한다는 그다음 날 나는 기차에 몸을 싣고 단풍 구경을 떠났다.

올드 포지에 도착하면 그곳에서 네 시간 머물렀다 다음 기차를 타고 올 수 있고, 아니면 도착해 기차를 돌릴 동안 약 삼십분 주변을 걸어 다니다 곧장 돌아올 수 있다. 네 시간 머물다 오려면 아침 여덟시 기차를 타야 해서 그냥 열한시 삼십분 기차 타고 가서 조금 걷다 오는 기차를 타기로 했다. 어차피 전망칸이 있어 가는 길 내내 사진을 찍고 경치를 구경하며 갈 수 있어 꼭 올드 포지에 오래 머무를 필요는 없다. 관광단을 모집해 보려고 했으나 웬일인지 사람들이 다 시큰둥한 반응이라 나 혼자 갔다. 그러니 더더구나 네 시간 혼자 머물며 할 일이 없었다.

유티카 가는 동안 계속 비가 내렸다. 바흐의 〈영국 모음곡〉을 들으며 갔다. 가다 시계를 보고 너무 일찍 떠난 것을 알았다. 무엇이 그리 급했는지 시계도 보지 않고 떠나 출발시간 한 시간 삼십분 전인 아침 열시에 도착했다. 고등학교 국어 교과서에 나온 연안 김씨의 「동명일기」 한 구절이 떠올랐다. '떡국을 쑤었으되 아니 먹고 발발이 재촉하야 귀경대에 오르니….'

유티카 역의 주차장은 착하게도 무료였다. 무료에 익숙하지 않아 차를 세우고도 불안해 역으로 들어가지 못하고 계속 두리번거리다 지나가는 경비원에게 물어봤더니 제대로 주차를 했다고 했다. 유티카 유니언 역은 기차 타고 뉴욕시 가면서 늘 서는 역인데 기차에서 내린 적은 한 번도 없다. 역 내부는 애디론댁행 열차 덕에 처음으로 구경하게 되었다. 원래 있던 역을 허물고 1914년에 다시 지은 역인데 서른네 개의 대리석 기둥이 유명한 역이다. 기차 전성시대에 지은 역들은 확실히 화려하다. 요즘 인천공항에 공들이는 것 보면 그 당시에 기차역에 얼마나 정성을 쏟았을까 짐작이 간다.

아침부터 기온이 떨어져 저녁에 잘못하면 서리가 내린다고 하여 우리 할머니 시집올 때 입으셨다던 칠겹치마 부럽지 않게 옷을 끼어 입고 나왔더니 더웠다. 기온이 아직 그렇게 많이 떨어지지 않아 전날 인디언 서머의 끈적거리는 습기와 더운 바람이 그대로 남아 있었다. 겹겹이 끼어 입은 옷 속으로 땀이 등줄기를 타고 주르륵 흘러 내렸다. 옷을 들고 다니는 것을 싫어하는 나는 미욱스레 땀을 삐질삐질 흘리며 그대로 끼어 입고 서 있었다.

드디어 탑승을 하는데 어르신들이 기차에 올라타지를 못해 시간이 오래 걸렸다. 척 봐도 한눈에 승객들 중 '막내'인 내가 앞으로 나서야 할 것 같아 역무원과 함께 탑승을 돕고 나는 맨 나중에 올라탔다. 기차 안은 아가사 크리스티 소설에 나올 법한 오리엔트 특급풍의 인테리어인데 매우 낡고 허름했다. 벽에 붙은 테이블이 있고, 한 테이블 당 네 명이 둘러앉게 되어 있다.

나는 30달러 더 비싼 1등석을 예매했다. 별다른 것은 없고 음료와 간식을 제공한다. 그리고 테이블에 하얀 테이블보가 씌어 있고, 자리마다 하얀 린넨 냅킨이 가지런히 놓여 있다. 기차에 탑승하는 승무원들은 모두 자원봉사자들이라고 한다. 1등석 서빙을 담당한 할머니는

유티카 유니언 역 내부

이십칠년간 자원봉사자로 일을 했다고 자신을 소개했다. 기차가 출발하자 할머니는 비행기 승무원처럼 카트를 밀고 다니며 음료와 도넛을 서빙 했다. 그런데 다른 승객들과 일일이 인사하고, 수다 떨며 서빙을 하느라 내 차례까지 오는데 한참 걸렸다. 왕복 여섯 시간 기차에 앉아 있노라니 그 할머니가 과거에 딱 한 번 결혼을 했는데 칠년 만에 이혼했다는 사실까지 얼떨결에 주워듣게 되었다. 전남편과는 아직도 친구처럼 연락하며 지낸다고 한다.

기차가 유티카를 떠나 십분 정도 가면 모호크강이 나오고 조금 더 지나면 유티카 늪지대(Utica Marsh)가 나온다. 둘 다 업스테이트 뉴욕 생태계의 젖줄이다. 업스테이트는 겨울 날씨가 험악해서 그렇지 굉장히 풍요로운 자연 환경을 갖고 있다. 거짓말 조금 보태 두 발자국만 나가면 강이 있고, 호수가 있고, 늪지대가 있다. 게다가 땅이 비옥해 봄과 여름이 짧아도 풍성하게 열매를 맺는다. 그것뿐이 아니다. 시라큐스는 미국에서 가장 자연재해가 없는 곳으로 유명하다. 그렇게 생각하면 일년 내내 기후가 쾌적해 살기 좋다고 하지만 늘 물 부족과 산불에 시달리고 언제 큰 지진이 일어날지 모르는 캘리포니아주가 별로 부럽지 않다. 세상이란 플러스, 마이너스 제로인 본전치기인가 보다. 새들은 멋지게 창공을 날아가지만, 땅에서는 늘 뒷짐을 지고 다녀야 한다.

늪지대를 지나 또다시 십분쯤 가면 옛날에 물레방아가 있던 터가 나오는데 작고 예쁜 폭포도 있다. 그 폭포를 지나면 곧이어 스노우 정션(Snow Junction)이라는 곳이 나온다. 그때까지 서북쪽으로 가던 기차는 여기서 본격적으로 애디론댁 관람선 철로로 들어서 정북향으로 나가기 시작한다. 애디론댁으로 진입하는 것이다. 일단 기차가 트랙을 바꿔 타면 그때부터 주변 경관이 달라진다. 그때까지 활엽수만 즐비하던 것이 갑자기 활엽수들 사이사이로 상록 침엽수인 발삼나무, 스프루스 나무들이 들어차 있다. 그리고 이때부터 전화기의 데이터 속도가 LTE에서 3G로 바뀌었다가, 바가 하나로 줄었다가 아예 없어졌다가 요동치기 시작한다. 스튜어디스 할머니는 승객들 사이를 누비고 다니며 "이제 곧 절경이 나오니 사진 찍을 준비를 하라"고 지시한다. 워낙 오래 이 일을 해 와서 앞으로 오분 가면 뭐가 나오고, 십분 가면 뭐가 나오는지 손바닥 보듯 훤히 알고 있다. 승객들에게 "전화기 꺼내 준비하시고… Now!" 하면 모두 셔터를 눌렀다.

한참 가니 퍼거토리 힐(Purgatory Hill)이 나왔다. 힐은 언덕이다. 퍼거토리는 우리말로 '연옥'이다. 단테의 『신곡』「연옥」편에 보면 연옥은 죄를 짓고 죽은 영혼들이 천국으로 올라가기 전 죗값을 치르고 영혼을 정화하는 곳이다. 이곳에는 7층으로 된 산이 있다. 이를 칠층산(Seven Storey Mountain)이라고도 부른다. 죄를 지은 영혼이 하늘로 올라가기 위해 자신을 정화하며 한 층씩 올라가는 산이니 얼마나 험할지는 짐작이 간다. 애디론댁의 퍼거토리 힐도 그에 못지않다. 게다가 전날 비가 와 젖은 나뭇잎들이 철로 위로 떨어져 상당히 미끄러웠다. 스튜어디스 할머니 말에 의하면 젖은 낙엽이 눈보다 더 미끄럽다고 한다. 기차가 거북이걸음으로 가기 시작했다. 할머니는 연상 미안하다고 사과했지만 사실 사진 찍기에는 그게 더 좋았다.

올드 포지에 도착하기 한 시간 전쯤 기찻길 옆으로 무스강(Moose River)이 나타났다. 기찻길과 평행으로 가다 사라졌다가 기찻길 밑으로 가로질러 가다가 하면서 네 번을 만난다. 마지막 네 번째 만나면 그때부터 올드 포지까지 기찻길과 쭉 평행으로 나간다. 무스강이 처음 나타날 때부터 나는 전망칸으로 가서 거기 서서 사진을 찍었다. 미국 장거리 기차들은 더블데커로 2층에 유리 천장을 씌우고 그곳을 전망칸으로 사용한다. 하지만 올드 포지행 기차는 그렇게 화려한 기차가 아니다. 전망칸이라는 것이 화물칸의 문을 활짝 다 열고 사람이 떨어지지 않게 난간을 설치한 것이 다이다. 그래도 사진 찍기는 훨씬 좋다. 자리에 앉아서 사진을 찍자니 빗물이 창문에 말라붙어 구정물이 된 것이 모두 사진에 나와서 찍을 수가 없었다.

무스강을 따라 올드 포지로 들어가는 길은 절경 애디론댁 안에서도 절경이었다. 물과 숲과 언덕이 어우러진 한 폭의 그림이 따로 없는 경치였다. 전망칸에 서서 찬바람을 맞으며 무스강을 바라보자니 어린 시절 시청하던 텔레비전 프로그램이 생각났다. 디즈니사는 원래 만화 영화만 만들던 곳이 아니라 어린이용 영화도 많이 만들었다. 그래서 월트 디즈니 자신이 일주일에 한 번씩 텔레비전에 출연해 영화를 소개해 주고 보여 주는 프로그램이 있었다. 영어로 〈월트 디즈니의 멋진 세상(The Wonderful World of Walt Disney)〉이었고, 우리나라에서는 그냥 〈디즈니랜드〉라고 해서 방영을 했다. 거기서 봤던 개척 시대에 관한 영화에는 산속에서 좁고 빠르게 흐르는 강 위를 뗏목을 타고 지나가는 장면이 자주 나온다. 혹시 그것이 애디론댁에 흐르는 강들 중 하나가 아니었을까 할 정도로 내 기억 속의 강과 무스강의 주변 경관이 비슷했다.

열한시 삼십분에 유티카를 떠나 한시 삼십분에서 두시 사이 올드 포지의 텐다라 역(Thendara Station)에 도착할 예정이었으나 중간에 철로가 미끄러워 거북이걸음을 한 탓에 세시가 거의 다 되어 도착했다. 텐다라 역은 간이역 건물이 하나 있고 철로가 두 개 있고 그걸로 끝이다. 담장도 없다. 역 건물은 아주 작은데 그나마 그 안에 기념품 가게 겸 박물관이 함께 들어와 있다. 기찻길은 텐다라 역에서 계속 이어지지만 속세에서 올라오는 기차는 텐다라 역이 종착역이다. 기차 전성시대에는 사라낙 레이크에서 유티카, 뉴욕시, 몬트리올 등을 오가는 기차가 상시 있었다고 하는데 이제 그런 시절은 다 갔다. 스튜어디스 할머니에게 물어보니 요즘 사라낙 레이크의 역에서는 레이크 플래시드를 오가는 기차만 운행한다고 한다.

텐다라 역 바로 앞이 무스강이다. 기차에서 내려 무스강으로 가서 사진을 찍었다. 아침에 떠날 때와는 달리 기온이 많이 내려갔다. 게다가 산속이니 더 추웠다. 옷을 끼어 입고 오길 잘했다고 생각했다. 기념품 가게에 들어가 그림엽서 두 장 사고 다시 기차에 올라탔다. 기관차를 떼어 내고 옆 트랙으로 옮겨 기차 꽁무니에 가져다 붙였다. 삼십분이면 된다고 하더니 한 시간이나 걸려 네시쯤 출발했다. '오늘 안에 집에 가려나?' 걱정이 되었다. 기관차가 기차 꽁무니에 가서 붙었으니 내가 앉은 자리는 졸지에 역방향이 되어 어지러워 창문을 내다보기가 힘들었다. 다행히 내 테이블에 나 혼자 앉아 있어 자리를 바꿔 앉았다.

돌아오는 길에는 브라우니가 간식으로 나왔다. 여러 종류가 있었는데 나는 코코넛을 묻힌 것을 먹었다. 산길을 내려가니 쉽사리 가는 것인지, 그사이 비가 그치고 철로가 좀 마른 것인지 돌아가는 길은 훨씬 빨라 두 시간 만에 유티카에 도착했다. 유티카도 아침보다 훨씬 추웠지만 산속에서 내려오니 견딜 만했다. 집에 도착하니 저녁 일곱시였다. 그날 밤 서리는 내리지 않았다.

—

텐다라 역. 뒤에
무스강이 보인다

단풍 구경 다녀와 사흘 후 토요일 새벽 결국 시라큐스에 첫서리가 왔다. 전날 기상 정보에서 서리가 올지도 모른다고 해서 아직도 촘촘히 맺혀 있는 장미꽃 몽우리를 모두 따 줬다. 장미에게 이제 일 그만하고 잘 자라는 신호이다. 바질은 바질 잎을 모두 따고 다 뽑아 버렸다. 바질을 잘 씻어 물기를 제거한 후 겹겹이 싸서 냉장고에 잘 넣어 두고 저녁에 음악회에 갔다. 시라큐스 챔버 뮤직 동호회(Syracuse Friends of Chamber Music)라고 있는데 올해 시즌 첫 공연으로 세계적으로 유명한 줄리아드 현악 4중주단이 와서 베토벤의 〈현악 4중주〉 등을 연주했다. 한국에서 가려면 아무리 나쁜 좌석도 비싼데 여기는 전석 25달러이다. 물론 중학교 강당에서 하는 공연이지만, 나는 유명 음악인들이 시골 학교 강당을 찾아와 연주를 하는 것이 참으로 소중하고 기쁘다. 시설이 낙후해도 관객과 연주자가 더 가깝게 앉아 호흡하고, 어떤 때는 휴식 시간에 화장실에서 마주쳐 인사를 나누기도 한다.

바질 잎은 일요일 하루 종일 목요일에 놀러갔다 와서 밀린 일을 하느라 바빠서 어쩌지 못하다 월요일 저녁에 또다시 돌절구에 갈아 마지막 바질 페스토를 만들어 먹었다. 리가토니 파스타에 비벼 먹은 돌절구 페스토, 맛있었다. 남은 소스는 스테이크에 뿌려 먹어야지.

이 가을 눈과 귀와 입이 모두 호강한다. 그래 여름이 가서 아쉽지만, 그래도 인생에는 가을도 있고, 겨울도 살아보면 그리 나쁘지 않고, 겨울 지나 봄 오면 좀 살 만해지고, 그러다 보면 여름이 또 오는 거지. 그런 의미에서 한번 불러본다. '올해도 과꽃이 피었습니다. 꽃밭 가득 예쁘게 피었습니다.' 가을을 힘껏 끌어안는다.

# 와인 컨트리로 떠난 나 홀로 여행

한국계 캐나다인인 샌드라 오(Sandra Oh)는 현재 전 세계적으로 날리는 배우이다. 그녀가 2019년 골든 글로브 시상식에서 아시아계 여자 배우로서 처음으로 텔레비전 드라마 부문 여우주연상을 탔다. 그녀가 트로피를 받는 순간 나의 전화에 수도 없는 뉴스 헤드라인이 다다닥 연달아 뜨기 시작했다. 샌드라 오의 역사적 수상을 알리는 헤드라인이었다. 그리고 그다음 날 그녀의 감동적인 수상 소감은 단연 톱뉴스였다. 나의 한 영국인 친구는 멀리서 나에게 전화까지 해 왔다. "샌드라 오의 감동적인 연설 중에서도 제일 감동적이었던 부분이 어딘지 아니? 한국말로 뭐라고 하고(이날 샌드라 오는 수상 소감 맨 끝에 그 자리에 참석한 부모님께 한국말로 '엄마, 아빠 사랑해요'라고 말했다) 부모님께 고개 숙여 인사를 하던 장면이었어. 이야! 왜 우리는 그런 교육을 못 시키는 것일까? 정말 너희의 전통이 부럽다." 나는 속으로 '너도 한국 가 봐라. 요즘 애들이 어디 어른한테 인사하고 사는지…' 하면서도 그에게 "그렇지? 나도 우리 고유의 어른을 공경하는 문화가 자랑스럽다"라고 속 다르고 겉 다른 소리를 했다.

샌드라 오가 별로 유명하지 않던 시절에 출연했던 영화 중에 2004년 개봉작 〈사이드웨이즈(Sideways)〉라는 영화가 있다. 샌디에이고에 사는 이혼남 마일즈는 대학 시절 룸메이트였던 친구 잭의 결혼을 앞두고 캘리포니아주 산타 바바라(Santa Barbara) 근처에 있는 산타 이네즈 밸리 와인 컨트리(Santa Ynez Valley Wine Country)로 둘만 떠나는 로드트립을 제안한다. 마일즈는 와인광이다. 특히 산타 이네스 밸리의 유명한 피노 누아르(Pinot Noir) 와인을 좋아한다. 피노 누아르는 캘리포니아 산타 이네스 밸리처럼 낮에 거의 매일 해가 나고 따뜻하다가, 밤이 되면 하루 종일 둘둘 만 양탄자처럼 수평선에 걸려 있던 구름이 시원한 바닷바람을 타고 쭉 펼쳐져 들어와 온도를 식혀 주는 기후의 지역에서 잘 자란다. 잭은 피노 누아르건 뭐건 와인에는 별 관심이 없지만 결혼 전에 여자들이나 실컷 집적거릴 심산으로 따라 나선다.

그 집적거림에 속아 몸 주고 마음 주고, 나중에 속은 것을 알고 화가 나 새 신랑 잭을 오토바이 헬멧으로 무차별 폭행해 코를 부러뜨려 놓는 와인 컨트리 레스토랑의 웨이트리스 역이 샌드라 오가 맡은 역이었다. 이 영화는 대대적인 홍보도 없었고, 초특급 캐스팅도 아니었지만 평이 상당히 좋았고, 입소문을 타고 흥행 수입도 꽤 올렸다. 한때 비디오로 가장 자주 빌려 보는 영화 혹은 보고 또 보는 영화로 꼽혔다. 코가 부러지는 새신랑 잭 역의 토마스 헤이든 처치(Thomas Haden Church)는 그해 아카데미 남우주연상 후보에도 올랐다. 그리고 나는 그때 처음 들어보는 샌드라 오라는 배우의 연기를 인상 깊게 봤다. 나뿐 아니라 할리우드도 그녀를 주목했다.

## 핑거 레이크스 와인 컨트리

작년 겨울 내 주위에 나를 포함, 혼자 사는 남자, 이혼 소송 중인 남자, 별거 중인 남자 넷이 모여 와인 마시며 저녁을 먹다 우연히 〈사이드웨이즈〉 이야기가 나왔다. 그러다 "우리도 와인 컨트리 여행을 가자"로 발전했다. 결혼해 잘 사는 남자들에게 적대심이 있는 것은 아니고, 그냥 가정이 있으면 함께 계획 세우는 데 복잡한 이슈들이 자주 생겨 제외하기로 했다. 처음에는 〈사이드웨이즈〉에 나오는 캘리포니아로 갈까 하다 그건 좀 일이 커질 것 같아 여름에 우리 집에서 한 시간 삼십분쯤 가면 있는 핑거 레이크스 와인  컨트리를 자전거로 2박 3일 정도 돌기로 했다.

사람들이 잘 모르는 뉴욕의 모습 중 하나가 바로 와인 컨트리이다.

뉴욕은 미국 내에서 캘리포니아 다음으로 와인을 많이 생산하는 주이다. 물론 캘리포니아가 미국 와인의 90퍼센트를 생산하고, 나머지 주들이 10퍼센트를 놓고 경쟁을 하는 것이지만, 뉴욕은 어쨌든 2위권의 와인 생산지이다. 그리고 핑거 레이크스 지역은 뉴욕에서도 알아주는 와인 생산지이다.

종류별로 여러 가지 와인이 골고루 나오는데 레드 와인은 솔직히 말해 정말 아니다. 특히 와인의 황제라는 카베르네 소비뇽은 캘리포니아 사막에서 타는 목마름을 견디며 뙤약볕을 받고 자란 포도로 담가야 특유의 검붉은 와인이 나온다. 고기와 함께 먹으면 그 와인 안의 수많은 풍미가 입에 닿는 순간부터 잠시도 쉬지 않고 여러 모습으로 스쳐 지나가며 고기의 맛과 어우러져 목구멍을 타고 식도를 지나 위까지 코팅해 준다. 이것이 미국 사람들이 줄여서 '캡'이라 부르는 캘리포니아 카베르네 소비뇽이다. 뉴욕 캡은 색깔부터가 검붉기는커녕 잘 익은 홍시처럼 맑디맑은 색으로 입에 닿는 순간 허무하게 사라진다. 하지만 핑거 레이크스와 기후가 비슷한 알자스 지방 포도인 리슬링으로 만든 와인들은 유명하다. 꽃향기와 과일 맛, 거기에 드라이 와인답지 않게 달달한 맛이 도는 게뷔르츠트라미너(Gewurztraminer)도 핑거 레이크스의 대표적 와인이다.

네 남자들의 계획은 2박 3일 자전거로 돌면서 저녁 때 와인 테이스팅을 하는 것이었다. 그런데 올 5월 그 네 명 중 한 명이 나이도 잊고 낙하산을 타고 내려오다 강풍을 만나 고꾸라지면서 하마터면 전신 마비가 될 뻔했다. 천만다행으로 척추 뼈 하나가 골절되는 것에 그쳤으나, 척추 골절도 가벼운 부상은 아닌지라, 두어 달 꽉 끼는, 보기에도 매우 불편한 조끼 같은 것을 스물네 시간 착용하고 있었다. 그는 워낙 의사 말을 잘 듣는 사람이라 빨리 회복하여 여름이 가기 전 코르셋처럼 꽉 끼는 조끼를 벗었지만, 사흘씩 자전거를 타고 여행을 하는 건 무리일 듯싶어 와인 컨트리 자전거 여행은 올해 하지 못하는 것으로 결론을 내렸다. 그래도 아쉬워 나 혼자 핑거 레이크스 와인 컨트리로 여행을 떠나기로 했다. 단풍이 물든 포도밭을 나 혼자 운전하고 지나가는 것도 괜찮을 것 같았다.

## 오디세우스의 고향 이타카

핑거 레이크스는 빙하기가 끝나고 얼음이 녹아 흐르다 막힌 물이 그대로 고여 생긴 열한 개의 호수를 묶어서 부르는 이름이다. 이들은 남북으로 가늘고 길게 손가락처럼 가지런히 늘어서 있다. 이 중 가장 면적이 넓은 호수는 세네카호(Seneca Lake)이고 면적은 세네카호에 이어 두 번째로 넓지만 남북으로 뻗은 길이가 가장 긴 호수는 카유가호(Cayuga Lake)이다. 카유가호를 끼고 있는 한 도시가 있는데 아마도 핑거 레이크스 지역에서 가장 유명한 도시일 것이다. 바로 이타카(Ithaca)이다. 호머의 『오디세이』의 주인공 오디세우스의 라틴어식 이름은 율리시스이다. 율리시스가 『오디세이』에서 십년의 항해 끝에 마침내 돌아가는 고향의 이름이 이타카이다. 카유가 호숫가에 있는 이타카는 물론 율리시스의 고향이 아니다. 『오디세이』에 나오는 이름에서 유래한 지명일 뿐이다.

카유가 호숫가의 이타카라는 작은 도시가 유명한 이유는 여러 가지 있지만 그중 하나는 사학의 명문 코넬 대학교가 자리하고 있기 때문이다. 이타카와 이타카를 꿰뚫고 고인 카유가호는 주변의 산에 둘러싸인 계곡이다. 이타카도 수억 년 전에는 강이었다고 한다. 운전을 하다 이타카 입구 신호등에 걸려 서면 천 길 아래로 이타카 시내가 보이고 그 옆에 카유가호가 반짝거리고 있다.

이타카는 나와 작은 인연도 있다. 텍사스에서 대학을 졸업하던 해 이타카시로부터 자기네 동네 공립학교에 교사로 오지 않겠느냐는 편지를 받았다. 이미 뉴욕시에서 대학원 공부를 더 하기로 진로를 정해서 재고해 보지 않았지만, 그래도 누군가 나를 원한다는 것이 기뻤다. 그게 벌써 삼십년 전이다. 언제 그런 일이 있었나 싶다. 삼십년 전에 작은 인연이 돌고 돌아 이제 시라큐스에 사는 나와 이타카는 이웃이 되어 만났다. 삼십년 전에는 이타카가 어디에 붙어 있는지도 몰랐는데. 이래서 '침 뱉고 간 우물에 물 마시러 다시 온다'는 속담이 있다. 언제 어디서 누구와 다시 만나 얼굴 마주보며 살지 모르는 일이다.

나는 이타카에 자주 간다. 그곳에 나의 카이로프랙터 닥터 댄 베일리(Dan Bailey)가 있기 때문이다. 변호사 일이 생각보다 컴퓨터에 앉아 글 쓰는 시간이 많다 보니 늘 어깨와 목이 뻐근하다. 이를 풀어 주는 고마운 분이 닥터 베일리이다. 원래는 시라큐스에서 개업을 했는데 한 십년 전 고향 이타카로 이사를 갔다. 나는 한번 인연을 맺으면 새 사람에게 잘 적응을 하지 못하는 성격이라 십년째 한 시간 넘게 운전을 하고 이타카로 가서 닥터 베일리에게 진료를 받는다.

이소룡이 적을 소리 없이 죽일 때 하듯 내 목을 우두둑 소리가 나게 비트는 사람이 카이로프랙터이다. 신뢰할 수 없는 사람에게 내 목을 맡길 수는 없는 노릇이다. 이제는 친해져 그냥 댄이라고 부르고 코넬 대학교에 교수로 오거나 유학 오는 사람을 만나면 목이 뻐근할 때 닥터 베일리를 찾아가라고 광고도 열심히 한다.

댄에게 진료 받으러 이타카 가는 날을 핑거 레이크스 와인 컨트리 여행의 디데이로 잡았다. 행선지는 이타카 폭포(Ithaca Falls), 탁카낙 폭포(Taughannock Falls), 왓킨스 글렌(Watkins Glenn) 그리고 끝으로 글레노라 와인 농장(Glenora Wine Cellars)이다. 와인 농장 내 숙박 시설에서 하루 자고 시라큐스로 돌아가기로 계획을 세웠다. 하루에 다 돌 코스는 아니고 한 군데 골라 며칠 캠핑이라도 할 수 있는 곳들이지만, 바람 쐰다는 기분으로 돌아보기로 했다.

댄이 나를 테이블에 엎어 놓고 여기저기 우지직 소리가 나게 누르면서 구경거리들에 대해 설명해 줬다. 특히 탁카낙 폭포를 볼 때 꼭 정상에 전망대(Overlook)로 가서 폭포를 위에서 보고, 운전을 하고 내려와 차를 밑에 주차장에 세우고 거기서 걸어 들어가 폭포 밑으로 가라고 알려 줬다.

## 수억 년의 시간이 쌓인 흔적들

댄 덕분에 가뿐해진 몸으로 우선 이타카 폭포로 갔다. 늘 댄에게 진료를 받고 시라큐스로 가기 전에 코넬 대학교로 올라가는 가파른 언덕에 차를 세우고, 잠시 낭떠러지 밑에 폭포를 바라보다 간다. 이날은 주변이 완전히 가을색으로 물들어 더없이 아름다웠다. 게다가 근래 비가 많이 와 폭포의 물도 힘차게 쏟아지고 있었다. 물이 흘러내려 가는 계곡 위로 난 다리에 서서 폭포의 사진을 찍고 돌아서서 물이 흘러내려 가는 것을 찍으려 찻길을 건너 다리 반대편으로 가니 계곡으로 물이 흘러가고 멀리 울긋불긋 색이든 이타카 시내와 카유가호가 넓게 펼쳐진 것이 사진 한 컷에 모두 들어왔다. 이타카 폭포는 조촐한 것이 그냥 이걸로 끝이다. 하지만 시내에 자연 폭포가 있다는 것은 사람의 마음에 큰 여유를 준다.

이타카에서 차를 몰고 이십분 정도 가면 탁카낙 주립공원이다. 입구에 입장료 받는 곳이 있기는 한데 아무도 지키는 사람이 없고, 차들이 무시로 드나들었다. '뭐, 안 받겠다는데 굳이' 하는 마음으로 나도 그냥 들어갔다. 탁카낙 폭포에 가보니 왜 댄이 내 목을 비틀면서 전망대부터 올라가라고 말해 줬는지 알 것 같았다. 전망대에서 폭포까지 걸어 가려면 5킬로미터 넘게 가파른 산길을 걸어 내려갔다가 다시 차가 있는 산꼭대기까지 걸어 올라가야 하지만, 위에서 보고 밑에 내려와서 차를 세우고 걸어가면 평지 길로 1.5킬로미터 정도만 가면 폭포가 나온다.

전망대에 올라서니 말발굽 모양의 절벽에 울긋불긋 물든 나무들이 늘어서 있고 그 한가운데 좌우로 시종을 거느린 여신처럼 한 줄기 폭포가 쏟아지고 있다. 나이아가라강에 있는 세 개의 폭포 즉 우리가 뭉뚱그려 나이아가라 폭포라 부르는 폭포들에 비해 훨씬 작은 규모지만, 낙폭은 그들보다 10미터 이상 높다. 나이아가라 폭포 셋 중 가장 큰 캐나디언 폭포의 높이가 167피트인데 비해 탁카낙 폭포의 낙차는 215피트(약 65미터)이다. 로키산맥 동쪽에서 가장 높은 폭포이다.

전망대는 1800년 중반부터 관광지로 개발되어 1850년에는 유명한

—

탁카낙 폭포

호텔이 들어서기도 했다. 이제 그 호텔은 역사 속에 묻혀 사라지고 탁카낙 폭포 지역 전체가 주립공원이 되었다. 왜 이곳에 그렇게 일찍 관광지 호텔이 들어섰는지 알 수 있었다. 폭포와 경치가 바로 선 자리에서 그대로 한눈에 들어왔다. 차를 몰고 내려와 다시 차를 대고 걸어 들어가 폭포 바로 밑까지 갔다. 가는 길에 푯말이 있어 읽어 봤더니 신기한 사실이 적혀 있었다. 탁카낙 폭포는 뉴욕주의 내륙에 위치한 곳이지만 주변의 암반은 모두 바닷속 깊은 곳에서 생기는 석회암(Limestone)층이다. 알지(Algae)라는 바다 식물의 죽은 찌꺼기와 다른 미생물체의 시체들이 쌓여 돌이 된 것이다. 뉴욕주의 대부분이 바닷물 속에 잠겨 있던 시절, 천 길 바닷물 속에서 수억 년 쌓인 퇴적물이 돌이 되고, 3억 8000만 년 전쯤부터 땅 위로 올라와 산이 되었고, 다시 빙하기가 끝나고 얼음이 녹아내리면서 깎인 곳이 깊은 골짜기가 되어 폭포가 생기고 물이 흘러가는 협곡, 영어로 고지(Gorge)가 되었다.

날씨가 매우 화창했지만, 폭포 옆으로 가야 해서 우비를 입고 신발도 겨울에 눈 쌓인 산속에서 지도 한 장 들고 길을 찾아 나오는 스노우슈잉(Snowshoeing)이라는 겨울 등산 비슷한 놀이를 할 때 신는 방수 신발을 신고 왔는데 잘한 일이었다. 물이 사방에서 튀고, 진창길이 한동안 계속되었다. 폭포로 걸어 들어가면서 여기저기 사진을 계속 찍었더니 사십분가량 걸려 폭포까지 들어갔는데 나올 때는 슬슬 구경만 하며 걸어 나와 이십분 만에 주차장으로 돌아왔다. 걸어 나오며 굽이굽이 물에 쓸려 칼처럼 날카롭게 동강난 협곡의 양옆을 손으로 만져 보며 '내가 지금 수역 년의 역사를 손으로 만지는 거지?' 하고 생각했다.

탁카낙을 나와 이십분 정도 운전을 해 왓킨스 글렌으로 갔다. 글렌

(Glenn)도 역시 고지처럼 협곡이라는 뜻이다. 뭐가 다른 건지는 그리 확실치 않다. 그냥 이름이 글렌이면 글렌이라 부르면 되고, 고지이면 고지라 부르면 된다. 탁카낙 폭포는 산 위에서 걸어 내려가는 입구와 평지로 걸어 들어가는 길 두 가지가 있었지만, 왓킨스 글렌은 입구가 하나밖에 없다. 게다가 왓킨스 글렌은 그 입구가 탁카낙에 비해 훨씬 비좁은 길을 내려간다. 산 위에서 계곡을 걸어 내려가 폭포가 보이는 곳에서부터는 돌산을 깎아 만든 계단을 거쳐 한없이 내려간다. 그리 가파른 길은 아니지만 걷는 거리가 꽤 된다. 산 위로 차를 몰고 올라가 차를 세우고 등산로를 따라 산을 내려가다 보면 릴리 폰드(Lily Pond)라는 아주 작은 연못이 있고, 그 주위로 울긋불긋한 나무들이 둘러서 있다. '떡갈나무 숲 속에 졸졸졸 흐르는 아무도 모르는 냇물 있기에…' 하는 노래가 흥얼흥얼 나온다. 냇물은 물소리 때문에 '아무도 모르기'가 그리 쉽지 않지만, 릴리 폰드는 물소리도 없이 아무도 모르게 숨어 거울처럼 하늘과 나무를 그 안에 담고 있다.

릴리 폰드를 지나 한참 가다 보면 그때부터 돌산으로 꽉 막힌 아주 좁은 지역이 나오고 밑에 물이 흐르며 폭포와 글렌이 보인다. 폭포 앞에서 서서 사진을 찍어야 하는 탁카낙과 달리 왓킨스 글렌은 폭포 뒤로 돌아가 떨어지는 물 뒤에 서서 협곡이 구불구불 용트림 하듯 나가는 것을 볼 수 있는 것이 매우 인상적이다. 이곳도 탁카낙의 협곡처럼 빙하기의 얼음이 녹아 할퀴고 지나간 자리이다. 물의 힘이 얼마나 강했으면 산이 조각나 골짜기가 되었을까? 폭포 뒤로 돌아 들어가 사진을 몇 장 찍고 나왔다.

정신없이 이리저리 돌아다니며 폭포를 올려다보기도 하고, 폭포 뒤

—
왓킨스 글렌

로 들어가 내려다보기도 하다 다시 내려온 길을 되올라가 자동차까지 갈 생각을 하니 한심했다. 그때가 벌써 오후 두시가 넘어 배도 무척 고팠다. 그래도 걷는 것 하나는 자신이 있는 나는 작심하고 쉬지 않고 골짜기를 단숨에 걸어 올라가 자동차로 갔다. 차에 앉아 보온병에 가득 담아온 케냐 가투부 압(Kenya Gatubu Ab) 커피와 삶은 달걀 두 개 그리고 사과 한 알을 마파람에 게 눈 감추듯 먹어 치웠다.

다음 행선지는 최종 목적지인 글레노라 와인 농장(Glenora Wine Cellars)이었다. 운전을 하고 가며 생각했다. 수억 년 바닷속 식물의 죽은 조각이 쌓여 돌이 되고 그것이 물 위로 올라와 산이 되고, 산에 얼음이 산보다 높게 쌓여 있다 그것이 녹아내리며 산을 동강내는 시간은 과연 어떤 시간일까? 주변의 전화기에서 어린아이의 목소리로 힘차게 외치는 소리를 종종 듣는다. '여섯시!' 바다가 육지가 되고, 산이 동강나는 시간은 과연 그 '여섯시!' 하는 시간과 같은 시간 체계일까? 그 세월도 '다섯시', '여섯시'가 차곡차곡 모여서 된 시간일까?

대학 시절 봤던 영화 중에 내 평생 잊지 못할 영화가 오리지널 〈블레이드 러너(Blade Runner)〉이다. 마지막에 인조인간 로이가 죽기 직전 비를 주룩주룩 맞으며 이렇게 독백한다. '이 순간들은 모두 시간 속에 사라질 것이다. 빗속에 눈물처럼. 죽을 시간이다(Those moments will be lost in time like tears in rain. Time to die).' 그는 기계이지만 그 마지막 순간만큼은 울고 있는 것 같았다. 단지 빗물인지 눈물인지 구별할 수가 없었다. 수십억 년 걸려 이 자리에 산이 생기고 협곡으로 물이 흐르던 이 순간도 언젠가 빗속에 흐르는 로이의 눈물처럼 시간 속으로 사라질까? 그때쯤이면 나라는 존재가 잠시 이 땅을 걸어 다녔다는 것은 로이의 눈물보다도 하찮은 이야기가 되어 있겠지.

## 글레노라 와인 농장

사방이 절벽으로 막힌 왓킨스 글렌을 나와 또다시 이십분 정도 운전을 하고 가서 이번에는 사방이 확 트인 들판에 포도밭과 세네카호가 펼쳐진 글레노라 와인 농장에 도착했다. 호텔 체크인을 했다. 와인 농장에 오니 와인 인심이 후하다. 프론트 데스크 직원이 열쇠를 주며 방에 공짜 와인이 한 병 있는데 뜯어서 마셔 보고 싫으면 바꿔 주겠다고 했다. 방으로 들어가니 카유가 화이트(Cayuga White) 품종의 와인 한 병과 물 두 병이 냉장고에 들어 있었다.

카유가 화이트는 코넬 대학교에서 핑거 레이크스 기후에 맞게 개발한 포도 종자이다. 코넬 대학교는 다른 과들도 유명하지만 농과대학이 매우 유명하다. 그들은 포도 품종뿐 아니라 사과 등 이 지역 특산물들의 종자를 개발해 수백 개에 달하는 특허를 보유하고 있다.

내가 처음 텍사스로 이사 와 살 때 그 동네에는 '맛있는 빨간색'이라는 뜻의 '레드 딜리셔스(Red Delicious)'라는, 매우 맛없는 사과밖에 없었다. '미국 사과는 다 이렇게 맛이 없나 보다' 생각하고 몇 년을 살았다. 헌데 시라큐스로 이사를 오니 다른 곳에서 보지 못하는 여러 종류의 맛있는 사과들이 매년 쏟아져 나오는 것을 보고 놀랐다. 신맛, 단맛, 시고 단맛의 사과들의 이름을 다 외우기도 힘들다. 웨그만즈 슈퍼마켓에 가면 사과의 산도와 당도를 비교해 놓은 차트가 붙어 있을 정도이다. 나는 신맛과 단맛이 섞여 있고 아삭아삭한 스냅드래곤(Snapdragon)

과 루비프로스트(Rubyfrost) 종을 좋아하는데 그 사과들도 코넬 대학교가 개발한 종자들이다.

카유가 화이트도 코넬이 개발했다니 맛이 궁금했다. 식당은 다섯시나 되어야 저녁 식사를 시작하는데 시간은 세시 삼십분이었다. 달걀 두 알 먹고 산골짜기를 오르락내리락 한 배고픔을 카유가 화이트 와인으로 달래 볼까 하다 그냥 참기로 했다. 나는 화이트 와인도 냉장고에 넣어 차게 해서 마시는 것을 별로 좋아하지 않는다. 일단 밖에 꺼내 놓고 기다렸다 맛을 보기로 하고, 밖으로 나가 포도 넝쿨 사이를 걸어 다니며 호수를 바라봤다. 여름내 키워 온 포도는 이제 다 수확하고, 포도 넝쿨의 이파리는 누렇게 마르기 시작했다. 호수 너머 산에 또 가을이 한창이었다.

한참 걷다, 문득 체크인할 때 받은 쿠폰이 생각났다. 호텔 바로 앞 건물이 글레노라의 와인 테이스팅 룸인데 체크인할 때 4달러 내고 와인 여섯 가지를 맛볼 수 있는 쿠폰을 줬다. 배도 고프고 얼른 그곳에 가서 테이스팅을 했다. 레드로 카베르네 소비뇽과 카베르네 소비뇽, 카베르네 프랑크, 메를로를 블렌딩한 메리티지를 주문했다. 레드 와인을 맛은 한번 봐야 할 것 같아 주문했는데 둘 다 맛이 없었다. 화이트로 드라이 리슬링과 리저브 세미 드라이 리슬링을 주문했다. 매우 좋았다. 특히 리저브 세미 드라이는 알코올 농도 11퍼센트로 버터처럼 부드러운 감촉에 과일향이 풍기면서도 신맛이 그다지 자극적이지 않아 좋았다. 그리고 스위트 와인으로 나이아가라와 버블리 리슬링을 주문했다. 꼭 단 와인을 찾는 사람들이 내 주위에 있어서 맛을 보기로 했다. 그중 나이아가라가 괜찮았다. 웰치라는 회사에서 나오는 포도주스가 있는데

—

글레노라 와인 농장

그 맛이었다. 단맛 좋아하는 사람들이 좋아할 것 같았다. 바텐더에게 웰치 포도주스 같다고 했더니 막 웃으며 웰치 회사에서 사용하는 포도가 바로 나이아가라 종이라고 한다. 핑거 레이크스 지역에서 가장 먼저 개발된 포도종이라고 한다.

테이스팅을 다하고 나오면서 와인을 샀다. 쿠폰을 소지하고 테이스팅을 한 사람들은 와인 가격을 5퍼센트 할인해 준다. 게뷔르츠트라미너, 나이아가라, 드라이 리슬링 각 한 병과 리저브 세미 드라이 리슬링 두 병 등 총 다섯 병을 내밀었더니 계산하는 사람이 한 병 더 해서 여섯 병을 사면 7퍼센트 할인을 해 준다고 했다. 그 말에 혹해 '내일 썩어 버리는 음식도 아니고 두고 먹을 수 있는데'라고 생각하며 게뷔르츠트라미너를 한 병 더 집었다. 와인만 약 8만 원 어치를 사 가지고 방으로 돌아왔다. 그래도 한국 같으면 한 병에 8만 원도 했을 터이기 때문에 그리 억울하지는 않았다.

와인 테이스팅 하며 입가심하라고 놓아둔 크래커를 계속 집어 먹었더니 허기가 좀 가시긴 했지만, 여전히 배가 고팠다. 수업 끝나는 종 치기 기다리던 학생처럼 다섯시 땡 치자 식당으로 달려가 주문을 했다. 댄과 그의 부인 해나를 저녁에 초대했으나, 아이들을 봐줄 베이비시터를 구하지 못해 나만 혼자 저녁을 먹게 되었다. 감자와 리크(Leek)를 넣고 끓인 수프와 돼지고기 어깨살을 바비큐 한 것을 주문했다. 종업원이 와인으로 핑거 레이크스 메리티지(Meritage) 와인을 권했다. 이미 레드 와인에 큰 실망을 한 뒤라 핑커 레이크스의 특산물 드라이 리슬링을 주문했다.

잠시 후 와인과 빵이 나왔다. 빵을 한입 입에 물고 씹으니 시큼한 맛이 입안에 물씬 퍼지는 사워도우(Sourdough)에 캐러웨이(Caraway) 씨앗을 섞어 구운 빵이었다. 빵에 곁들여 먹을 올리브기름, 세네카 지역 낙농 목장의 무염 버터 그리고 고추장 맛이 살짝 도는 수수께끼의 매콤한 마늘소스 등 세 가지가 나왔다. 올리브기름은 과일향이 확 퍼지고 끝맛이 목에 걸리면서 후추처럼 매캐한 것을 원했는데, 너무 흐리멍덩해 사워도우의 풍성한 맛을 받쳐 주지 못했다. 옆으로 밀어 놓았다. 고추장소스와 버터는 맛있었다. 배가 고파 빵을 한 바구니 더 달라고 하고 버터는 두 번이나 더 달라고 해서 그걸 다 먹었다.

두 번째 빵 바구니 공략을 시작할 즈음 감자 리크 수프가 나왔다. 감자와 리크라는 대파 비슷한 야채를 함께 끓여 으깨서 걸쭉하게 끓인 수프이다. 한 숟가락 떠먹으니 알이 밴 다리가 스르르 풀리는 것 같았다. 어린 시절 겨울방학이면 점심에 어머니가 감잣국을 자주 끓여 주셨다. 멸치다시 혹은 고기 국물에 감자를 가늘고 길쭉하게 썰어 파와 함께 넣고 뭉근한 불에 감자가 익을 때까지 끓이다가 오래 묵은 간장으로 간을 하고 후춧가루를 조금 치면 되는 국이다. 밖에 나가 눈싸움하다 들어와 감잣국에 밥을 말아 김장김치 특히 총각김치와 함께 먹으면 몸이 녹고 다시 나가 놀 기운이 생겼다. 이런 게 소울 푸드(Soul Food)이다. 희한한 재료나 조리법을 사용하는 것도 아닌데 어머니의 감잣국이나 와인 농장 호텔의 감자 리크 수프처럼 힘든 오늘을 잊고 내일을 살아갈 힘을 준다.

리슬링은 과일 향이 풍기고 입안에 정결한 느낌이 드는 드라이 와인이지만 끝에 조금 달콤한 맛이 돌았다. 와인은 포도 안에 설탕이 알코올로 발효하여 생기는 술이다. 알코올 함량이 높은 드라이 와인은 스위트 와인과 달리 설탕이 거의 남아 있지 않다. 그렇다고 설탕을 완전히 다 알코올로 만들어 버린 바싹 마른 화이트 와인은 별로이다. 이렇게 드라이 하면서도 끝에 단맛이 살짝 남는 화이트 와인이 좋다.

바비큐 한 돼지 어깨살을 장조림처럼 찢은 뒤 바싹 구운 바게트 세 조각에 얹은 메인 요리가 나왔다. 바비큐 한 고기 위에는 요즘 한창 제철인 이 지역 사과를 가늘고 얇게 썰어 식초에 절인 것이 두 개씩 올라앉아 있었다. 사과와 식초의 새큼한 맛이 무거운 바비큐 맛과 잘 어울렸다. 바비큐는 소스가 내 입맛에 좀 달기는 했지만, 줄줄 넘치지 않으면서도 소스 양념이 고기 속까지 부드럽게 배어 있어 좋았다.

나는 텍사스에 살며 바비큐를 입에 익혔다. 텍사스 바비큐는 소스에 범벅된 바비큐가 아니라 드라이 럽(Dry Rub)이라고 향신료 가루를 고기에 발라 재워 두었다 바비큐 한다. 그래서인지 나는 바비큐에 소스가 많은 것을 별로 즐기지 않는다. 리슬링 와인의 산뜻하면서도 부드럽게 입안을 감싸 주는 느낌이 바비큐의 느끼함을 질리지 않게 적절히 씻어 주었다. 리슬링 와인은 카레가 들어간 음식과 먹어도 잘 어울리겠다는 생각이 들었다. 난 이렇게 먹으면서도 먹을 궁리를 한다. 저녁을 먹고 방으로 돌아오니 일곱시가 거의 되었다. 발코니에 서서 호수 위의 하늘이 점점 어두워지는 것을 바라보다 들어와 곯아떨어져 잤다.

다음 날 아침 눈을 뜨니 새벽 네시였다. 전날 여덟시도 되기 전에 잠이 든 것 같은데 확실치 않고, 한 번도 깨지 않고 잤으니 잠은 실컷 잤다. 날이 그렇게 쌀쌀하지 않아 발코니 문을 열고 나가 서서 캄캄한 하늘을 바라보았다. 초승달이 희미하게 호수를 비추고 있었다. 커피를 마시며 하늘과 호수를 번갈아 보다 호수 뒤부터 동트는 것을 계속 사진으로 찍었다. 어느 순간 호수 뒤의 산이 붉게 물들고 해가 뜨려고 하는데 그 위에 초승달은 날이 밝는 줄도 모르고 계속 태연하게 떠 있었다.

아침에 여유롭게 산책을 즐기고 싶었지만, 빨리 시라큐스로 돌아가야 했다. 자동차 타이어를 스노우타이어로 교체하는 날이었다. 시라큐스는 겨울에 눈이 많이 와서 타이어 교체는 필수이다. 한 오륙년 전까지 내가 혼자 타이어 네 개를 낑낑거리며 일년에 두 차례씩 교체하고, 빼놓은 타이어를 차고에 보관했다. 이제 나이가 드니 힘들고 바퀴 네 개가 차고의 공간을 너무 잡아먹어 타이어 전문점에 가서 교체하고 그곳에 보관한다. 여섯시 삼십분쯤 호텔 헬스클럽에 가서 사십분간 뛰고 와서 샤워하고 여덟시에 시라큐스로 떠났다. 전날 결국 맛을 보지 못한 카유가 화이트 와인과 공짜 물 두 병도 짐 가방에 챙겨 넣었다.

글레노라 와인 농장에서 시라큐스로 돌아오려면 14번 도로를 타고 25마일 정도 가다 구불구불 동네를 몇 개 지나 고속도로를 타야 한다. 난 무조건 고속도로를 타는 것을 좋아해서 이런 루트를 좋아하지 않지만, 14번 도로를 타고 25마일 가는 길이 아름답긴 했다. 오른쪽에 기찻길이 있고, 세네카호가 있고 호수 너머에 산이 있었다. 이렇게 25마일을 간다. 산은 붉게 물들었고, 기찻길과 도로 사이는 모두 포도밭이다. 나는 이탈리아의 베네치아에 딱 한 번 가 보았지만, 베네치아로 들어가는 기찻길은 내가 유럽에서 본 것 중 인상 깊은 것 다섯 안에 꼭 들어간다. 베네치아의 산타루치아 역으로 들어가는 마지막 오분 정도 기차가 둑 위를 달리고 사방이 물이다. 기찻길과 호수가 평행으로 나가는 것을 보니 베네치아로 달려 들어가던 기차 생각이 났다. 단풍 든 주변의 풍경이 아름다워 차를 세우고 사진을 찍으려다 관뒀다. 갈 길도 바쁜데 아름다운 모습이 보일 때마다 목숨 걸고 길가에 차 세우고 사진 찍다 타이어 교체 시간에 늦을지도 모르고, 아예 가지 못할지도 모르는 일이다. 25마일 가다 우회전해서 구불구불 작은 동네를 통과해 가다 보면 제네바라는 동네가 나온다. 스위스 제네바와 스펠링이 같다. 여태 그런 동네가 있다는 것만 알고 한 번도 실제로 방문해 본 적은 없는 곳이다. 운전을 하고 지나가며 보니 이름만 스위스의 제네바와 같은 것이 아니라 분위기도 비슷하다. 제네바는 마을 한쪽이 레만호와 맞닿아 있다. 뉴욕주의 제네바도 건물이 아기자기 예쁜 마을에 커다란 호수가 맞닿아 있는 모습이 스위스 제네바를 연상케 한다.

## 내 주변으로 떠나는 여행

집에 돌아와 짐만 내려놓고 타이어 교체를 하고 왔다. 참지 못하고 낮 열두시에 카유가 화이트를 뜯어서 맛을 봤다. 별로였다. 저녁 때 부인이 친정에 다니러 가 일주일째 혼자 지내는 이웃집 존을 불러 둘이 다 마셔 버렸다. 와인만 주기 미안해서 파머스 마켓에서 사온 뉴욕 스트립 스테이크(New York Strip Steak)를 두 개 구워 하나씩 곁들여 먹었다. 그런데 의외로 입안에서 피식 죽어 버리는 카유가 화이트 와인이 스테이크와 잘 어울렸다. 물론 캘리포니아 카베르네 소비뇽처럼 고기와 함께 복잡 미묘한 맛을 만들어 그걸 끌고 위까지 들어가는 위력은 없지만, 입안을 산뜻하게 해줘 고기가 끝없이 들어갈 수 있는 여지를 만들어 줬다.

존과 카유가 화이트를 다 먹고 그다음 날은 나 혼자 게뷔르츠트라미너를 뜯었다. 묘한 꽃향기와 함께 새콤함과 과일향이 입안으로 퍼졌다. 다 좋은데 약간만 단맛을 남겨 뒀으면 더 좋겠다는 생각이 들었다. 알코올 농도를 보니 12퍼센트였다. 내가 좋아하는 한 알자스 지방의 게뷔르츠트라미너는 알코올 농도가 12.5퍼센트나 되지만 훨씬 볼륨이 있고 달콤한 맛이 있다. 글레노라의 게뷔르츠트라미너는 좀 아쉬웠다. 그런데 그날 저녁 중국 음식을 배달시켜 같이 먹었더니 세상에 이런 궁합이 없었다. 중국 음식의 불 맛, 기름진 맛에 전혀 밀리지 않으면서도 드라이하고 산뜻한 맛이 기름기를 씻어 줬다. 특히 단맛의 소스를 발라 구운 중국식 돼지갈비 바비큐는 게뷔르츠트라미너의 산뜻함과 드라이함이 만나 마치 케이크와 블랙커피처럼 잘 어울렸다. 너무 맛있어 와인을 한 잔 다 마시고 반 잔 더 따라 마시다 얼굴이 빨개지고 심장이 쿵쾅거려서 그만뒀다. 와인 두 잔 정도는 마시는데 이상하게 순식간에 무너졌다. 그래도 맛은 일품이었다. 혹시 술이 좀 깰까 해서 저녁 여덟시에 커피를 타 마셨는데 그래도 깨지 않아 그냥 잤다.

잠자려고 누워 가만 생각해 보니 갑자기 결정해 얼떨결에 떠난 여행이라 수박 겉 핥기식으로 다녀왔지만, 그래도 잘 다녀왔다는 생각이 들었다. 내년에는 꼭 자전거 여행을 가야겠다. 그리고 왓킨스 글렌은 하루 날을 잡아 주변 골짜기를 걸어서 돌아보고 싶다. 여행이란 유럽으로, 오지로 배낭여행을 떠나는 것도 좋지만, 내 삶의 주변으로 눈을 돌려 하나하나 내 고장을 재발견하는 것도 좋은 여행이다. 그런 의미에서 다음에는 어딜 돌아볼까 궁리하다 잠이 들었다.

# 허드슨 밸리의 풍경화들 – 토마스 콜 사적지

한국의 로펌에 근무하던 시절 나는 나 자신을 '대한민국에서 유일하게 자동차가 없는 변호사'라고 불렀다. 출퇴근 시간에 좀 힘들었지만, 서울에 살면서 삼십대 중반의 건강한 사람이 대중교통을 이용해 갈 수 없는 곳이 없었다. 게다가 늘 아침에 다섯시 삼십분 정도면 집을 나섰던 관계로 출근 때는 매우 한산하고 편안하기까지 했다. 과외와 학원 데려다 줄 아이가 있는 것도 아니고, 어차피 직장에는 차를 가져가 봤자 마땅히 차를 세워 둘 곳도 없었다. 필요가 없어 차를 사지 않은 것은 맞지만, 나는 대중교통을 이용해 이동하는 것을 좋아하기도 한다. 특히 장거리 여행은 기차나 고속버스 타고 가서 주로 걸으며 여행을 하는 것을 즐긴다.

온 세상이 색색으로 물들어가던 어느 가을 일요일, 어머니와 전화를 하며 교회 가겠다고 하고 기차 여행을 떠났다. 차로 두 시간 정도면 가는 곳이지만, 책도 읽고 커피 마시고 바깥 풍경도 보며 가고 싶어 기차를 탔다. 행선지는 허드슨(Hudson) 역이다. 역에서 우버나 택시를 타고 미국의 19세기 대표적 화가 토마스 콜(Thomas Cole)의 집과 스튜디오가 있는 토마스 콜 국립 사적지(Thomas Cole National Historic Site)에 가서 그림도 보고 허드슨의 아름다운 단풍도 구경할 예정이었다. 허드슨 역은 간이역보다는 조금 크지만 그래도 아주 겸손한 규모의 역이다. 늘 뉴욕시로 가면서 정차하는 곳인데 역 내부도 처음 구경하게 되었다.

## 혼자 떠나는 기차 여행

밖에 나가 아침 운동으로 뛰고 들어오면서 몇 번이나 서서 동네 사진을 찍었다. 원래 운전하다가, 자전거 타다, 혹은 운동으로 뛰다, 중간에 멈춰서는 것을 싫어하는데 동네 골목 어귀마다 나무들에 가을색이 제대로 들어 그냥 지나칠 수가 없었다. 집에 돌아와 늘 하는 대로 음식을 챙겼다. 기차 여행은 먹으면서 해야 제맛이다. 얼마 전 이타카의 파머스 마켓까지 한 시간 운전을 하고 가서 내 친구 앤드류에게 사온 브라질 사오 루이즈(Brazil Sao Luiz) 커피를 한약 달이는 정성으로 내렸다. 나는 날이 쌀쌀해지면 향이 입안에 환하게 퍼지는 아프리카 커피보다는 묵직한 남미 커피를 선호하는 경향이 있다. 커피와 더불어 기차 여행에 빠질 수 없는 삶은 달걀과 사과 그리고 웨그만즈의 팜 스타일(Farm Style) 빵에 피넛버터와 나의 홈메이드 딸기잼을 바른 샌드위치를 쌌다.

나의 계획은 아침 열시 기차를 타고 허드슨에 한시 삼십분쯤 도착해 둘러보고 다섯시 삼십분 기차 타고 집으로 돌아오는 것이었다. 그런데 출발부터 미국의 구닥다리 기차가 말썽을 부렸다. 로체스터를 지나면서 단선 철로의 체증이 심해 기차가 연착한다는 방송이 나왔다. 이러다 가자마자 돌아서서 집으로 오는 것이 아닌가 걱정스러웠다. 다행히 기차가 준수하게 십분 정도 늦게 도착했다. 요즘 바쁜 일이 많아 두 달째 읽고 있는 한국계 미국 작가 이민진의 『Pachinko』라는 책을 두 페이지쯤 읽다 경치를 바라봤다. 가을이 무르익어 곳곳에 울긋불긋한 색이 가득했다. '허드슨은 얼마나 아름다울까?' 생각만 해도 기대가 되었다.

시라큐스에서 남동쪽으로 내려가면 캣스킬산(Catskill Mountains)이 나온다. 깊은 산이 첩첩이 둘러선 이 산의 동쪽 끝에는 허드슨강이 남으로 흘러가는 골짜기가 나온다. 서쪽으로 캣스킬산을 끼고 북으로 알바니에서부터 남으로 뉴욕시까지 내려가는 이 골짜기를 허드슨 밸리라고 부른다. 캣스킬산과 허드슨 밸리는 경관이 수려하기로 유명한 곳이다.

몇 년 전 서울 예술의전당 한가람미술관에서 미국의 인상주의 그림들을 모아 전시를 해서 가 본 적이 있다. 미국 인상주의 작가들의 주요 작품들을 시간순으로 엮어서 보여 주는데 제일 처음에 허드슨 리버 스쿨(Hudson River School)이라는 화풍의 화가들 그림부터 시작했다. 허드슨 리버 스쿨은 엄밀히 말해 인상주의는 아니고 인상주의의 전조에 속하는 화풍이다. 이들은 풍경화를 매우 낭만적인 화풍으로 그린 것으로 유명하다. 이 허드슨 리버 스쿨의 화가들이 그린 풍경화가 모두 캣스킬산과 허드슨 밸리를 그린 그림들이다. 그리고 이 허드슨 리버 스쿨의 원조는 토마스 콜(Thomas Cole)이라는 사람이다.

토마스 콜은 1801년 영국에서 태어나 열일곱 살 되던 해에 가족과 함께 미국으로 이민을 와 오하이오주에 정착했다. 그후 필라델피아로 옮겨 살던 그는 허드슨 밸리를 방문한 뒤로 그 경치에 심취해 여름마다 그곳을 찾았다. 후에 그곳에 살던 아가씨와 결혼을 하면서 아예 그곳에서 살며 그림을 그리다 생을 마쳤다. 그는 그림을 따로 배운 것은 아니고 대부분 독학으로 체득했다. 하지만 필라델피아에서 우리로 치면 도장 파는 사람쯤 되는 인그레이버(Engraver)로 일을 했던 것을 보면 눈썰미도 있고 손재주가 뛰어났던 것 같다.

## 죽음과 생존을 반복하는 자연

기차는  한시 사십분쯤 허드슨 역에 도착했다. 비가 부슬부슬 내리고 을씨년스러운 것이 걸어 다니며 구경하기 나쁜 날씨였다. 그래도 다행히 우비를 입고 우산도 챙겨와 젖을 염려는 없었다. 역 밖으로 나가서 뒤돌아보니 철창 하나 사이로 기차가 서 있고 그 뒤로 단풍 든 수

풀이 우거져 있다. 우버를 부르려고 하는데 택시 한 대가 대기하고 서 있다가 어디 가느냐고 물었다. 토마스 콜 사적지 간다고 했더니 사무실에 전화해 보고 15달러라고 했다. 미터도 없고, 가격 정하고 떠나서 정한 만큼 돈을 받는 시골 택시였다.

캣스킬산의 끝자락이라 굽이굽이 높고 낮은 길을 오르락내리락하며 가는 길에 단풍이 사진으로도 언어로도 표현할 수 없게 아름다웠다. 토마스 콜이 허드슨 밸리의 그림을 그리기 시작한 것은 그 아름다움에 매료되었기 때문이기도 하지만, 허드슨 밸리가 개발로 훼손되고 원형이 사라지는 것을 안타까워했기 때문이라고 한다. 그는 철로가 놓이는 것조차 반대할 정도로 환경보호주의자였다. 왜 그가 그리도 허드슨의 환경이 파괴되는 것을 안타까워하며 그림으로라도 그 모습을 남기려 했는지 산과 계곡에 물든 단풍을 보면 이해할 수 있다. 그리고 그 아름다운 경치에 매료된 사람은 토마스 콜뿐만이 아니어서 허드슨 리버 스쿨이 생겨나게 된 것이다.

토마스 콜 사적지를 가려면 기차는 허드슨 역에서 내리지만, 택시를 타고 다리를 건너 캣스킬(Catskill)이라는 동네로 가야 한다. 캣스킬이라는 동네는 캣스킬산과는 별개로 역시 허드슨 밸리 지역에 속한다. 허드슨과 캣스킬을 이어 주는 다리의 이름은 립 밴 윙클(Rip Van Winkle) 다리이다. 립 밴 윙클은 워싱턴 어빙(Washington Irving)이라는 미국 작가가 캣스킬산 지역을 소재로 쓴 단편 소설집에 나오는 허구 인물이다.

네덜란드에서 건너와 허드슨 밸리 지역에 살던 립 밴 윙클은 어느 날 부인의 잔소리를 피하고자 캣스킬산으로 산책을 나갔다 괴이한 사람이 자신을 부르는 소리를 듣고 따라가 음료를 주는 것을 받아 마시고 잠에 빠진다. 한참 낮잠을 잘 잤다고 생각하고 깼더니 자신의 수염이 배꼽까지 내려오게 자라 있었다. 마을로 돌아오니 모르는 사람들만 가득하고, 관공서에는 국왕 조지 3세의 사진은 온데간데없고 조지 워싱턴이 초대 대통령이 되어 그의 초상화가 대신 걸려 있었다. 그가 낮잠 자는 동안 이십년의 세월이 흘러 미국 독립 전쟁도 이미 다 끝나고 초대 대통령 선출까지 마친 것이었다.

작가 워싱턴 어빙은 후에 고백하기를 사실 자신은 한 번도 캣스킬산에 올라본 적이 없다고 했다. 나도 고백하면 나는 이 책을 읽은 적이 없다. 하지만 월트 디즈니가 만화 영화로 만들어 텔레비전에서 방영했던 것을 본 기억은 난다. 립 밴 윙클이 이십년 만에 마을로 돌아와 어리둥절 길을 걷는데 사람들이 다가와 "어느 정당의 사람이냐?"고 묻자 그가 "저는 국왕 전하의 충직한 신하일 뿐입니다"라고 대답하는 것은 지금도 명확히 생각난다.

립 밴 윙클 다리를 건너노라면 다리 밑은 깊은 골짜기로 물이 흐르고 그 골짜기를 사이에 두고 마주보는 허드슨과 캣스킬에는 울긋불긋 단풍이 들어 있다. 송창식이 노래로 만들어 불러 유명해진 서정주의 시가 있다. 그 한 대목이 '초록이 지쳐 단풍 드는데'이다. 나뭇잎들이 여름내 푸르르다 지쳐 종국에 가을이 오면 울긋불긋 색이 들었다는 뜻이다. 나는 고등학교 때 그 시를 처음 읽으면서 기막힌 표현이라고 생각했다. 그런데 산을 불사르듯 물든 단풍을 보자니 과연 '지쳐'라는 표현이 맞을까 싶다. 분명 이파리들이 죽어가는 과정이지만 그 죽음은 결코 지쳐서 죽는 죽음이 아닌 것 같았다. 되돌아와 다시 살기 위해 가진 모든 것을 불사르는 죽음이다. 나무의 뿌리는 겨울 동안 생존하기 위해 가을이 되면 더 이상 가지로 양분을 올려 보내지 않는다. 가지는 나머지 양분을 모두 뿌리로 내려 보내 겨울 양식에 보탠다. 이파리들은 자신이 죽어야 나무가 살고, 나무가 살아야 또 새로운 이파리가 나온다는 것을 아는 것인지 하루라도 빨리 몸에 남은 양분을 모두 태워 버리고 탯줄을 끊듯 가지와의 인연을 끊고 훨훨 공중으로 날아간다. 그리고 땅으로 떨어져 썩어 뿌리에게 양분이 되어 돌아간다.

립 밴 윙클이 이십년 동안 낮잠 자는 것도 보고, 미국 독립 전쟁도 보고, 토마스 콜이 그림을 그리는 것도 봤을 이 숲은 이렇게 죽음과 생존과 삶을 반복해 오고 있다. 차를 타고 다리를 건너며 택시 기사와 이런 저런 이야기를 했다. 캘리포니아에서 허드슨으로 이사 온 지 이십년 되었다고 한다. 캘리포니아도 절경이 많기로 유명하지만 이런 색깔은 본 기억이 없다고 했다.

## 허드슨 밸리의 화가 토마스 콜

기차역에서 십분 정도 가니 토마스 콜 사적지가 나왔다. 택시 기사가 차에서 내리는 나에게 명함을 줬다. 구경 다하고 역으로 돌아갈 때 다시 자기네 회사로 전화해 달라고 했다.

토마스 콜 사적지는 숲이 울창하고 그 안에 세 개의 건물이 옹기종기 서 있다. 토마스 콜이 살던 집, 그의 작업실이 있던 건물 또 하나는 그가 나중에 새로 지은 작업실이다. 콜의 집은 콜의 아내 마리아 바토우(Maria Bartow)가 그녀의 미혼의 세 자매와 함께 살던 삼촌의 집이다.

토마스 콜이 결혼을 한 후 이 집의 2층에 있는 방에서 신혼살림을 차렸는데 삼촌과 세 자매들도 그대로 함께 살았다고 한다. 3층짜리 집으로 그리 작은 집은 아니었지만, 아이들까지 태어나면서 부엌만 빼고 거실 등에서도 사람이 매일 잘 정도로 집이 북적거렸다. 두 개의 작업실은 올드 스튜디오와 뉴 스튜디오로 구별해 부른다. 올드 스튜디오는 반은 개조해 기념품 가게로 사용한다. 입장권도 이곳에서 구입한다. 나머지 반은 스튜디오를 그대로 재현해 그의 도구들이 그대로 보존되어 있다. 올드 스튜디오는 2004년에 대대적인 보수 공사를 해서 예전 모습을 되찾았다. 콜은 1836년에 결혼을 하고 약 삼년 정도 집에서 그림을 그렸다. 하지만 아이들이 태어나고 점점 집이 비좁아지자 1839년 올드 스튜디오를 지었다.

직원이 입장권으로 스티커를 줘서 우비에 붙였다. 직원에게 그림들을 보다 마음에 드는 것이 있으면 사진을 찍어도 되느냐고 물었다. 그리고 내 안의 변호사가 튀어나와 이렇게 물었다. “모두 19세기 작품들이니 저작권은 이미 만료되었겠죠?” 직원은 저작권 이야기는 잘 알아듣지 못하는 것 같았지만, 사진은 마음대로 찍으라고 했다. 단 플래시만 사용하지 말라고 했다. 콜의 사망 연도가 1848년이니 저작권도 아무리 길게 잡아도 걱정할 필요는 없을 것 같았다. 올드 스튜디오를 나와 그의 집으로 갔다.

1층에는 현대 미술 전시회가 열리고 있었다. 3층은 일반에 공개되지 않고, 2층에는 토마스 콜의 그림들이 전시되어 있었다. 허드슨강의 아름다운 풍경들도 인상적이었지만 나의 눈길을 사로잡은 것은 콜이 습작으로 만든 색상 차트였다. 동그란 파이 모양으로 여러 색상들을

—

올드 스튜디오에 재현한 토마스 콜의 작업실

대비시켜 놓았다. 그는 여러 색들의 조화에 대해 큰 관심을 가져 이런 모양의 색상 차트를 그의 노트북에도 여러 개 그렸다. 벽에 걸려 전시 중인 색상 차트는 그가 그림을 그리며 늘 참고하던 것이라고 한다. 그는 단지 필요에 의해 습작으로 한 것인데 그 습작을 한 사람이 토마스 콜쯤 되면 습작도 표구를 해서 수집가에게 큰돈에 팔린다. 이 색상 차트 습작도 수집가가 사들여 토마스 콜 사적지에 영구 대여한 작품이다. 그런데 나도 그 습작에 매료되어 앞에 한참 서서 바라봤다. 토마스 콜의 습작은 그 자체로도 예술 작품이었다. 콜의 시대와 완전히 동떨어진 현대 미술 같은 분위기이다.

콜은 허드슨강과 캣스킬산의 풍경을 주로 그렸지만 그리스 로마 신화에서 영감을 얻은 그림들도 많이 그렸다. 〈타이탄의 술잔(Titan's Goblet)〉은 매우 유명한 작품인데 현재 뉴욕 메트로폴리탄 박물관에 있다. 나는 콜의 그리스 신화를 소재로 한 작품들 중에서 〈묶인 프로메테우스(Prometheus Bound)〉를 좋아한다. 내가 어려서부터 흥미롭게 읽었던 이야기라 그런 것이 아닐까 한다. 타이탄이 인간을 위해 자신을 희생하며 불씨를 전해 주었다는 이야기가 어린 나에게 감동으로 다가왔었다. 〈묶인 프로메테우스〉도 콜의 집에 전시되어 있다. 절벽에 프로메테우스가 묶여 있고 독수리가 오늘도 그의 간을 쪼아 먹으려 날아들고 있다.

콜의 집에는 늘 문화계 인사들과 후원자들이 찾아와 문전성시를 이뤘다. 그 당시에는 전화가 없었기 때문에 미리 연락을 하고 찾아올 수가 없었다. 무작정 찾아와서 집사가 문을 열면 명함 비슷한 콜링 카드라는 것을 내밀었다. 그럼 집사는 집주인에게 그 명함을 보여 주고 집

주인이 들여보내라고 하면 문을 열고 안으로 맞았다. 콜의 집에서는 그 콜링 카드들을 모두 모아 잘 정리를 해 두었는데 그중에 『라스트 모히칸』의 작가 제임스 페니모어 쿠퍼의 콜링 카드도 있다. 토마스 콜이 제임스 페니모어 쿠퍼의 소설 『라스트 모히칸』의 한 장면을 그림으로 그린 작품이 있어서 혹 콜과 쿠퍼가 절친한 사이였는지 직원에게 물었다. 쿠퍼의 콜링 카드가 있긴 한데 둘이 얼마나 잘 아는 사이인지는 알려진 바가 없다고 한다. 『라스트 모히칸』의 한 장면을 그린 작품도 실은 로버트 길모(Robert Gilmor)라는 후원자가 의뢰해 그린 그림이다.

콜의 집 밖에 나와 서면 멀리 캣스킬산이 보인다. 구름이 잔뜩 끼고 하루 종일 가랑비가 내려 산이 뿌옇게 있는 둥 마는 둥 형체만 겨우 보였다. 그래도 콜의 집 앞에 서서 캣스킬산을 바라보자니 '그는 여기 앉아 매일 저 산을 바라보며 산이 부르는 소리를 듣고 달려가 그림을 그렸겠지'라는 생각이 들었다. 나도 그림을 그릴 자신은 없지만 집 앞에 흔들의자 하나 놓고 커피라도 마시며 캣스킬산을 바라보고 싶었다.

콜의 집에서 나오자마자 맞은편에 뉴 스튜디오가 있다. 콜이 1849년에 지은 스튜디오이다. 그가 생전에 뉴 스튜디오를 짓고 그렇게 자랑스러워하며 친구들을 불러 구경시켜 줬다고 하는데 오리지널 건물은 1973년 철거되었다. 관리 보존 없이 방치된 상태로 너무 낡았기 때문이다. 지금은 콜의 설계도면 그대로 새로 지은 뉴 스튜디오가 2016년 개관해서 콜의 그림들을 전시한다.

콜은 자식이 다섯이나 있었다. 그는 유럽과 미국에서 꽤 명성을 얻었지만 살림은 그리 넉넉한 편이 아니었고, 앞으로 살아갈 일들에 대해 걱정을 했다. 콜은 그림 그리는 틈틈이 제자를 키워 거기서 나오는 돈을 살림에 보태 쓰기로 하고 재능 있는 학생 몇을 받는다. 그중 하나가 훗날 허드슨 리버 스쿨의 중심적 인물이 되는 프레드릭 에드윈 처치(Frederick Edwin Church)이다. 스승인 콜과 달리 처치는 상당한 부를 축적해 콜의 집에서 얼마 떨어지지 않은 언덕 꼭대기에 저택을 짓고 살았다. 지금도 그 저택은 박물관으로 남아 있다. 처치의 그림 한 점이 콜의 뉴 스튜디오에 걸려 있다. 그곳에 있는 직원에게 처치의 그림은 누구 소유냐고 물었다. 예상했던 대로 프레드릭 에드윈 처치의 박물관에서 대여한 것이라고 한다.

## 캣스킬의 중고 서점과 카페

토마스 콜 사적지를 둘러보고 이번에는 캣스킬 시내를 보기로 했다. 입장권 살 때 직원에게 다운타운으로 가려면 어떻게 가야 하느냐고 물었더니 쭉 걸어가다 오래된 참나무가 서 있는 공동묘지를 끼고 우회전해서 언덕길을 한없이 내려가면 시내가 나온다고 했다. 그리고 점심을 먹을 거면 꼭 하이로(HiLo)라는 카페에서 먹으라고 했다. 배가 고파 빨리 하이로 카페에 가서 점심을 먹으려 발걸음을 재촉하는데 멀리 커다란 참나무가 보였다.

늦가을 참나무는 참으로 아름답다. 매해 날씨에 따라 어느 해는 유난히 빨갛게 물이 들기도 하고 어느 해는 노란색에 더 가깝기도 하다. 그리고 막 물이 들기 시작할 때는 이파리 끝은 빨간색이고 나머지 부분은 아직 파란색이다. 멀리서 보면 파란색과 빨간색이 섞여 더욱 아름답다. 나무가 있는 곳으로 가니 그 참나무는 토마스 콜 사적지 직원의 말처럼 오래된 공동묘지 한 가운데 떡 버티고 서 있었다. 그 묘지를 끼고 돌아 지옥으로 내려가는 길처럼 가파른 언덕을 한없이 걸어 내려갔다.

캣스킬 다운타운은 메인 스트리트(Main Street)라는 길에 펼쳐져 있다. 하이로 카페를 찾으러 두리번거리는데 카페는 없고 'Magpie Bookshop(까치 서점)'이라는 책방이 나왔다. 참새가 방앗간을 지나칠 수 없어 들어가 보니 중고 서점이었다. 요즘 세상에 보기 드물게 규모도 꽤 큰 독립 서점을 발견하다니 이게 웬 횡재인가 싶어 배고픔도 잊고 1층과 2층을 천천히 둘러보았다. 일하는 사람에게 왜 이름을 까치 서점이라고 붙였냐고 물었더니 자기는 주인이 아니라 잘 모르겠다고 한다. 나는 속으로 '책 보러 왔으면 책이나 보고 나가지 책방 이름이 왜 까치 서점인지까지 알아 뭘 하려고?'라고 나 자신에게 물었다. 살림집까지 붙어 있는지 2층 한구석에 부엌도 있었다. 한쪽에 따로 빈티지 코너가 있어 유명한 책들의 오래된 에디션들을 모아 진열해 놓았다.

한참 둘러보다 내가 좋아하는 캐나다의 작가 앨리스 먼로의 단편집 한 권과 마크 트웨인의 『톰 소여의 모험(The Adventures of Tom Sawyer)』을 샀다. 『톰 소여의 모험』은 빈티지 코너에 있던 책으로 1946년 판인데 그 안에 색색의 일러스트레이션까지 들어 있다. 계산을 하면서 직원에게 하이로 카페는 어디에 있느냐고 물었더니 "아, 우리 동네 사랑방인데"라며 문으로 가서 손가락으로 가리키며 "길 건너서 저리로 가라"고 알려 줬다.

손가락으로 가리켰던 대로 길을 건너 저리로 가다 보니 옛날식 극장이 나왔다. 영화를 딱 한 편만 상영하는 단관 상영관이었다. 그리고 그

까치 서점 내부. 책 사이에 부엉도 있다

옆은 앤틱샵이었다. 미국의 앤틱샵은 우리나라처럼 값비싼 골동품이 있는 곳도 있지만 동네 앤틱샵은 그야말로 잡화상이다. 나도 이웃들 따라 우리 동네 앤틱샵에 구경 갔다 순도 92.5퍼센트의 스털링 실버로 만든 꽤 묵직한 풍뎅이 모양의 목걸이를 단돈 15달러에 구입해 조카 생일선물로 준 적도 있다. 하지만 대부분 잘 뒤져야 좋은 물건을 찾을 수 있어서, 나처럼 앤틱에 취미도 없고, 참을성도 없는 사람은 이용하기 힘들다. 참고로 앤틱 물건을 사오면 그 물건을 최소한 일주일 화장실 한구석에 방치해 뒀다 사용해야 앤틱에 따라온 귀신들을 제거할 수 있다는 믿거나말거나 한 이야기가 있다. 캣스킬의 앤틱샵에는 1950년대 어린이들이 갖고 놀았을 법한 장난감, 옛날 그림엽서 등을 진열해 놓고 팔고 있었다. '동네 전체가 앤틱인데 뭐 따로 앤틱샵을 차리고 있나?'라고 생각하며 지나가니 드디어 하이로 카페가 나왔다.

반가운 마음에 문을 열고 들어가 음식을 주문하려고 섰다. 점심시간이 끝나 음식 주문은 받을 수 없고 커피와 디저트만 된다는 청천벽력과 같은 말이 카운터 너머에서 들려왔다. 눈앞이 노래지고 땅이 꺼지는 듯한 절망감을 안고 "그럼 어디 가면 밥을 좀 먹을 수 있을까요? 배가 고파요"라고 했더니 몇 군데 식당을 알려 줬다. 그중 하나가 중국 음식점이었다. 낯선 곳에서 어느 집 커피가 맛있는지 모를 때는 스타벅스를 찾으면 되고, 어느 음식점이 맛있는지 모를 때는 중국 음식점으로 들어가면 된다.

그 중국 음식점은 테이크 아웃 전문 식당인데 나는 가지고 나가 따로 앉아 먹을 곳도 없고 해서 그 식당 안에 유일한 테이블에 앉아 우리나라 군만두 비슷한 팟 스티커(Pot Sticker)를 한 접시 시켜 먹었다. 미국의 중국 음식점의 모든 음식은 사람들이 어딘가 한군데에 모여 만든 것을 미 전역에서 받아 쓰는 것이 아닌가 싶을 정도로 맛이 천편일률적이다. 물론 아주 비싼 고급 집은 예외이긴 하다. 그러니 어디를 가나 실패할 염려도 없고 어디를 가도 특별히 맛있는 집도 없다.

점심을 다 먹고 아무래도 하이로에 가서 커피라도 마셔야겠다는 생각에 그리로 가서 커피를 주문해 자리에 앉았다. 음식은 어떤지 맛을 보지 못해 모르겠고, 커피는 별로 맛이 없었다. 커피도 여러 맛이 느껴지는 재미난 커피가 있고 그냥 들입다 볶기만 해서 '커피!!!' 하는 맛만 나는 쓴 커피가 있는데 후자에 속하는 커피였다. 커피를 한 모금이나 마셨을까 했을 때 종업원이 오더니 곧 그날 영업을 종료하고 문을 닫는다고 했다. 나가라는 말이었다. 정말 나랑 인연이 없는 곳이구나 생각하고 밖으로 나와 역으로 가려고 우버를 불렀다. 오분쯤 지나 전화기에서 소리가 나 봤더니 근처에 차가 한 대도 없어 차를 불러 줄 수가 없다는 답이 왔다. 어쩌나 싶었는데 택시에서 내릴 때 받은 명함 생각이 나서 그리로 전화를 했다. 십오분 정도 기다리라고 했다. 비는 계속 오고 을씨년스러운 날씨에 앉아 있던 카페에서 쫓겨 나와 길에 서서 택시를 기다렸다. 이십분쯤 서서 기다리니 차가 왔다. 여든 살은 족히 된 듯한 산타클로스 할아버지처럼 생긴 분이 차를 몰고 왔다. 뒷자리에 타자마자 "다른 곳에 들러 한 사람 더 태우고 가야 하니 앞으로 옮겨 앉으면 안 되겠느냐"고 했다. 마음 같아서는 관두라고 하고 내리고 싶었지만, 그러고 나면 역까지 갈 방법이 달리 없었다. 아무 말도 못 하고, 속으로 '칠팔십년대 서울도 아니고 웬 합승?' 하고 궁시렁거리며 약간 기분 나쁜 투로 택시 문을 쾅쾅 닫고 앞으로 옮겨 앉았다. 그런데 다른 사람을 태우러 기차역과 정반대 방향으로 오분 정도 가면서 이야기를 해보니 너무나 좋은 할아버지였다.

허드슨과 캣스킬에 택시가 자기네 회사 택시 넉 대 밖에 없는데 한 대는 허드슨 역에 붙박이로 있고, 나머지 셋이 시내를 돈다. 그런데 누가 그날 오후 그중 한 대를 대절해 뉴욕시로 갔다. 택시 회사 사장님과 산타클로스 할아버지 둘이서 운전하고 전화까지 받으며 이 사람 저 사람 마구 합승을 해서 실어 나르는 중이라고 했다. 다른 사람 실어다 내려 주고 우리 둘만 역으로 갔다. 무슨 이야기를 좀 하려고 들면 택시 부르는 전화가 와서 이야기하기가 힘들었다. 그래도 유쾌하게 웃으며 사이사이 여러 이야기를 해주던 산타 할아버지가 고마웠다. 어린 시절에 보고 까맣게 잊고 있던 립 밴 윙클 만화 영화도 산타 할아버지가 립 밴 윙클 다리를 지나며 이야기해 줘서 기억이 났다.

## 간이역의 추억

허드슨 역은 1874년에 지은 건물로 뉴욕주에서 아직도 사용하는 역사 중 가장 오래된 것이라고 한다. 주차장에는 자동차 예닐곱 대 정도 세울 수 있다. 뉴욕시 가며 수도 없이 지나 다녔는데 처음으로 역에 들어가 앉았다. 작은 역이 꼭 서울에서 어릴 때 살던 동네에 있던 서빙고역 같았다. 서빙고역 원 건물은 서울에 가장 마지막까지 남아 있다 칠팔년 전 철거된 간이 역사이다.

1974년 서울 지하철 1호선이 준공되고 얼마 있다가 이 역을 지나가는 전철이 생겼다. 열차를 전동차로 개조해 오고 싶으면 오고, 말고 싶으면 마는 식으로 한 시간에 한두 번 지나가던 노선이었다. 지금도 심심하면 한번씩 오는 경의중앙선의 시초였다. 그때는 용산역에서 청량리역 정도까지밖에 가지 않았는데 이용객이 드물어 친구들과 열차 안에서 손잡이에 매달려 턱걸이도 하고, 거꾸로 매달려 장난치다 역무원들에게 혼나기도 했다. 그 전철 덕에 서빙고역을 자주 들락거렸다.

허드슨 역은 규모며, 침침한 내부에 긴 나무의자며 예전의 서빙고역과 참 많이 닮았다. 그런데 옛날 역들은 간이역이고 침침할망정 단아한 맛이 있다. 나무 의자에 기대어 앉아 있다가 백팩에 마지막 남은 삶은 달걀을 꺼내 먹었다. 등을 벽에 대고 기대 앉아 있는 사이 달걀이 도넛처럼 납작해졌지만 맛은 있었다. 별로 크지도 않은 역사에 단 두 명 앉아 있는데 역 직원이 마이크 볼륨을 있는 대로 올리고 기차가 늦게 도착한다고 고래고래 소리를 질러 골이 울리고 먹은 달걀이 체할 것 같았다. 좀 추워도 참자 생각하고 밖으로 나가 서 있었다. 기찻길 너머 캣스킬산에 땅거미가 내리기 시작하고 있었다. 다섯시 이십분에 도착하기로 되어 있던 기차는 다섯시 사십분쯤 도착했다. 알바니까지는 십오분 정도 걸려 여섯시 거의 되어 도착했다.

그 십오분 동안 나는 평생 기억에 남을 구경을 했다. 하루 종일 오던 비가 그쳤지만 공기는 아직도 축축했다. 허드슨강에는 모락모락 안개가 피는데, 해가 달걀프라이의 노른자처럼 흰 구름 사이로 빼꼼 나와 캣스킬산 뒤로 지고 있었다. 내가 탔던 열차는 시라큐스로 가지 않고 계속 북진해 버몬트주로 가는 열차라 알바니에서 기차를 갈아타려 내렸다. 일곱시 기차라 시간이 많았다. 알바니 역에 앉아 이번에는 마지막 남은 사과를 먹었다.

—

허드슨강의 일몰

갈아탄 열차는 나를 시라큐스에 내려 주고 밤새 달려 시카고까지 가는 열차라 반은 침대칸이고 반은 일반 열차였다. 기차에 탔을 때는 이미 밖은 캄캄한 밤이었다. 예정 시간보다 늦게 일곱시 삼십분쯤 기차가 떠났다. 마지막 남은 커피를 보온병에서 따라 마셨다. 커피를 다 마시고 피곤이 몰려와 눈을 잠시 붙인다고 뒤로 기댔는데 승무원이 나를 깨웠다. "오분 후 시라큐스 도착입니다." 그대로 곯아떨어져 잤던 모양이다. 졸린 눈을 비비고 짐을 챙겨 내렸다. 주차장에 세워둔 차로 가서 운전을 하고 집으로 갔다. 집에 도착하니 밤 열시 삼십분쯤 되었다. 나에게는 한밤중인 시간이다. 얼른 씻고 잤다.

허드슨과 캣스킬에는 민박집이 많다. 다음에는 차를 가지고 가서 민박집에 묵으며 토마스 콜이 그림을 그리러 다녔던 캣스킬 산길 코스를 차로 쭉 돌아봐야겠다. 이렇게 낯선 동네에 혼자 찾아가 물어물어 걸어 다니고 카페 문을 닫아 길에 이십분 동안 서서 택시를 기다리는 것도 재미있는 추억이다. 하지만 여러 사람 모아서 민박집 한 채를 다 빌려 함께 가는 여행도 좋겠다는 생각을 했다. 나는 늘 무엇을 다른 사람과 함께해야겠다는 생각이 부족한 듯싶다. 여행을 같이 하면 추억거리도 더 생길 수 있고, 비행기나 기차 기다리다 화장실 잠시 갈 때 모든 짐을 다 들고 화장실 가지 않아도 되니 편리하고 좋을 텐데 말이다. 아마도 나 혼자 늘 일찍 일어나 늦잠 자는 사람들 기다리는 것이 지루해 그런 것이 아닐까 했다. 좌우간 큰맘 먹고 다음에는 다른 사람들과 함께 허드슨과 캣스킬을 돌아보리라 다짐했다.

# 쇠락한 도시 오스위고

시라큐스에서 운전을 하고 약 오십분 정도, 내가 운전을 할 경우 약 사십오분 정도 가면 오스위고(Oswego)라는 작은 도시가 나온다. 오대호 중 하나인 온타리오호 남동쪽에 자리한 도시이다. 온타리오호는 뉴욕주와 캐나다의 온타리오주에 걸쳐 있는 큰 호수이다. 온타리오호로 흘러들어 가는 강들이 몇 개 있는데, 그중 가장 큰 강은 이리호에서 흘러나오기 시작해 온타리오호로 들어가는 나이아가라강이다. 이리호와 온타리오를 연결해 주는 강이다. 이 강 위에 있는 세 개의 폭포를 뭉뚱그려 나이아가라 폭포라고 부른다. 온타리오호로 흘러들어 가는 강 중 두 번째로 큰 강은 오스위고강이다. 오스위고를 동과 서로 가르며 시내 한복판을 지나 온타리오호에 이른다. 시라큐스에서 I-481번 고속도로를 타고 북진을 하다 보면 왼쪽에 오스위고강이 나온다. 강을 따라 시내를 통과해 쭉 들어가면 시가 끝나는 곳에 온타리오호가 있다. 흔히 호수는 물이 가만히 고여 있는 곳이라고 생각하지만, 물이 가만 고여 있기만 하면 그 물은 썩는다. 호수와 강의 정의가 좀 애매한데 좁고 길게 뻗어 물이 흘러가면 강이고, 그 강이 갑자기 넓어져 물이 흐르는 것이 보이지 않고 고인 것처럼 보인다면 그건 호수라고 한다. 그러니까 이리호는 나이아가라강으로 흘러가 온타리오호와 연결되는 것이고, 온타리오호는 나이아가라강, 오스위고강들의 물을 받아 또다시 사우전드 아일랜드가 있는 세인트로렌스강으로 들어간다. 세인트로렌스강은 계속 흘러 대서양으로 들어간다. 이리호, 온타리오호, 세인트로렌스강 그리고 대서양이 실은 모두 연결되어 있다.

오스위고는 한때 영어로 붐 타운(Boom Town), 우리말로 떠오르는 신흥 도시였다. 1829년 오스위고강에 운하를 만들어 이리 운하와 연결한 오스위고 운하가 완성되면서 캐나다에서 뉴욕시를 통과 대서양으로 나갈 수 있었다. 1848년 빌리지가 시로 승격되고 오스위고는 번화한 항구 도시의 위상을 갖추었다. 기차가 도입된 후로 오스위고로 들어오는 배들의 연료인 석탄을 실어 나르기 위해 기차역이 두 개나

들어서고 1930년대부터는 여객을 수송하는 기차 노선도 생겨났다. 1940년대부터 1950년대까지 오스위고는 여객 철도의 허브가 되었다.

오스위고가 쇠락의 길을 걷기 시작한 것은 여러 이유가 있다. 처음에는 기차가 이리 운하의 강력한 라이벌로 등장하면서 약간 기세가 꺾였다. 하지만 기차의 허브이기도 했던 터라 기차로 벌어들이는 돈이 만만치 않았던 오스위고는 계속 풍요로울 수 있었다. 그러나 기차가 자동차에게 주도권을 내주면서 본격적으로 쇠락하기 시작했다. 여행객들이 기차보다는 자동차를 선호해 기차역들도 하나씩 문을 닫기 시작했다. 지금 오스위고에 단 하나 남은 기차역 건물은 개조하여 식료품점으로 사용하고 있다. 외벽에 과거 화려했던 오스위고 기차역 부근의 모습을 벽화로 남겨 놓았을 뿐이다.

## 여름날 호수에서

오스위고는 시라큐스에서 접근이 매우 쉽다. I-481 고속도로를 타고 북으로 쭉 올라가다 보면 고속도로가 끝나는데, 끝난 뒤에도 같은 길을 타고 똑바로 가기만 하면 된다. 오스위고에 접근하면 멀리 서서 가장 먼저 방문객을 섬뜩하게 바라보는 것이 원자력 발전소의 커다란 굴뚝이다. 1970년대부터 망해 가던 시를 먹여 살리고 있는 곳이다. 2005년 한때 발전소를 폐기하겠다는 발표가 나와 시와 시민들이 긴장했다. 주지사까지 나서 만류를 한 덕에 아직 남아 있다.

오스위고시의 남쪽 끝에서 북쪽 끝까지 가는 데는 차로 십분도 걸리지 않는다. 섬뜩한 굴뚝을 바라보며 차를 몰고 시를 관통해 들어가면,

시의 북쪽 끝에 오스위고강이 갑자기 펑퍼짐하게 넓어지며 온타리오 호가 된다. 호수의 남서쪽 자락에 원자력 발전소가 있고 그 맞은편인 남동쪽에 요트 정박장이 있다. 요트 정박장을 영어로 마리나(Marina)라고 한다.

내가 법대에 다니던 시절에 살던 집 주인아저씨의 친구 존은 오스위고에서 나고 자란 토박이인데 그도 이곳 마리나에 세워 놓은 작은 요트가 있었다. 여름이 되면 주인아저씨는 나를 데리고 이곳에 와 존과 함께 존의 요트를 타고 온타리오호로 나가곤 했다. 무더운 여름날 호수에 나가 요트에 앉아 싱그러운 바람을 맞으면 더위가 가신다. 하지만 어떤 날은 갑자기 날씨가 사나워져 서둘러 돌아와야 할 때도 있다. 한번은 멀리 수평선에 물이 공중으로 빨려 올라가 회오리바람의 깔때기 모양으로 여러 개 둥둥 떠서 우리 쪽으로 오고 있었다. 대부분의 요트가 동력이 없이 바람의 힘과 방향으로 가는 것이라 과연 저 수평선에 걸린 폭풍을 우리가 피할 수 있을까 하는 생각이 들었지만 존은 노련한 세일러인지라 전혀 동요 없이 우리를 안전하게 호숫가로 데려왔다.

존과 요트를 타는 날은 점심에 존의 부인과 만났다. 어떤 날은 존의 부인이 우리를 위해 점심을 싸 오기도 하고 오스위고강 하구와 호수가 만나는 지점에 물을 끼고 서 있는 레스토랑 중 하나에서 만나 점심을 함께했다. 이 음식점들은 뭍에 있는 주차장에 차를 대고 문으로 걸어 들어갈 수도 있고, 배를 테라스 앞 선착장에 묶고 테라스로 들어갈 수도 있어, 요트를 타고 놀던 남자 셋은 선착장에 배를 묶고 테라스로 들어가고 존의 부인은 차를 몰고 와 주차장에 세우고 뭍으로 걸어 들어와 음식점 안에서 만나곤 했다.

## 작은 독립 서점 리버스 엔드의 약진

요트에서 놀다 집에 오기 전에 주인아저씨와 내가 자주 들르던 곳이 있다. 리버스 엔드(River's End)라는 작은 독립 서점이다. 이제는 주인아저씨가 돌아가셔서 나 혼자 종종 들른다. 리버스 엔드는 강의 하구, 강의 끝이란 뜻이다. 오스위고강과 온타리오호가 맞닿는 지점인 1번가에 책방이 있어 그렇게 이름을 붙였다. 인터넷 사이트가 아닌 오프라인 매장을 브릭 앤드 모터 스토어(Brick and Mortar Store)라고 하고, 서점은 브릭 앤드 모터 북스토어라고 한다. 브릭은 벽돌이고 모터는 벽돌을 붙이는 회반죽을 의미한다. 센트럴 뉴욕 지역의 브릭 앤드 모터 북스토어 중 중고 서점으로는 독립 서점이 몇 개 있지만 신간 서적 책방으로는 이타카에 하나 있는 서점과 리버스 엔드가 전부이다.

큰 체인의 브릭 앤드 모터 서점들도 도산하는 요즘 세상에 독립 서점이, 그것도 1998년부터 이십일년간 당당히 버텨 인근의 명물로 자리를 잡았다. 참으로 대단한 서점이다. 서점으로 일단 들어가면 더욱 놀라운 것이 내부가 아주 작고 아담하다는 것이다. 과연 이런 크기의 서점이 수지 타산이나 맞을까 싶다. 하지만 책들은 여느 대형 서점 못지않게 다양하다. 호수를 끼고 있는 지역이니만큼, 요트, 낚시 관련 섹션이 따로 있다. 그리고 인근 지역에 사는 작가들의 책만 따로 모아 전시하는 섹션도 있다. 큰 체인의 서점처럼 인터넷 주문도 받는다. 나도 웬만한 책은 지역 사회의 소상공인을 돕는다는 의미에서 우선 리버스 엔드 사이트에 들어가 찾아보고 있으면 거기서 주문한다.

나는 이 서점 주인인 빌 라일리를 몇 번 만난 적이 있다. 그에게 어떻

—

리버스 엔드 서점

게 작은 도시 오스위고에서 독립 서점을 몇십 년 성공적으로 운영할 수 있었느냐고 물은 적이 있다. 그의 대답은 오히려 작은 도시이기에 인근에 큰 체인의 대형 서점이 없어 가능했다고 한다. 아무리 책을 인터넷에서 주문하고 전자책을 내려 받아 읽는 세상이지만, 사람들은 책방에 들어가 서성대며 이 책 저 책 꺼내 읽다 생각지도 못한 책을 발견하고, 그 책을 읽고, 전에 모르던 작가의 팬이 되는 짜릿한 기쁨을 갈구하기 마련이라는 것이다.

전자책이 처음 시판되기 시작할 무렵 나도 전자책 단말기를 샀다. 그리고 앞으로 다시는 종이책을 사서 더 이상 공간이 없는 책꽂이에 욱여 넣지 않을 것이라 다짐했다. 그러나 일년이 채 되지 않아 다시 종이책을 사기 시작했다. 디지털의 편리함이 주지 못하는 손의 감촉, 펼친 책의 오른쪽 두께가 점점 줄어드는 그 감촉을 잊을 수 없었기 때문이다. 그리고 전자책 단말기의 수명이 다한 뒤로 새것을 구입하지 않았다. 책 주문은 요즘도 인터넷에서 하기도 한다. 하지만 서점에 들러 책을 만지는 그 손맛을 잊지 못해 한가한 일요일이면 종종 브릭 앤드 모터 서점을 찾는다. 주말에 요가 하러 오스위고에 가면 리버스 엔드 서점에 들르기도 한다. 서점만이 주는 평온함 또한 디지털 시대가 대신할 수 없는 것이다. 오스위고 지역 사람들은 은은한 커피 향 같은 아날로그의 평안함을 리버스 엔드에서 얻는다. 앞으로 다가올 인공지능 시대에 변호사도, 의사도, 회계사도 인공지능이 대신할 것이라고 하지만, 아날로그의 포근함, 인문학, 문학, 예술은 끝까지 살아남을 것이라 믿는다. 마치 CD 판매는 날로 줄어들지만 LP는 다시 부활하듯 종이책도 전자책에 결코 밀리지 않고 끝까지 살아남으리라 믿는다.

리바스 엔드는 다방면의 기획으로 서점의 이윤을 최대화 하도록 노력한다. 서점을 시작하기 전 미국의 유명 시사주간지인《뉴스위크》의 중역으로 있었던 빌은 미국 전역에 상당히 발이 넓다. 그런 자신의 네트워크를 이용해 유명 작가 초빙 간담회를 개최하고 북클럽 운영 등으로 서점의 정기 고객층을 만드는 데 주력한다. 시라큐스에 한 달에 한 번 유명 작가를 초빙해 강연회를 하는 로자먼드-기포드(Rosamond-Gifford) 강연회 시리즈가 있는데 여기 초빙된 작가들의 책을 단체 할인 공급하여 거기서도 많은 수익을 올린다. 오스위고에 있는 대학인 뉴욕 주립대학교의 교과서를 공급하는 것도 그들의 주 수입원 중 하나이다.

디지털 시대에 브릭 앤드 모터 독립 서점을 운영한다는 것은 쉬운 일이 아니다. 하지만 존은 틈새시장을 잘 찾기만 하면 오히려 대형 체인서점보다 몸집이 작은 독립 서점이 생존에는 더 유리하다고 한다. 그 대신 주인이 부지런히 발로 뛰어야 한다. 때로 힘든 시점에 도달하기도 하지만 책을 사이에 두고 지역 사회가 소통하는 사랑방이라는 자부심으로 어려움을 이겨나간다. 앞으로도 오래도록 우리 곁에 있기를 바란다.

## 인권과 평등을 위해 싸웠던 도시

오스위고는 쇠락해 가는 도시이지만 과거의 영광을 보여 주는 아름다운 건물들이 가득하다. 그중 대표적인 건물이 킹스포드 하우스라고 불리는 집이다. 오스위고강 서쪽 3번가에 있는 이 집은 1870년에 이탈리안 스타일로 지은 집인데 20세기 초반 킹스포드라는 사람이 집을 사서 크게 늘리면서 튜더 양식으로 개조했다. 3층에 집사가 살던 생활 공간이 있고, 큰 볼룸이 있어 볼룸에서 댄스파티를 열기도 했다고 전해진다. 본 건물만 3층이고 거기에 하인들이 기거했던 별채까지 딸려 있다.

나는 몇 년 전까지 킹스포드 하우스를 무시로 드나들었다. 내가 요가를 하던 곳이기 때문이다. 나의 요가 선생님 샌디는 그 집주인이었다. 남편인 제임스는 변호사로서 집 1층에 변호사 사무실을 내고 그곳에서 일을 했다. 2층은 주거 공간이고 3층에 댄스파티를 하던 볼룸에서 요가 수업을 했다. 집이 겉만 멋있는 것이 아니었다. 집에 별 관심이 없는 내가 보기에도 집 안의 문고리 하나, 계단을 만든 목재 하나, 고급스럽기가 이루 말할 수 없었다. 샌디와 제임스는 이혼을 했다. 이혼 후에 제임스는 이사를 나가고 샌디는 그 집에 혼자 살며 요가 수업을 했는데 어느 날 복덕방이 전화를 해 누가 엄청난 금액을 주고 집을 사고 싶다고 하자 그냥 덥석 팔아 버렸다. 그 덕분에 우리 요가 클래스는 동네 여기저기 세를 들어 옮겨 다니고 있다. 다행히 샌디가 새로운 건물을 사들여 곧 새 스튜디오를 오픈한다니 떠돌이 신세는 면하게 되었지만 우리 모두 샌디의 멋진 킹스포드 하우스를 잊지 못할 것이다.

과거 경제 황금기의 역사는 분명 오스위고의 자랑스러운 기억이다. 그에 못지않게 오스위고가 자랑하는 것이 인권과 평등을 위해 싸웠던 역사이다. 미국의 역사에서 가장 치욕적이고 부끄러운 부분을 들라면 아무래도 노예 제도를 들 수밖에 없다. 남북 전쟁이 일어나고 노예 해방이 되기 직전 미국 남부에는 노예 제도가 성행했지만 동시에 미국

—

킹스포드 하우스

전역에 노예 제도 폐지 움직임도 만만치 않았다. 퀘이커 교도들을 중심으로 일어난 노예 폐지 운동은 언더그라운드 레일로드(Underground Railroad : 지하철도)라는 지하 조직으로 이어졌다. 이 조직은 노예 제도가 성행하던 남부에 잠입해 노예들을 데리고 북으로 탈출, 서로 탈출한 노예를 보호해 주고, 다음 장소로 이동시키고, 또다시 인계 받아 보호하고 이동시키면서 북으로 가, 노예 제도가 없는 캐나다로 보냈다. 콜슨 화이트헤드(Colson Whitehead)의 『언더그라운드 레일로드』라는 판타지 소설을 보면 지하에 진짜 철로가 있어 탈출 노예들을 실은 기관사들이 기차를 몰고 북쪽의 '역'을 향해 간다. 그러나 실제로 철도가 있었던 것은 아니고 비밀 유지를 위해 탈출을 돕는 사람들을 기관사, 숨겨 주는 사람들을 기차역 등으로 불렀다.

북부 주에는 노예 제도가 없고 노예를 소유할 수 없었지만, 북부 주의 주민도 남부의 노예를 탈출시키는 것은 불법이었다. 미국 연방법에 노예 탈출 금지법이 있어 우리의 추노꾼 비슷한 노예 사냥꾼이 북부로 넘어와 숨어 있는 노예를 색출해 다시 노예로 되팔거나 원주인에게 돌려보낼 수 있었다. 이때 도망친 노예를 숨겨 준 사람들도 처벌을 받았고, 그 숨겨 준 사람 자신이 탈출한 노예라면 그도 다시 노예 신세로 전락했다.

'언더그라운드 레일로드'는 각계각층의 백인, 자유 흑인, 노예였다가 탈출에 성공한 흑인 등으로 구성되었는데 그중 가장 대표적인 사람을 꼽으라면 곧 미국 20달러 지폐에 미국 대통령 앤드류 잭슨을 밀어내고 흑인 최초로 얼굴이 새겨질 탈출 노예 출신의 해리엇 터브먼(Harriet Tubman)이라는 사람이다. 그녀는 노예로 태어나 살다 탈출에 성공해 시라큐스에서 자동차로 삼십분 정도 가는 어번(Auburn)이라는 동네에 살며 '모세 작전(Operation Moses)'을 펼쳤다. 모세가 이집트에서 노예 생활을 하던 이스라엘 백성을 구해 홍해를 건너 자유의 세계로 인도했다는 성경의 이야기를 빗대어 만든 작전명이다. 그녀는 자신이 탈출 노예이면서도 겁도 없이 남부 노예주를 무시로 드나들며 노예들을 구출해 북으로 데리고 올라왔다. 그리고 지하 조직원들의 집에 숨으며 어번의 그녀의 집으로 노예들을 인도하고 캐나다로 탈출시켰다.

해리엇 터브먼과 다른 기관사들이 탈출시킨 노예의 대다수가 오스위고로 왔다. 오스위고의 온타리오호에서 배를 타고 바로 호수 건너편으로 가면 자유의 땅 캐나다였기 때문이다. 오스위고 근방에는 이들을 숨겨 주던 '기차역'이 여러 집 있었다. 오스위고와 그 주변 지역에 열한 개의 개인 주택이 언더그라운드 레일로드의 기차역으로서 국가 사적으로 지정되어 있다. 그 열한 개 중 일곱 개가 아직도 내가 샌디의 요가 클래스에 가기 위해 지나다니는 길에 서 있다. 오스위고의 그 어떤 역사보다 자랑스러운 역사이다.

오스위고의 또 하나의 자랑스러운 역사는 포트 온타리오(Fort Ontario)이다. 포트(Fort)는 요새라는 의미로, 포트 온타리오는 원래 온타리오호를 내려다보고 있는 언덕에 자리 잡은 군부대였다. 1940년 군부대가 이사를 나가고 폐쇄되었는데 프랭클린 루스벨트(Franklin D. Roosevelt: 영어의 원 발음은 루스벨트가 아니라 로즈벨트이다) 대통령이 나치의 학정을 피해 유럽을 탈출한 난민들을 이곳에 모아 1944년 8월부터 1946년 2월까지 982명의 유대인 난민을 나치로부터 보호했다. 전쟁이 끝난 뒤 그들에게 이민자 자격을 부여할 것인지에 대한 논란이 많았으나 일부 유럽으로 돌아가기를 희망한 난민을 제외하고 미국에 잔류하기를 희망한 대부분의 난민들이 영구적 이민자 자격을 얻어 미국에 정착했다. 이제 뉴욕주 사적으로 지정된 포트 온타리오에서는 매년 8월 유대인 난민들과 그들의 자손들이 모여 그들을 죽음의 그늘에서 구해준 1944년 8월을 기념한다. 2019년 8월에는 75주년 기념행사가 크게 열렸다. 이 난민 보호소 포트 온타리오의 생존자들은 아직도 오스위고를 성지로 여기고 어떤 이는 세상에서 가장 아름다운 곳으로 기억한다. 한 생존자는 텔레비전 인터뷰에서 "오스위고는 우리가 보잘 것 없고, 아무 것도 가진 것이 없을 때 우리를 받아 주었다"고 회고했다.

## 공영 라디오 방송국을 가다

오스위고의 또 다른 자랑거리는 WRVO-FM이라는 공영 라디오 방송국이다. 미국에는 대학교들이 공영 라디오 방송국을 운영하는 곳이 많다. WRVO-FM은 뉴욕 주립대학교 오스위고 캠퍼스(SUNY Oswego)가 운영하는 공영 라디오이다. 대학들이 운영하는 공영 라디오들은 광고 방송이 없이 애청자들과 지역 사회 중소상공인들의 기부금으로 운영한다. WRVO-FM도 재정의 60퍼센트 정도를 애청자들의 기부금으로 충당한다. 이들은 자신들이 직접 프로그램을 제작하기도 하지만, 대부분 전국 공영 라디오라는 의미의 'National Public Radio' 줄여서 NPR이 제작하고 배급하는 뉴스, 시사, 과학 등의 프로그램들을 애청자가 기부한 돈으로 사와 방송을 한다. NPR은 미국 내 공신력 1위의 뉴스기관이다. 정파나 이데올로기에 치우치지 않고 공정한 보도에 모든 것을 거는 기관이라 나는 그들의 뉴스를 가장 신뢰한다. 그리고 매년 WRVO에 작은 액수의 기부금을 낸다. 요즘처럼 케이블 뉴스가 홍수를 이루는 시대에 공정한 보도의 원칙은 듣는 사람이 지켜야 하기 때문이다. 서울에 와 있을 때도 늘 인터넷의 WRVO 스트리밍을 틀어 놓고 NPR 뉴스 프로그램을 애청한다.

이 글을 쓰기 얼마 전 WRVO의 제너럴 매니저(General Manager) 빌 드레이크(Bill Drake)에게 이메일을 보내 나도 후원자 중 한 명인데 내가 이러이러한 글을 쓰고 있으니 스튜디오를 한번 방문했으면 좋겠다고 했는데 한동안 답신이 없었다. 하필 그때가 가을 모금행사 기간 중이라 정신이 없어서 그러려니 포기하고 있었다. 그런데 모금 행사가 모두 끝나고 일주일쯤 있다가 빌의 답신이 왔다. 그동안 연락을 하지 못해 미안하다는 말과 함께 언제든지 와도 좋다고 했다. 날짜를 맞춰 영하의 칼바람이 불던 11월 초에 WRVO를 방문했다. WRVO는 1969년에 개국해서 올해 50주년 행사를 일년 동안 계속했다. 주차장에 차를 세우고 들어서니 문 앞에 50주년 기념 팻말이 붙어 있었다.

내가 견학을 간 날은 트럼프 대통령 탄핵 관련 국회 청문회가 열리던 날이었다. WRVO는 대통령 탄핵 청문회처럼 중요한 사안이 있을 때는 라디오 채널로는 정규 방송을 중단하고 하루 종일 그 생중계를 하지만 대체로 인터넷 스트리밍으로는 정규 방송을 내보낸다. 그런데 대통령 탄핵은 중대 사안 중에서도 중대 사안이라 인터넷 스트리밍도 정규 방송을 중단하고 청문회 생중계를 했다. 빌의 말이, 이렇게 라디오, 인터넷 모두 정규 방송을 중단하고 생중계를 하는 날은 오히려 자기들은 할 일이 별로 없다고 한다. 그래서인지 스튜디오 안은 쥐 죽은 듯 조용했다. 몇몇 앵커들은 오후 한시임에도 이미 퇴근을 해 사무실이 비어 있었다. 주조정실에 들어가 한참 빌과 이야기를 했다. 빌이 청문회 방송으로 스튜디오 안에 별반 할 일이 없어 보여 줄 것이 없다고 매우 미안해했다. 나는 NPR 열혈 청취자만이 물을 수 있는 질문을 해대고, 빌은 NPR 열혈 청취자만이 알아들을 수 있는 답을 하느라 주조정실 안에 둘이 거의 한 시간을 서서 이야기를 했다.

주조정실을 나와 엔지니어 사무실로 갔다. WRVO의 후원자라고 하니 엔지니어가 나를 반갑게 맞아 줬다. 또 그의 사무실 앞에 엔지니어와 빌과 내가 서서 한 삼십분 이야기를 했다. WRVO의 청취 범위는 약 35마일 정도이다. 오스위고에서 시라큐스까지 겨우 가는 거리이다. 시라큐스에는 WRVO가 잘 들리지 않는 난청 지역이 있다. 송신탑을 하나 더 세워 시라큐스 채널을 따로 만들었다. 그런데 라디오 전파라는 것이 날씨의 영향도 많이 받아 어떤 날은 시라큐스를 지나 뉴욕주 밖까지 나가는 날이 있다. 플로리다주에 사는 사람이 업스테이트 뉴욕의 WRVO가 플로리다에서 잡히는 날이 종종 있다는 이메일을 보내온 적도 있었다고 한다.

스튜디오를 돌아보고 빌과 회의실에 앉아 이런저런 이야기를 했다. 내 자동차가 낡으면 그때는 새 차를 사기 전에 그 낡은 차를 WRVO에 꼭 기증하겠다고 약속했다. WRVO는 낡은 차를 기부 받아 그걸 되팔아 재정에 보태는데 큰 수입원 중 하나라고 한다.

빌은 대통령 청문회와 관련해 나라 걱정을 많이 했다. 보수 뉴스와 진보 뉴스가 서로 설전을 벌이는 틈에 나라만 분열이 되는 것이 아닌가 하는 걱정이었다. 실제로 이런 대형 스캔들이 터지면 양측이 설전을 벌이는 사이 어느 것이 진실이고 어느 것이 소문인지 아무도 모르는 상황이 되기 쉽다. 하지만 나는 빌에게 이야기 했다. "그래도 미국에는 NPR이 있잖아요. 난 NPR의 공정한 보도가 결국 역사의 진실로 남을 것이라 믿습니다."

빌에게 깊은 감사의 인사를 하고 WRVO 스튜디오를 나섰다. 집으로 돌아가기 전 들를 곳이 있었다. 오스위고의 유명한 식료품점인 보스코 앤드 그리어(Bosco and Greer)이다. 작은 개인 식료품점인데 웨그만즈처럼 듣도 보도 못한 물건을 잔뜩 팔아 유명한 것이 아니라 자기들이 직접 만들어 파는 이탈리안 소시지가 유명하다. 나는 외할머니가 나 어렸을 때 순대속을 만들어 고깃간에 가져가 그걸 돼지 창자 등에 끼워 넣어 순대를 만들어 오시는 것을 봤다. 그 속을 만드는 정성이 이만저만이 아니었다. 보스코 앤드 그리어의 소시지 역시 양질의 돼지고기에 회향(Fennel) 씨앗을 섞어 감초(Licorice) 향이 돌며 무엇보다 기름기가 지나치게 많이 흘러나오지 않아 맛있다. 보스코 앤드 그리어에 들러 이탈리안 소시지를 1파운드 샀다.

오는 길에 킹스포드 하우스 앞을 지나가며 밖에서 사진도 한 장 찍었다. 샌디가 아직 그 집에 살았으면 내부도 자세히 찍었을 텐데 지금 주인이 보면 기분 나빠할까 봐 후딱 한 장 찍고 떠났다.

오스위고 강가에 서서 단풍을 조금 바라보다 배가 고파 얼른 집으로 왔다. 이탈리안 소시지의 껍데기를 찢어 안에 내용물만 꺼내 볶다가 거기에 데친 브로콜리 라브(Broccoli Rabe)를 넣고 토마토소스를 넣은 뒤 삶은 파르팔레(Farfalle) 파스타에 비벼 먹었다. 점심 겸 저녁으로 먹으며 전화기를 꺼내 WRVO 인터넷 스트리밍을 켰다. 청문회 중계는 끝나고 오후 4시부터 7시까지 방송하는 정규 저녁 뉴스프로그램인 〈All Things Considered(모든 것을 고려함이라는 의미)〉를 방송하고 있었다.

NPR 정규 방송의 좋은 점은 청문회 소식만 갖고 하루 종일 뉴스를 보도하지 않는다는 것이다. 큰 뉴스이니 매시간 십분 정도 할애하고 그 뒤에는 여느 날과 다름없이 영국의 유럽연합 탈퇴 문제, 아프리카 어느 마을에 깨끗한 물을 공급하는 방법, 바다에 버려진 플라스틱 쓰레기 문제 등을 다양하게 보도한다. 대중이 잘 모르는 사람이라도 어느 한 분야에 혁혁한 공을 세운 사람이 세상을 떠나기라도 하면 그 사람의 일생과 업적을 그날의 톱뉴스보다 더 길게 시간을 할애해 다룬다. 모두가 관심을 갖는 소식을 전하는 일도 하지만 아무도 모르는 이야기를 찾아 들려주는 역할도 어김없이 한다. 그래서 나는 케이블 텔레비전을 없애 버렸다. NPR만 부지런히 들어도 온 세계정세를 파악할 수 있기 때문이다. 밥을 먹으며 우리에게도 이렇게 정치바람 타지 않는 언론이 있었으면 좋겠다는 생각을 했다.

파스타가 너무 맛있어 파머스 마켓에서 사 온 그리핀 힐 팜(Griffin Hill Farm) 맥주를 한 병 뜯었다. 술도 약하면서 늘 와인이나 맥주를 뜯어 놓고 어떤 때는 일주일 동안 마실 때도 있다. 이 맥주도 결국 김이 다 빠져 밍밍해지겠지만 지금은 파스타와 어울려 세상 최고의 맛이었다. 오스위고에서 가득 담아온 이야기를 글로 쓸 생각을 하니 기뻤고, 눈앞에 맛있는 파스타와 맥주가 있어 즐거웠다. 이런 게 행복이라는 생각을 했다.

## 미국판 신토불이 – 농장에서 식탁으로

1990년대 우루과이 라운드가 타결되면서 외국의 농산물이 우리 가정집에 파고들어 우리 농가를 폐가로 만들 것이라는 우려의 목소리가 대단했다. 그 무렵부터 텔레비전 등에서 우리 땅에서 나는 농산물을 먹어야 몸에 이롭다는 뜻으로 신토불이(身土不二)라는 말이 유행을 했다. 심지어 〈신토불이〉라는 노래까지 나왔다. 이 신토불이를 영어로 번역하면 뭐라고 할까? 여러 버전의 번역이 있지만 콩글리시의 그늘에서 벗어나기 힘들다. 나는 '팜 투 테이블(Farm to Table : 농장에서 식탁으로)'이라는 말을 신토불이의 번역으로 잘 사용한다. 미국에서도 요즘 무공해 자연식에 대한 관심이 커지면서 인근 농장에서 기른 야채나 고기를 공급받아 음식을 만드는 음식점들이 생기고 가정집에서도 파머스 마켓에 가서 인근 농장에서 가지고 나온 싱싱한 야채, 과일, 고기 등을 사다 먹는다. 이를 중간 상인을 거쳐 멀리서 공수해 오지 않고 인근 농장에서 식탁으로 직접 가져왔다고 해서 팜 투 테이블이라고 한다.

나도 팜 투 테이블의 신봉자라 매주 토요일에 서는 파머스 마켓에 가서 재료들을 사다 음식을 해 먹는다. 금요일에 수확한 야채를 토요일에 장으로 가져오는 브랜든의 시금치는 내가 매년 가장 기다리는 야채이다. 또 그의 당근은 참 못생기기도 했는데 그 향이 이루 말할 수 없이 좋다. 나는 어려서 생당근을 먹지 못했다. 너무 향이 강해서였다. 그런데 어느 날부터인가 당근 먹기가 수월해졌다. 나는 그게 내 입맛이 변해서라고 생각했다. 그게 아니었다. 당근 맛이 언제부터인가 물을 탄 듯 밍밍해졌다. 브랜든의 흙이 잔뜩 묻은 당근은 어떤 때 수삼 비슷한 맛이 날 때도 있어 꿀을 찍어 먹을 때도 있다. 케이시가 가져오는 버섯들은 슈퍼마켓에서는 도저히 구경할 수 없을 정도로 신선하다. 흔히 말렸다 가루로 빻아서 조미료로 사용하는 표고버섯 기둥조차 연하고 부드러워 그냥 볶아 먹을 수 있다. 파머스 마켓에 오는 사람들 중 내가 한 주도 거르지 않고 찾는 집이 세 집 있다. 살의 맥주, 웬디의 고기와 달걀 그리고 앤드류의 커피이다.

## 크래프트 비어의 장인 살

살이 맥주를 만드는 집으로 찾아 간 것은 7월 초였다. 맥주 만드는 것을 보고 싶다고 했더니 7월 초면 마당에 심은 호프가 높이 자라 꽃이 피는 시기이니 그때 오라고 했다. 맥주 만드는 곳은 브루어리(Brewery)라고 한다. 영어의 'Brew'는 '무언가를 끓여서 만들다 혹은 담그다'라는 의미이다. 식초나 맥주를 담그는 것도 브루이고, 차를 우리는 것, 커피를 내리는 것 등을 모두 브루라고 한다.

살의 브루어리는 그리핀 힐(Griffin Hill) 브루어리이다. 그 브루어리 주소가 그리핀 힐이라 붙은 이름이다. 살과 그의 아내 로라(Laura)의 공동 소유이다. 살과 로라는 브루클린에서 교사를 하면서 만나 결혼했다. 살은 고등학교 역사 교사였고, 로라는 초등학교 교사였는데 두 학교가 붙어 있어 서로 알게 되었다고 한다. 이미 대학 때 맥주 브루하는 수업을 들었던 살은 늘 자신의 맥주를 만들어 마시는 것이 꿈이었다. 그러다 결혼을 한 뒤 처음 자신이 맥주를 만들어 마셨다. 그리고 맥주에 대한 그의 꿈과 열정은 부인 로라에게까지 전염되기 시작했다. 드디어 2014년 브루클린에서 잘 다니던 직장을 접고 시라큐스로 왔다. 이곳에는 살의 할아버지와 할머니가 맨해튼에 살다 진력이 나서 1954년에 구입해 이주했던 농장이 있었다. 농장 한 귀퉁이에는 살의 어머니가 아직도 살고 계시지만 땅은 넓고 풍부했다.

살과 로라는 일년씩 교대로 이년간 영국과 벨기에의 유명한 브루어리에서 인턴 생활을 했다. 그리고 돌아와 농장에 열세 가지 종류의 호프를 심었다. 그중 일곱 가지가 뉴욕 토종 호프이다. 그리고 2017년부터 '그리핀 힐'이라는 상표로 파머스 마켓에 자신이 재배한 호프로 만든 맥주를 팔기 시작했다. 내가 그의 단골이 된 것도 이즈음이었다.

내가 도착하니 부인 로라가 먼저 나와 반갑게 인사를 했다. 다 마신 맥주 빈병을 식기세척기에 넣어 깨끗이 씻은 후 레이블을 떼고 그 떼어 낸 자리에 남은 끈적거리는 찌꺼기를 오렌지 기름으로 정성껏 문질러 완전히 제거한 뒤 가져온 것을 건네줬다. 내가 시라큐스 제철 딸기를 사다 만든 딸기잼도 한 통 줬다. 매우 좋아했다. 뒤이어 살이 나와 인사했다. 그는 손님 중에 병을 가장 깨끗하게 씻어서 가져오는 사람이 바로 나라고 칭찬해 주었다. 기분이 으쓱했다. 나는 참 칭찬에 약한 사람인가 보다.

살은 나를 데리고 먼저 맥주가 만들어지는 곳으로 데려갔다. 별로 크지 않은 공간인데 이곳에서 숙성이 이루어지기 때문에 온도 유지가 매우 중요하다고 한다. 한참 문을 열어 놓고 이야기를 했더니 냉장고 문 오래 열어 놓았을 때처럼 땡땡거리는 소리가 나기 시작했다. 살이 얼른 문을 닫았다.

맥주는 95퍼센트가 물이다. 맑고 깨끗한 물을 써야 함은 말할 필요도 없다. 살은 근처의 맑은 오테스코호(Otesco) 물을 끌어다 사용한다. 거기에 보리와 밀, 호밀 등을 빻아 그 가루를 원하는 효소가 생성되도록 물과 섞어 낮은 온도에서 오래 끓여 준다. 맥주의 쓴맛의 정도, 가볍고 시원한 맛, 무거운 맛 등이 어떤 효소를 만들어 내느냐에 따라 달라진다. 화학적으로 구조가 간단한 효소들은 나중에 이스트가 다 먹어치워 모두 알코올이 된다. 이런 효소들로 만든 맥주는 입안에 볼륨감은 적지만 드라이하고 쌉쌀한 맥주가 된다. 화학적으로 복잡한 효소들은 이스트가 다 소화하지 못하여 알코올 성분으로 다 바뀌지 못해 맥주에 약간의 단맛을 더해 준다. 간단하고 시원하게 넘어가는 맥주를 원하느냐 아니면 부드럽고 좀더 볼륨감 있는 맥주를 원하느냐 아니면 이런저런 맛이 복합된 맛을 원하느냐에 따라 한 가지 온도 혹은 온도를 높였다 낮췄다 하며 가열해 준다. 이렇게 가열을 마치면 보리죽 같은 것이 된다. 그 보리죽의 건더기를 모두 걸러 내고 액체만 받아 그걸 고열로 멸균 소독해 준다. 이때 호프를 넣어 준다. 호프는 일종의 허브로서 그 안에 허브 특유의 에센셜 오일이 열을 받아 맥주 안으로 스며든다.

호프 종류마다 쓴맛의 정도와 향이 조금씩 다르다. 맥주를 마실 때 스쳐가는 모든 맛과 향들을 영어로 노트(Note)라고 부른다. 호프가 바로 이 노트를 결정한다. 호프는 75퍼센트가 수분이다. 이를 8퍼센트의 수분만 남기고 말린 것을 사용한다. 이때 고열에서 급속히 말리기 때문에 호프 안에 있는 에센셜 오일이 파괴되지 않는다고 한다. 매년 호프 수확이 끝나면 그해 수확한 호프를 말리지 않고 맥주를 담가 파는데 이는 젖은 호프 맥주(Wet Hop Beer)라고 부른다. 하지만 젖은 호프로 담근 맥주는 저장성이 좋지 않아 많이 만들지 않고 10월경 한정판으로 매장에 내놓는다. 와인으로 치면 보졸레 누보 같은 것이다.

밀, 보리 등을 섞은 죽을 거른 액체에 호프와 이스트를 넣은 뒤 1차 숙성을 한다. 이스트는 영국, 벨기에 등에서 수입한 것을 사용하는데 얼마 전부터는 시라큐스 대학교 팀과 협업하여 그의 뒷마당에 떠도는 자연 이스트를 채집해 맥주 발효에 사용할 수 있는지 실험 중이다. 1차 숙성이 끝나면 거기에 이스트가 좋아하는 당분을 넣어 2차 발효를 한다. 당분을 섞은 후에 살이 일일이 병에 부어 병마개를 하면 병 안에서 설탕이 분해되면서 기포가 생겨 맥주의 톡 쏘는 맛이 생기고 따를 때 거품이 나게 된다.

당분을 가미할 때 살은 주로 옆집에 어머니가 취미로 키우는 벌통에서 채집한 벌꿀을 쓴다. 미국에서는 동네에서 수확해 한 번도 열을 가하지 않고 그대로 내린 꿀을 로컬 허니(Local Honey)라고 해서 최상품으로 친다. 그 안에는 열을 가하지 않아 전혀 파괴되지 않은, 동네에 떠도는 온갖 꽃가루가 들어 있다. 알레르기 환자들은 민간요법으로 로컬 허니를 매일 조금씩 숟가락으로 퍼서 먹는다. 알레르기라는 것이 꽃가루에 대한 몸의 과잉 반응이니 매일 조금씩 먹어 몸에 익히면 알레르기가 줄어든다는 것이다.

살이 어머니 마당에서 채집한 꿀과 함께 많이 쓰는 당분이 메이플 시럽이다. 캐나다를 비롯한 북미 지역에 서식하는 단풍나무의 수액을 받은 것으로, 그걸 끓이면 걸쭉하고 단 시럽이 된다. 살의 뒷마당에 널린 단풍나무에서 직접 채취해 끓인 뒤 그걸 사용한다.

집 뒤에 있는 호프 밭으로 갔다. 이곳에서 그는 열세 가지 종류의 호프를 재배해서 맥주 만드는 데 자급자족한다. 매년 호프 한 뿌리에서 육칠십 개의 싹이 나오지만 그중 세 개씩만 골라 남기고 나머지는 질겨지기 전에 잘라 식용으로 파머스 마켓에 내다 판다. 나도 매년 기다렸다 사다 그릴이나 오븐에 구워 먹는다. 호프는 18피트 정도 넝쿨처럼 높이 자란다. 남겨진 호프의 새순 위로 빨랫줄처럼 긴 줄이 지나간다. 그리고 새순이 나는 위로 줄을 하나씩 늘어뜨려 그 싹들이 그 줄을 칭칭 감고 올라가 꽃이 피고 열매를 맺는다.

살이 맥주를 만드는 곳은 호프를 기르는 밭, 그리고 숙성시키는 작은 공간이 다이다. 하지만 4월부터 호프의 싹이 나면 8월부터 9월 사이 수확까지 매일 밭에 나가 호프를 돌보고 작은 공간에서 맥주를 브루한다. 혼자서 만들고 병에 부어 담는 것까지 일일이 혼자서 손으로 하기 때문에 눈코 뜰 새 없이 바쁘다. 그사이 아내 로라는 계속 학교 선생님으로 일을 하며 살림에 일조하는 한편 남편의 맥주 일을 돕는다.

한번 맥주를 만들기 시작하면 사주에서 십주가 지나야 시장에 내놓을 수 있게 된다. 살의 맥주는 1인용 작은 병이 없고 모두 큰 병이다. 나처럼 술이 약한 사람은 한번 뜯으면 사나흘은 족히 먹어야 병 하나를 비울 수 있다. 살이 일일이 병에 맥주를 손으로 부어가며 고군분투하는 것을 보니 왜 작은 병을 사용하지 않는지 알 수 있었다. 그 노고가 감사했다. 그리고 젊은 나이에 과감히 꿈을 좇는 그들 부부가 멋있어 보이기도 했다.

## 고기의 참맛 무공해 방목

웬디는 캐나다 밴쿠버 출신이다. 캐나다에서 큰 병원의 중환자실 간호사로 일하던 웬디는 1990년대 초반 엔지니어였던 남편이 시라큐스로 발령이 나면서 이사를 왔다. 웬디는 부모가 소 치고 돼지 치던 농장에서 자라 늘 자신도 농장을 경영하는 것이 꿈이었다. 시라큐스에 와서 미국 간호사 자격증을 따 간호사 생활을 계속하는 대신 농장을 사 소, 닭, 돼지, 양 등을 기르기 시작했다. 남편은 농장을 별로 좋아하지 않아 결국 이혼하고 캐나다로 돌아갔다. 그후 오년 전 재혼을 할 때까지 웬디는 혼자서 농장을 꾸려왔다. 나는 약 십년 전 그녀에게서 달걀

—

호프 밭을 구경시켜 주는 살

한 꾸러미를 사면서 단골이 되었다. 매주 신선한 달걀을 가져와 파는데 어찌나 신선한지 삶아 먹으려면 껍질이 잘 까지지 않을 정도이다. 그뿐 아니라 나의 집을 방문해 하루 묵고 아침을 먹고 떠난 사람들은 한결같이 우리 집 달걀은 왜 이렇게 맛있냐는 소리를 한다. 그런데 신기한 것은 그 맛이 5월 정도부터 더 좋아지고 가을이 지나고 겨울이 오면 맛이 약간 밋밋해진다. 닭들이 밖에 나가 풀과 벌레를 먹으면서 달걀도 더 맛있어지는 것이다.

달걀에서 시작해 닭고기로 돼지고기로 그리고 내가 가장 좋아하는 스테이크로 점점 영역을 넓혀 가며 어쩌다 토요일에 장에 가지 않으면 웬디가 어디 아프냐고 나에게 이메일을 보내 올 정도의 단골이 되었다. 내가 웬디에게서 사다 먹는 것은 달걀, 닭, 쇠고기, 돼지고기, 양고기 그리고 매년 추수감사절이면 먹는 칠면조 등이다. 그 이외에도 웬디가 직접 만든 햄, 베이컨 또 아이리시 명절인 성 패트릭 데이(St. Patrick's Day)에 삶아 먹는 소금에 절인 양지머리인 콘드 비프(Corned Beef) 등도 사다 먹는다.

웬디의 소와 양은 젖을 떼면 풀밭으로 나가 다시 실내로 들어오지 않고, 옥수수 사료도 전혀 먹지 않고 풀만 먹다 거기서 생을 마친다. 여름철 내내 풀을 깎아 말린 건초로 겨울을 난다. 거의 야생의 상태로 사는 것이다. 돼지와 닭은 저녁이 되면 우리 안으로 들어오지만 역시 매일 밖에 나가 방목 상태로 생활한다. 일절 항생제나 예방 접종 등을 하지 않고 성장 호르몬도 주지 않는다. 한정된 공간에 다닥다닥 붙어 생활을 하는 것이 아니라 공기 좋은 야외의 넓은 초원에서 생활을 해서인지 수의사를 부르는 일도 거의 없다고 한다. 가축들에게 움직일 수 있는 넓은 공간이 있다는 것은 가축들에게도 중요하지만 우리의 건강에도 지대한 영향을 미친다. 한 예로 모든 닭은 몸 안에 살모넬라균을 갖고 있다. 그건 그리 큰 문제가 아니다. 문제는 닭들이 오밀조밀 모여 살며 그 안에서 똥을 싸고 그걸 서로 밟고 다니며 살모넬라균이 닭의 피부에 붙는 것이다. 그 붙은 균이 부엌에서 조리할 때 이리저리 옮아가 사람의 병을 유발한다. 하지만 웬디의 닭들은 잠만 실내에서 자고 겨울에도 밖에 나가 생활한다. 공간만 충분하다면 닭들은 절대 똥을 밟고 다니지 않는다고 한다.

웬디의 고기들은 건강하기도 하지만 우선 맛이 일품이다. 가축들이 늘 밖에서 움직이니 지방이 적어 쇠고기의 경우 마블링이 훌륭하지 못해 미국의 최상 등급인 프라임(Prime) 등급은 받지 못하고 그다음 등급인 초이스(Choice)를 받는다. 하지만 웬디의 쇠고기는 냉장 숙성을 거쳐 고기의 육질을 부드럽게 하고 수분이 증발하면서 단백질이 농축되어 지방이 아닌 단백질에서 나오는 풍미가 있다. 나는 웬디의 고기를 먹다 한국에 가서 한우를 먹으면 한우 팬들에게 좀 죄송하지만 씹는 맛도 없이 지방의 맛만 가득해 별로 맛있는 것을 느끼지 못한다. 쇠고기의 다른 풍미에 길들여진 탓이다.

내가 이 글을 쓰면서 웬디의 농장을 방문한 것은 단풍이 무르익을 대로 무르익은 10월 말이었다. 날은 매우 추웠다. 시라큐스에서 한 시간 넘게 시골길을 꼬불꼬불 지나 풀만 가득한 언덕 말고는 아무 것도 없는 시골에 웬디의 농장이 있었다. 여름에 가축들이 사는 언덕이 있고, 찻길을 사이에 두고 겨울을 나는 언덕이 있다. 내가 간 날은 아직도 소들이 여름 언덕에서 풀을 뜯고 있었다. 웬디가 언덕 아래에 서서 이상한 소리를 지르기 시작하자 언덕 꼭대기에서 풀을 뜯던 소들이 일제히 고개를 들었다. 계속 소리를 지르자 그중 우두머리인 듯한 소가 언덕을 내려오기 시작했다. 그리고 다른 소들이 우르르 따라 내려와 나무담장에 기대어 서 있는 우리 앞 약 이삼십 미터에서 멈춰 섰다. 웬디 말이 그게 소가 인간에게 가장 가까이 다가온 것이라고 한다.

혹시 먹을 것을 주려나 해서 언덕을 뛰어내려 온 소들은 한참을 꼼짝도 하지 않고 서서 우리를 뚫어져라 쳐다봤다. 사람 둘이 서서 이야기만 하고 먹을 것이 나올 기미가 보이지 않으니 한 십여 분 서 있다 우두머리가 돌아서서 언덕으로 올라가기 시작했다. 다른 소들이 모두 따라 올라갔다. 웬디의 소들은 약 30마리 정도이다. 매년 새끼를 낳고, 약 네 살 정도 되면 잡는다. 하지만 딱 몇 살로 정해 놓은 것이 아니라 웬디가 눈대중으로 보고 이만하면 되었다 싶은 것들을 골라 보낸다.

여름 언덕의 다른 쪽으로 돌아가니 이번에는 양떼가 풀을 뜯고 있었다. 웬디가 또 다른 종류의 이상한 소리를 마구 지르자 이번에는 양떼가 고개를 들더니 언덕을 마구 달려 내려오기 시작했다. 양떼는 소보다 훨씬 더 가까이 한 5미터 앞까지 와서 섰다. 또 한참 우리를 뚫어져라 보더니 뒤도 돌아보지 않고 올라갔다.

웬디의 양은 약 70마리 정도이다. 양은 소에 비해 성장 속도가 훨씬 빠르다. 수컷은 육칠 개월, 암컷은 팔구 개월 정도면 잡는다. 양은 영어로 쉽(Sheep)이라고 하지만 그 밖에도 여러 이름이 있다. 숫양은 '램(Ram)', 암양은 '유(Ewe)'라고 한다. 일년 미만에 잡은 양을 '램(Lamb)'이라고 한다. 일년이 지나 잡은 양은 '머튼(Mutton)'이라고 한다. 머튼은 불어에서 온 단어인데 불어로는 똑같이 쓰고 '무통'이라고 읽는다.

봄에 유들이 새끼 양을 낳으면 '래밍(Lambing)한다'고 한다.

내가 꼭 보고 싶었던 것은 웬디의 칠면조들인데 웬디의 농장 근처에 여우 가족이 살면서 닭과 칠면조를 하도 잡아먹어 다른 농장에 맡겨두고 웬디가 매일 가서 모이를 주고 돌본다고 한다. 미국인들이 추수감사절에 흔히 먹는 칠면조는 일반적으로 시중에 나오는 뚱뚱하고 가슴살이 풍성한 화이트 터키라는 것이다. 이들은 너무 뚱뚱해 자연 번식을 하지 못하고 인공 수정을 통해서만 번식할 수 있다.

화이트 터키는 성장 속도가 빨라 삼 개월 정도면 내다 팔 수 있다. 웬디도 이 종류를 길러 파는데 동시에 헤리티지 터키라고 모두가 새의 가슴살만을 찾는 세상이 오기 전인 20세기 초반까지 주류를 이루던, 몸집이 조금 작고 가슴살도 훨씬 적은 칠면조를 기른다. 몸집이 작지만 맛은 화이트 터키에 비할 수 없이 좋다. 운동량이 많아 가슴살이 화이트 터키의 가슴살에 비해 훨씬 검다. 게다가 이 헤리티지 터키들은 야생에 가까워 밤에도 우리에 가두지 않고 자기들이 퍼덕거리며 나뭇가지 위로 날아 올라가 거기서 자고 아침에 내려온다.

화이트 터키는 몸집이 너무 뚱뚱해 날 꿈도 꾸지 못한다. 헤리티지 터키도 나는 기술이 그리 좋지는 못해서 나뭇가지 위에 한번 올라가려면 멀리서 달려와 날아오르다 채 높이 오르지 못해 땅으로 곤두박질치기를 몇 번 하고서야 겨우 올라가 잠을 청한다고 한다. 웬디는 100마리 정도의 헤리티지 터키를 기르는데 어느 해 여름 아침에 나와 보니 여우들이 와서 잠 깨서 나무에서 내려오는 터키를 20여 마리를 죽이고 먹어 치웠다. 그 뒤로 결국 다른 농장에 땅을 빌려 그곳으로 옮긴 것이다.

웬디에게 자신이 손수 새끼를 받아 키운 짐승을 잡으면 그걸 먹느냐고 했더니 먹는다고 했다. 그럼 기르면서 애착이 생기지 않느냐고 했더니 그렇긴 한데 자기도 어느 순간 어떻게 그런 감정을 떨쳐 버리고 가축 치는 사람으로 돌아가는지 잘은 모르지만 그것이 된다고 했다. 워낙 어려서부터 가축을 길러 식용으로 팔아 생계를 이어 가던 집에서 자라 그것이 가능한 것 같다고 했다.

웬디는 사람이라고는 우리 둘 빼고 그림자도 보이지 않는 동네에서 일주일 내내 열심히 땀 흘려 일하고 토요일이 되면 새벽 세시에 집을 나서 시라큐스 파머스 마켓으로 향한다. 해를 보면서 시라큐스로 가는 것은 하지를 전후한 한 달이 전부이고 나머지 열한 달은 칠흑 같은 어둠 속에서 운전해 간다고 한다. 겨울이 되어 눈이라도 심하게 내리는 날은 곤혹스럽다. 그 먼 길을 와서 나에게 맛있는 고기를 가져다주는 웬디가 고마웠다. 그리고 솔직히 그 궂은 일, 특히 도축을 대신해 줘서 상당히 고마웠다. 한번 내가 잊어버리고 파머스 마켓으로 지갑을 가지고 가지 않은 적이 있다. 그 전날 웬디에게 이메일을 보내 주문을 미리 해 놓아 웬디는 단단히 준비를 해 가지고 왔는데 돈을 지불할 수가 없었다. 웬디가 "다음주에 지불해도 된다"고 했다. 내가 "나를 믿을 수 있어요?"라고 하며 웃었다. 그녀가 대답했다, "너는 나를 믿고 내 고기를 사 가잖니?" 이게 파머스 마켓의 아름다움이다. 단순한 상인과 손님의 관계가 아니라 인간과 인간의 관계로 음식이 생겨난다.

웬디의 고기 중 나의 강추는 쇠고기로는 뉴욕 스트립 스테이크, 양고기는 램 찹스테이크 그리고 통으로 오븐에 구운 닭이다. 와인을 곁들여 먹어도 좋지만, 살의 맥주 중에 팜 하우스 에일(Farmhouse Ale)이라고 두 번째 발효 때 꿀을 넣은 맥주를 곁들이면 세상에 둘도 없는 조합이 나온다. 살의 맥주는 볼륨이 잊고 끝에 꿀맛이 살짝 나면서 입안을 부드럽게 감싸 주기 때문에 자칫 씁쓸할 수 있는 구운 고기의 끝맛을 달콤하게 감싸 안아 주고, 그 풍부한 볼륨감이 오래도록 입안에 감돈다.

### 커피의 신세계로 나를 인도한 앤드류

나는 웬디의 고기를 먹으며 살의 맥주를 즐겨 마시지만 앤드류가 볶아 오는 커피와 곁들여 먹는 것도 즐긴다. 스테이크는 주로 에스프레소와, 스튜나 수프 등은 흔히 핸드 드립이라고 하는 푸어오버(Pourover) 커피와 마신다.

누가 제일 먼저 커피를 마시기 시작했는가에 대한 전설은 여러 가지 있다. 에티오피아의 왕이라는 말도 있고, 어느 염소 치는 목동이 염소들이 이상한 열매를 먹고 마구 뛰어놀기 시작한 것을 보고 알게 되었다는 말도 있다. 하지만 이런 이야기들은 후대에 만들어진 이야기일 확률이 높다. 역사적 기록으로 가장 이른 것은 15세기 예멘에서 커피를 마신 흔적이 있다. 커피의 기원은 확실하지 않지만, 나는 나와 내 단골 커피 로스터 앤드류와의 인연의 기원을 확실히 기억한다.

커피의 열매는 빨간 껍질에 싸여 있다. 그 껍질을 벗기면 그 안에 파란색의 원두가 있다. 원두는 이 상태에서 오래 보관이 가능하다. 일단 볶으면 산화하기 시작해 신선도가 급격히 떨어진다. 나는 커피 애호가이기 때문에 늘 신선하게 볶은 커피를 조금씩 사다 마시기를 원한다.

나의 이 소망이 현실이 된 것은 앤드류를 만나면서부터이다.

앤드류는 커피의 고장 시애틀에서 북쪽으로 한 시간 삼십분쯤 올라가는 벨링햄이라는 곳에서 대학을 다니던 시절 그 동네 커피 로스터를 만나면서 커피에 푹 빠지기 시작했다. 그 무렵 친구를 만나러 이타카의 코넬 대학교를 찾았던 앤드류는 그곳에서 친구의 친구인 매튜를 만나 원래 친구보다 더 친해졌다. 앤드류와 매튜는 2010년 의기투합하여 이타카에 '포티 웨이트 커피(Forty Weight Coffee)'라는 로스터리(Roastery)를 차리고 본격적으로 커피를 볶아 시라큐스의 파머스 마켓에 내다 팔기 시작했다. 그 2010년 10월의 어느 토요일, 그 운명의 토요일, 앤드류와 매튜가 처음으로 커피를 들고 시라큐스 파머스 마켓을 찾은 날 나는 그들의 첫 번째 손님이 되었다. 실제로 손님은 아무도 없이 그들이 트럭에서 커피를 내려 부스를 차릴 때 가서 구경하다 앤드류와 한 십분 동안 서서 이야기하고, 커피를 사 왔다.

매튜는 이제 꽤 커피에 대해 박식해졌지만, 실은 앤드류와 동업을 하기 전까지 커피를 입에도 대지 않았다고 한다. 포티 웨이트의 원동력은 앤드류이다. 앤드류에게 포티 웨이트의 대표적 블렌드가 어느 것이냐고 물으면 없다고 대답한다. 자신은 어떤 공식과 틀에 맞춰 커피를 볶는 것이 아니라 커피를 보고 거기에 맞는 개별 로스트를 찾아내는 사람이라고 대답한다. 새 커피가 들어오면 그걸 이렇게 저렇게 수도 없이 볶아 보고 그 특정 커피에 가장 적합한 로스팅 시간을 찾아낸다. 커피는 생산 지역에 따라, 또 같은 지역의 커피라도 매해 기후 환경에 따라 다 다른 노트를 지니기 때문이다. 그걸 어떻게 끌어내어 어떤 종류의 복합적인 맛을 찾아내느냐는 로스트 하는 사람의 몫이다. 나는 여태 앤드류만큼 내 입맛에 맞는 커피를 만들어 내는 사람을 만나지 못했다.

내가 커피를 살 때 가장 먼저 보는 것은 원두의 봉투를 개봉했을 때 원두가 반짝반짝 빛나며 고소한 향이 물씬 풍겨 나오느냐 하는 것이다. 만약 그렇다면 그 커피는 다시 사지 않는다. 이미 너무 오래 볶아 커피의 모든 에센셜 오일이 원두 밖으로 나왔다는 뜻이기 때문이다. 그런 커피는 마셔 봤자 쓴맛 이외에는 나지 않는다. 오히려 원두가 기름기가 돌기는커녕 흐리멍덩한 색에 말라 보이는 커피들이 지나치게 볶지 않아 향과 노트가 그대로 원두 안에 보존되어 있는 원두이다. 그 다음 커피를 갈아 필터에 넣고 물을 조금 부었을 때 커피 안의 탄소가 나오면서 원두 가루가 확 부풀어오르는지 본다. 이렇게 부풀어오르는 것을 영어로 블루밍(Blooming)이라고 한다. 이는 커피를 볶은 지 며칠 되지 않은 신선한 상태의 커피라는 뜻이다.

커피를 맛봤을 때 입안이 텁텁해지는 커피는 또 불합격이다. 커피를 너무 볶았다는 뜻이다. 그리고 어떤 노트들이 스쳐 가는지가 중요하다. 쓴맛이 강하게 나면 그것도 너무 볶았다는 이야기다. 불합격이다. 어느 한 맛이나 노트가 너무 강해 역하거나 다른 노트를 다 눌러 버리는 커피도 좋아하지 않는다. 여러 노트가 조화를 이루는지, 그 노트들이 목구멍으로 넘어가며 어떤 감촉인지, 아니면 목구멍으로 넘어가기도 전에 다 죽어 아무 맛도 남지 않는지를 본다. 앤드류를 알게 된 후로 커피를 미디움 로스트, 다크 로스트 두 가지로 구분해 일률적으로 로스트 하는 커피도 기피 대상이 되었다.

내가 처음 앤드류를 만난 날, 내가 그에게 한 말은 "나는 커피의 신맛

—

이타카 파머스 마켓에 부스를 차리고 있는 앤드류와 케일렙을 좋아하지 않아"라는 것이었다. 이에 앤드류의 대답은 "그건 네가 그릇된 신맛만을 봐왔기 때문이지"였다. 그때는 그게 무슨 소리인가 했지만 십년이 지난 지금 나는 그 뜻을 이해한다. 커피의 신맛은 커피가 갖고 있는 고유의 맛 중 하나이다.

앤드류는 오히려 커피의 신맛을 살려 로스팅한다. 앤드류의 신맛은 신맛이 입에 들어와 쏘는 신맛이 아니다. 특히 신맛이 감돌고 꽃향기가 나는 케냐, 에티오피아 등 아프리카 커피는 입안에 들어오는 순간 신맛이 강하게 나지만 그 신맛이 환한 느낌을 주고 곧바로 그 이외의 캐러멜 맛, 꽃향기 등이 그 신맛을 동그랗게 감싸 준다. 일반적으로 아프리카 커피보다 조금 무거운 느낌의 남미 커피들에서조차 신맛은 빠지지 않고 난다. 하지만 아프리카 커피만큼 강하지 않다. 그 대신 구수한 견과류의 노트 등이 신맛을 부드럽게 만들고 진하고 무거운 느낌으로 만들어 준다. 그 어떤 커피도 마셨을 때 입안이 텁텁해진다거나 쓴 맛만 나는 것은 없다.

매주 파머스 마켓을 찾아 새로 나온 커피가 어떤 노트를 갖고 있는지 앤드류의 설명을 듣고 한 번에 한 봉지만 사 가지고 와 설레는 마음으로 30그램의 커피에 500그램의 물을 끓여 가늘고 일정하게 천천히 부어 커피를 정성껏 내려 먹는 것이 매주말의 기쁨이었다.

아쉽게도 2019년 봄을 끝으로 포티 웨이트는 시라큐스 파머스 마켓에서 철수하고 이타카의 파머스 마켓에 새 둥지를 틀었다. 이타카에서 매주 시라큐스로 오기가 힘들어 그런 결정을 내렸다. 매주 커피를 사 오는 재미는 줄었지만, 나는 그 맛을 잊을 수 없어 요즘에는 매주 인터넷에서 주문을 한다. 나의 포티 웨이트에 대한 충성심은 줄어들 줄을 모른다.

2015년부터 포티 웨이트에 새 직원이 들어왔다. 케일렙(Caleb)이라는 청년인데 파머스 마켓에서 쇠고기를 파는 부모를 도우러 주말에 몇 번 왔다가 앤드류와 친해져 풀타임으로 일을 하게 되었다. 케일렙은 원래 가죽 공예를 하던 갖바치였다. 앤드류가 바빠지면서 파머스 마켓에 케일렙이 혼자 오는 날이 늘어나 그와도 친해졌다. 내가 간청을 해 나의 가죽 지갑을 만들어 주기도 했다. 케일렙에게 포티 웨이트에서 일하면서 좋은 점이 뭐냐고 물은 적이 있다. 그는 마치 내가 그 질문을 할 것을 알았던 듯 잠시도 머뭇거리지 않고 대답했다. "세상에서 가장 맛있는 커피를 볶아 내겠다는 열정과 자부심"이라고 대답했다.

이제 커피 주문은 인터넷으로 하지만 가끔은 커피 장사가 아니라 나의 친구가 되어 버린 그들이 그리워 토요일 아침에 한 시간 넘게 운전을 하고 이타카 파머스 마켓까지 가서 커피를 사오기도 한다. 그럼 앤드류는 인사도 잊고 나를 보자마자 돌아서서 커피부터 한 잔 만들어 내게 권한다. 앤드류에게 내가 포티 웨이트에 대한 글을 쓰고 싶다고 했더니 하루 저녁 때 와서 와인에 음식을 먹으며 이야기를 하자고 했는데 앤드류, 매튜, 케일렙 단 세 명이 매주 2000파운드의 커피를 볶아 미국 전역에 공급하고 파머스 마켓까지 뛰느라 너무 바빠 저녁은 다음으로 미뤘다. 아쉬웠지만 바빠서 못 보는 것이라 기뻤다.

## 음식의 철학

나는 파머스 마켓에 가서 나와 인간관계를 맺은 사람들이 기른 재료를 사다 팜 투 테이블 음식을 만들어 먹으려 애쓴다. 음식이 사람의 얼굴을 덧쓰면 품격이 달라진다. 어디서 왔는지도, 수확한지 얼마나 걸려 나에게로 왔는지도 모르는 음식보다 더 맛이 있다. 그래서 눈이 오는 겨울날에도 눈을 뚫고 파머스 마켓으로 간다. 어떤 때는 음식이 떨어져서가 아니라 사람이 그립고, 사람들에게 안부 인사를 하기 위해 눈을 뚫고 간다. 그렇게 장을 봐 음식을 만들어 또 다른 이와 나누어 먹을 때 행복을 느낀다. 음식을 먹을 때 파머스 마켓의 그 얼굴들을 하나하나 기억하며 감사한다.

또 하나 잊지 않고 감사하는 것이 있다. 팜 투 테이블을 떠나 내가 오늘 배고프지 않다는 것을 감사한다. 우리는 "나는 이 음식은 이래서 안 먹네, 저래서 안 먹네, 이래서 꼭 이런 음식만 먹네" 하는 말을 흔히 하고 산다. 유명한 배우 기네스 팰트로(Gwineth Paltrow)는 커피, 술, 유제품, 달걀, 설탕, 옥수수, 갑각류, 생선, 밀가루, 고기, 콩을 절대 입에 대지 않는다고 줄줄이 읊은 적이 있다. 이에 어떤 이는 "그녀는 식이 장애(Eating Disorder)를 다이어트 브랜드화 하는 기회로 만든 부유한 백인 여자일 뿐이다"라고 혹평을 했다고 한다.

나는 워낙 식성이 좋아 아예 먹지 않는 음식은 없지만 그래도 "꼭 이런 음식을 먹으려고 한다. 이런 음식을 즐긴다" 하는 것이 있다. 오래전에 개고기는 절대 먹지 않겠다 다짐을 했다. 혹시 먹었다 맛있으면 어쩌나 하는 생각 때문이다. 개고기를 맛있게 먹고 나의 애견 부도를 똑바로 쳐다볼 자신이 없다. 가끔 종교적 이유로 고기를 먹지 않을 때도 있다. 우리가 음식을 가려 먹는 데 있어 각자의 철학, 윤리의식, 종교적 이유 혹은 미각의 차이 등 이유는 다양하지만, 나는 이 모든 것이 먹고 살기 편해서 할 수 있는 것이라는 사실도 꼭 기억하려고 노력한다. 혹 내가 육식을 피하는 시기에 누가 고맙게도 나를 식사에 초대해 고기 음식을 내놓거나 식당에서 모르고 주문했는데 알고 보니 고기가 들어 있으면, 그냥 감사히 맛있게 먹는다. 굶주림에 지쳐 군부대 음식 찌꺼기 모아 먹던 것을 일부러 만들어 돈 내고 사 먹는 시절에 태어난 것을 감사하는 것도 잊지 않으려 한다. 그리고 한 가지 늘 자문한다. 전쟁통에 혹은 기근에 쓰레기통을 뒤졌더니 햄이 나온다. 과연 나는 "풀만 먹고 자란 방목 돼지가 아니야" 혹은 "나는 비건이야" 하며 그걸 버릴 수 있을까? 나는 버릴 수 없을 것 같다.

에필로그

# 일년을 회고하며

## 가을의 정원

늦가을의 정원은 황량하다. 여름 동안 찬란하게 피어나던 꽃들은 이미 다 죽었거나, 꽃은 진 채 씨만 남아 새들이 그 씨를 멀리 가져다 뿌려 주길 바라며 삐쭉하고 흉하게 서서 말라죽어 가고 있다. 지나가는 사람들의 찬양을 한몸에 받던 장미는 된서리가 내리기 전까지는 계속 피지만, 여름의 영광은 어디로 갔는지 보기만 해도 을씨년스럽다. 잔디밭에는 떨어진 잎새들이 눈이 쌓이듯 잔디 위에 누렇게 쌓여 뒤덮고 있다. 죽어가는 꽃을 뽑지도 않고, 쏟아지는 낙엽을 치우지도 않는다. 그저 바라만 본다. 나무의 잎이 모두 떨어져 나무가 대머리가 될 때까지는 치운다고 치워지는 것이 아니니 그저 넋 놓고 바라만 볼 뿐이다. 나는 이런 가을의 정원을 사랑한다. 그 황량함이 너무도 아름답다. 봄의 정원에 생명이 돋아나는 아름다움이 있다면, 가을의 정원에는 생명이 할 일을 마치고 다음 생명을 위해 빈자리를 만들며 죽어가는 아름다움이 있다. 그런데 그 죽어가는 생명이 바로 몇 달 전 봄에 힘차게 흙을 뚫고 돋아나던 생명이다. 우주의 큰 원이 내 정원 안에서 그려지는 것이다.

11월 8일에 첫눈이 내린다는 예보가 있었다. 나의 정원 일을 도와주는 조(Joe)가 역시나 문자 메시지를 보내 왔다. 첫눈 내리기 하루 전인 7일에 와서 정원을 전부 정리하고 월동 준비를 해야겠다는 것이다. 조는 내가 한국에 가게 되면 나의 마당 잔디를 매주 깎아 주고, 매년 정원 월동 준비를 돕는다. 그리고 겨울 동안 자동차가 나갈 수 있게 눈이 내리는 날마다 제설 트럭을 가지고 와서 나의 차고 앞에 쌓인 눈을 치워 준다. 11월 7일 오후 서둘러 집으로 들어오니 조가 이미 지붕에 올라가 수북하게 쌓인 나뭇잎들을 마당으로 쓸어내리고 있었다. 나도 지붕으로 기어 올라가 함께 나뭇잎을 모두 마당으로 보냈다. 그러면 나의 일은 끝난다. 조가 바람이 강하게 나오는 기계로 흩어진 나뭇잎을 모두 모아 집 앞길에 수북하게 쌓아 놓는다. 천방지축으로 날리는 이파리들을 바람으로 이리저리 달래 한곳에 모아 수북하게 쌓아 놓는 조의 기술은 가히 예술의 경지이다. 나뭇잎은 나만 그러는 것이 아니라 집집마다 모두 자신들의 집 앞에 쌓아 놓는다. 11월 초부터 12월 초까지 한 달 정도 시라큐스시에서 트럭을 정기적으로 내보내 집 앞에 쌓인 낙엽들을 모두 제거한다.

11월 8일 예보대로 첫눈이 왔다. 별로 많이 오지는 않았다. 아스팔트길에 내린 눈은 모두 녹았고, 잔디밭에 내린 눈은 얄팍하게 쌓였다. 쌓인 눈 밑으로 파란 잔디가 섞여 녹색과 흰색이 아름다운 조화를 이뤘다.

약 일주일 뒤 꽤 큰 눈이 내렸다. 아침에 일어나니 이미 눈이 사방에 수북이 쌓이고, 조가 새벽 다섯시쯤 와서 차고 앞 눈을 치우고 갔다. 시에서도 나와 집 앞길에 눈을 치우고 소금을 뿌리고 갔다. 마당에 한가득 쌓인 눈은 며칠이 가도 녹지 않았다. 그리고 며칠 뒤 또 눈이 왔다. 눈이 좀 녹기 시작하려나 하던 참에 눈이 또 내려 눈은 오히려 더 수북하게 쌓였다. 이제 봄까지 잔디는 다시 보기 어려울 것이다. 앞마당에서 뒷마당으로 들어가는 좁은 길은 눈이 쌓여 그 눈이 녹을 때까지 앞마당에서 뒷마당으로 넘어갈 수 없게 된다. 나의 뒷마당은 작은 숲으로 둘러싸여 있어 뒷마당으로 들어가는 유일한 방법은 집에서 문을 열고 나가는 것일 뿐 외부에서는 접근이 불가능해진다. 숲길을 마다하지 않는 사슴의 무리만이 찾아와 한가로이 나의 뒷마당을 거닐 뿐이다. 이렇게 나의 뒷마당은 겨울 동안 비밀의 화원이 된다.

## 뉴욕의 여러 이름

처음 글을 쓰기 시작할 때 썼던 「이방인 속의 이방인」을 다시 읽었다. 앞으로 어떤 이야기를 쓰고 싶다는 말을 썼었다. 센트럴 뉴욕의 눈 폭탄 이야기로 시작해 한 바퀴 삥 돌아 다시금 눈이 내리고 있는 센트럴 뉴욕에서 그 글을 읽어 보니 쓰고자 했던 이야기의 대부분을 담아냈다. 한 가지 걱정은 내가 업스테이트, 다운스테이트, 센트럴 뉴욕, 이런 말을 너무 자유분방하게 사용해 헷갈리지는 않을지 그것이 걱정이다.

뉴욕주는 크게 북쪽의 업스테이트와 남쪽의 다운스테이트로 나눈다. 어디부터 어디까지가 다운스테이트이고, 어디부터가 업스테이트인지는 누구에게 물어보느냐에 따라 다르다. 다시 말해 정확한 경계선이 없다는 것이다. 시라큐스나 알바니에 사는 사람에게 물으면 알바니 남쪽 허드슨 밸리에서 뉴욕시 전체를 아우르는 지역이 다운스테이트이다. 맨해튼에 사는 사람에게 물으면 맨해튼 북쪽은 다 업스테이트라고 생각한다. 뉴욕시에서 기차 타고 삼사십분 정도 나가 살면서 직장 출근만 맨해튼으로 하는 사람들은 자기들이 업스테이트에 살면서 다운스테이트로 출근한다고 생각한다. 내가 업스테이트에서 왔다고 하면 업스테이트 어디냐고 묻는다. 시라큐스라고 하면 한참 멍 때리는 얼굴을 하고 있다가 "Oh the real upstate!(아, 진짜 업스테이트)" 한다. 맨해튼에 사는 사람들 중에는 자기가 굉장한 코스코폴리타니즘의 추종자라고 생각을 하는데 실제로는 맨해튼 밖으로 거의 나가지 않는 사람들도 있다. 뉴욕시에 사는 사람들 중에 뉴욕시를 가리켜 그냥 '더 시티(the City)'라고 부르는 사람도 많다. 이 경우 더 시티는 주로 맨해튼을 의미한다.

내가 글을 쓰면서 독자들에게 가장 알려 주고 싶었던 것이 맨해튼은 뉴욕시의 일부분이고 뉴욕시는 뉴욕주의 일부분이라는 것이다. 그런데 사실은 맨해튼에 사는 사람들 중에 브루클린이 뉴욕시의 일부라는 것을 모르는 사람들도 꽤 된다.

뉴욕시의 별명은 큰 사과라는 의미의 '빅 애플(Big Apple)'이다. 왜 이런 별명이 생겼는지, 어떤 의미인지 아는 사람은 별로 없다. 몇 가지 근거 없는 설이 있기는 한데 무슨 말인지도 모를 소리들만 늘어놓는다. 그래도 빅 애플이란 이름은 상당히 자주 쓴다.

센트럴 뉴욕은 뉴욕주 지도를 봤을 때 정중앙에 있는 시라큐스와 그

—

또다시 눈 내린 시라큐스

주변 지역이다. 그 동쪽이 뉴욕의 주도인 알바니인데 알바니 근방을 캐피털 지역(Capital Region)이라고 부른다. 역시 경계는 모호하다. 캐피털은 수도(首都) 혹은 주도(州都)라는 뜻이다. 센트럴 뉴욕과 캐피털 지역 사이의 모호크 밸리는 유명한 역사 소설 『레더스타킹 이야기』의 무대가 되는 곳이라 레더스타킹 지역이라고 불렀으나 요즘은 센트럴 뉴욕에 편입시켜 부른다. 그 밖에 뉴욕주의 최북단을 북부 지역이라는 의미의 노스 컨트리(North Country), 유명한 뉴욕 주립대학교가 있는 빙햄튼(Binghamton)은 서던 티어(Southern Tier) 등으로 부른다. 시라큐스 서쪽 지역을 서부 뉴욕(Western New York)이라고 한다. 로체스터(Rochester), 버펄로(Buffalo) 등이 모두 이 지역에 속한다.

## 뉴욕의 명물 음식

버펄로의 명물은 버펄로 윙이라는 닭 날개 튀김이다. 닭 날개에는 세 개의 조인트가 있다. 몸통과 날개를 이어 주는 조인트를 자르면 날개가 분리되는데 이를 다시 세 덩어리로 나눈다. 버펄로 윙은 팁이라고 부르는 맨 끝부분은 조리에 사용하지 않고, 플랫(Flat)이라는 납작한 부분과, 몸통과 붙어 있던 봉 즉 드러멧(Drumette)이라는 부분만 사용한다. 드러멧은 작은 닭의 다리라고 생각하는 사람이 많을 정도로 드럼스틱(Drumstick : 닭다리)과 비슷하게 생겼지만 작은 닭다리라는 것은 없고 날개의 봉이다. 봉과 플랫을 튀김옷 없이 노릇노릇하게 튀겨 여기에 핫소스와 녹인 버터를 섞은 소스를 붓고 샐러리와 블루치즈 디핑 소스를 곁들여 내놓는 것이 버펄로 윙이다. 1964년 버펄로의 앵커 바

(Anchor Bar)라는 곳에서 처음 만들어 팔았다. 앵커 바는 지금도 영업 중인데 1935년 프랭크와 테레사 벨리시모 부부가 문을 열어 1985년까지 경영했다.

시라큐스의 명물 먹을거리로는 솔트 포테이토라는 것이 있다. 여름에 햇감자가 나올 때 들통에 찬물을 붓고 거짓말 조금 보태 소금을 한 바가지쯤 부은 후 잘 씻은 햇감자를 껍질째 넣고 열을 가해 젓가락이 쑥 들어갈 정도로 잘 익을 때까지 삶는다. 이렇게 잘 삶은 감자를 녹인 버터에 찍어 먹는 별것도 아닌 음식인데 여름이면 시라큐스 사람들은 꼭 먹어야 직성이 풀린다. 엄청나게 짠 소금물이 감자 껍데기에 붙고, 싱거운 감자 속살로 스며들어 버터는 무염 버터를 녹여 찍어 먹는 것이 좋다. 삶는 물은 엄청 짜지만, 감자는 그냥 짭짤한 정도가 되어 먹기 좋다.

미국으로 이민 온 이탈리아 이민자들은 '이탈리안 아메리칸 퀴진(Italian-American Cuisine)'이라는 미국식 이탈리안 음식을 만들었다. 대표적인 것이 스파게티 미트볼이다. 이탈리아 음식은 원래 고기와 파스타를 함께 내지 않는다. 하지만 미국으로 이민 온 이탈리아인들은 미국의 풍성한 식재료를 접하며 미트볼을 토마토소스에 넣어 아예 국수와 함께 비벼 먹는 새로운 방식을 개발했다.

시라큐스에서 사십분쯤 떨어진 유티카라는 곳은 여러 가지 그들만의 미국식 이탈리안 음식을 자랑한다. 그중 파스타 요리로는 치킨 리기(Chircken Riggies)라는 것이 있고, 토마토 파이라는 피자 파이, 유티카 그린 등이 유명하다. 리기는 리가토니 파스타를 미국으로 이민 온 이탈리아인들이 부르는 일종의 방언이다. 참고로 파스타를 통칭 마카

로니라고 하는 이탈리아계 미국인들도 많다.

치킨 리기는 닭 가슴살을 볶다가 피망과 매운 고추 그리고 토마토소스를 섞어 리가토니 파스타에 부어 먹는 것이다. 토마토 파이는 두꺼운 피자 도우에 토마토소스를 잔뜩 바르고 구워서 거기에 페코리노 로마노 치즈와 허브의 일종인 오레가노를 뿌려 먹는 것으로 토마토소스를 좋아하지 않는 나는 이해하지 못하는 맛이다.

유티카 그린즈(Utica Greens)는 에스카롤이라는 상추과의 야채 등 열에 강해 오래 익혀 먹여야 하는 야채들을 볶다 닭 뼈를 곤 국물을 붓고 푹 익힌 후 거기에 빵가루, 치즈가루, 그리고 프로슈토라는 이탈리아 햄을 얹어 오븐에 바삭하게 구워 낸 것이다. 약간 매큼해서 나는 자주 주문하지 않지만 맛은 매우 좋다.

이탈리아식 패스트리를 파스티치오토(Pasticciotto) 혹은 복수로 파스티치오티(Pasticciotti)라고 한다. 미국에 정착한 이탈리아 이민자들은 방언으로 파스티치오티를 퍼스티즈(Pusties)라고 부르기도 한다. 패스트리 안에 리코타 치즈 등으로 만든 크림 필링을 채워 넣은 것인데 유티카에 유명한 파스티치오티 제과점이 여러 개 있다. 나는 유티카에 갈 때마다 그중에서도 플로렌틴 베이커리(Florentine Bakery)라는 곳에 꼭 들른다. 파스티치오티 베이커리로는 시라큐스에도 유명한 집이 하나 있는데 이름이 비스코티(Biscotti)이다.

비스코티는 커피 등에 찍어 먹는 약간 딱딱하게 구운 손가락 모양의 쿠키를 말하는데 제과점 이름을 그 과자 이름을 따서 붙였다. 비스코티는 '두 번 구운'이라는 의미이다. 쿠키 반죽을 벽돌 모양으로 빚어 한 번 굽고, 그것을 하나씩 집어 먹을 수 있도록 썰어 한 번 더 굽기 때문에 이런 이름이 붙었다. 과자를 두 번 구우니 일반 쿠키보다 더 바싹 말라 있다. 그래서 이것을 커피나 아마레토(Amaretto)라는 달큰한 맛의 디저트 술에 찍어 부드럽게 만들어 먹는다. 시라큐스의 파스티치오티 베이커리인 비스코티는 파스티치오티뿐 아니라 케이크와 비스코티도 매우 맛있게 만들어 판다.

## 시간의 얽힌 타래

뉴욕의 지방별 이름을 설명하려고 했는데 어느 틈에 장황한 음식 이야기가 되었다. 늘 이런 식이다. 글을 쓰기 시작할 때마다 어떻게, 무슨 이야기로 지면을 채워 글을 만들어 낼 수 있을까 근심하며 시작한다. 하지만 일단 글을 쓰면 '어라, 내 안에 이런 이야기가 있었나?'싶게 이야기가 나온다. 글을 써서 지면을 메우고는 스스로 내 안에 모든 이야기를 소진했다, 이제 더 이상 할 말이 없다고 단정 짓는다. 그리고 새로운 글을 쓰기 시작하면 또다시 같은 과정을 반복한다. 나의 엑스팻 이야기를 쓰기 시작하면서도 그랬다. 관광 안내서 같은 글은 쓰기 싫고 이야기가 있는 글을 쓰고 싶은데 내 안에 있던 이야기는 모두 다 앞서 출간한 책들에 쏟아 부었다 생각하고 걱정하며 시작했다. 하지만 '이런 이야기들을 모아 적어보고 싶다'는 생각은 있었다.

김창완의 노래 〈시간〉을 들으면 앞부분에 독백이 나온다. '시간은 동화 속처럼 뒤엉켜 있단다. 시간은 화살처럼 앞으로 달려가거나 차창 밖 풍경처럼 한결같이 뒤로만 가는 게 아니야….' 뉴욕에서 나의 엑스팻 생활을 기록하면서 뉴욕의 구석구석에서, 나의 일상 속에서 현재와 과거가 뒤엉키는 이야기를 담아내고 싶다고 생각했다. 내가 오래 살았던 곳, 매일 갔던 곳 지금도 매일 가는 곳이라도 오늘 다시 가서 섰을 때, 아니면 아무도 모르는 곳에 처음 가 낯선 곳에서 혼자 밥을 먹을 때 내 안의 많은 기억들 중 어느 것이 튀어 나오는지, 그 기억들은 오늘 내가 그 자리에 있었다는 것과 엉켜 또 어떤 새로운 시간을 만드는지 그것을 적고 싶었다. 그리고 그 시간의 뒤엉킨 타래를 뉴욕의 사계절에 풀어내고 싶었다. 내가 몇십 년간 살고 일상적으로 다녔던 곳들을 이리저리 일부러 다시 찾아가 돌아다니며 사진을 찍기도 하고, 때로 우연히 들른 곳에 가만히 앉아 과거를 돌이키고 현재를 둘러보며 기억들이 나를 찾아오는 것을 느꼈다. 이야기를 다 소진했다고 생각했던 내 안에서 나도 잊고 있던 일들, 나도 미처 깨닫지 못하던 것들이 나왔다.

초저녁잠 많은 내가 밤 열시, 열한시까지 글을 쓰다 자고, 다시 새벽에 일어나자마자 컴퓨터부터 켰다. 요가 하러 가서 수업 내내 쓰다 말고 온 글을 머릿속으로 모두 완성해 집에 오자마자 손도 씻지 않고 컴퓨터 앞에 앉아 요가 수업 중에 생각했던 글과 전혀 다른 글을 쓴 적도 있다. 외출을 할 때면 혹시 몰라 들어오자마자 앉아 머릿속에 담아온 이야기를 써 내려갈 수 있도록 컴퓨터를 끄지 않고 나갔다. 그리고 한 보따리 이야기를 담아 집에 돌아와 또다시 컴퓨터 앞에 앉아 글을 썼다. 글쓰기에 미쳐 지낸 일년, 본업도 소홀히 한 것은 아닌지, 변호사 폐업했다는 소문이 도는 것은 아닌지 걱정이 되기도 한다.

세상 쉽게 사는 사람은 없다. 그간 글을 쓰며 내 삶을 너무 장밋빛 인생으로 그린 것은 아닌가 걱정이 되기도 한다. 일정을 길게 잡아 뉴욕에 올 계획을 갖고 있는 분들을 위해 걱정거리 모두 잊고 와서 이렇게 재미있게 지내보고 가라는 의미에서 재미있는 이야기만 골라 쓴 것뿐이지 나에게도 또 센트럴 뉴욕에도 세상 어느 곳과 똑같은 희로애락이 있다. 하지만 세상이 나를 버리고 떠난 것 같은 날에도 일분의 행복, 삼십초의 행복은 반드시 있다는 것이 나의 믿음이다. 행복이 큰 덩어리로 하늘에서 떨어지길 기다린다면 우리는 평생 행복할 수 없다. 일분의 행복, 삼십초의 행복 그 작은 행복의 조각들을 모아 붙여 큰 조각보를 만들어 사는 것이다. 글을 쓰는 동안만큼은 모든 근심 걱정을 잊고 무척이나 행복했다. 그 조각의 시간들이 모여 행복한 일년, 풍요로운 일년이라는 크고 아름다운 조각보가 되었다. 또다시 내 안에 모든 이야기를 소진했다는 느낌이 드는 것이 뿌듯한 기분이다.

나의 외할머니는 평안북도 신의주 근교의 석하라는 곳 출신이다. 할머니의 꿈은 이화여전 국문과를 마치고 모교 배화학당에서 교편을 잡으며 글을 쓰는 신여성이 되는 것이었다. 하지만 집안의 반대로 이화여전을 중퇴하고 할아버지와 결혼하셨다. 글을 쓰다 보니 어쩌면 내가 할머니의 이루지 못한 꿈을 이루고 있는 것은 아닌가 하는 생각이 들었다. 아직도 내 안에 이야기가 남아 있다면 다음에는 어떤 글을 쓸까도 상상해 본다. 이 글을 쓰며 쌓인 추억이 또 어느 날 어느 곳에서 얽혀 새로운 이야기가 될까 생각해 본다.

시라큐스에 눈이 내린다. 외할머니 표현처럼 센트럴 뉴욕이 모두 "겨울의 갑옷으로 갈아입었다." 또 겨울이 왔다. 또 한 해가 간다. 돌아온 겨울과 떠나가는 한 해가 얽혀 새로운 시간의 타래가 된다.

뉴욕 오디세이

1판 1쇄 발행 2020년 3월 13일

지은이 이철재
펴낸이 이영희
펴낸곳 도서출판 이랑
주소 경기도 파주시 교하로 1007-29
전화 02-326-5535
팩스 02-326-5536
이메일 yirang55@naver.com
블로그 http://blog.naver.com/yirang55
등록 2009년 8월 4일 제313-2010-354호



ISBN 978-89-98746-49-0 (03800)

「이 도서의 국립중앙도서관 출판예정도서목록(CIP)은 서지정보유통지원시스템 홈페이지(http://seoji.nl.go.kr)와
국가자료공동목록시스템(http://www.nl.go.kr/kolisnet)에서 이용하실 수 있습니다.
(CIP제어번호: CIP2020004917)」